Diogenes Taschenbuch 50/XIX

de
te
be

Anton Čechov

Drei Jahre
Mein Leben

Kleine Romane III
Aus dem Russischen von Ada Knipper, Gerhard Dick und Michael Pfeiffer
Herausgegeben und mit Anmerkungen von Peter Urban

Diogenes

Ada Knipper und Gerhard Dick übersetzten ›Drei Jahre‹,
Michael Pfeiffer übersetzte ›Mein Leben‹.
Umschlagzeichnung von Tomi Ungerer

Veröffentlicht als Diogenes Taschenbuch, 1976
Lizenzausgabe mit freundlicher Genehmigung des
Winkler Verlags

60/76/E/1
ISBN 3 257 20269 5

Inhalt

Drei Jahre

I

Es war noch nicht dunkel, aber hier und da brannte in den Häusern schon Licht, und am Ende der Straße, hinter der Kaserne ging bleich der Mond auf. Laptev saß am Tor auf einer Bank und wartete auf das Ende der Abendmesse in der Peter-und-Pauls-Kirche. Er hoffte, Julija Sergeevna würde auf dem Rückweg von der Messe hier vorbeikommen, dann könnte er sie ansprechen und vielleicht den ganzen Abend mit ihr verbringen.

Er saß schon anderthalb Stunden da, und während dieser Zeit sah er seine Moskauer Wohnung, die Moskauer Freunde, den Diener Pëtr und seinen Schreibtisch vor sich. Erstaunt blickte er auf die dunklen, reglosen Bäume, und es schien ihm seltsam, daß er jetzt nicht in seinem Landhaus in Sokolniki wohnte, sondern in einer Provinzstadt, in einem Haus, an dem jeden Morgen und jeden Abend eine große Viehherde vorbeigetrieben wurde, wobei gewaltige Staubwolken aufwirbelten und ein Horn ertönte. Er dachte an die langen Moskauer Gespräche, an denen er vor kurzem noch teilgenommen hatte, Gespräche darüber, daß man ohne Liebe leben könne, daß leidenschaftliche Liebe eine Psychose sei und daß es schließlich keine Liebe gebe, sondern nur den physischen Trieb der Geschlechter und dergleichen mehr. Er rief sich alles ins Gedächtnis zurück und dachte wehmütig, daß er die Antwort schuldig bleiben müßte, würde man ihn jetzt fragen, was Liebe sei.

Die Abendmesse war zu Ende, und Menschen kamen. Angestrengt musterte Laptev die dunklen Gestalten. Schon fuhr der Bischof im Wagen vorbei, es läutete nicht mehr, und auf dem Glockenturm erloschen nacheinander die roten und grünen Lichter – man hatte wegen des Kirchenfeiertags illuminiert –, die Menschen aber kamen noch immer, sie ließen sich Zeit, unterhielten sich und blieben unter den Fenstern stehen. Da endlich hörte Laptev die bekannte Stimme, sein Herz klopfte heftig, und Verzweiflung bemächtigte sich seiner, weil Julija Sergeevna nicht allein war, sondern von zwei Damen begleitet wurde.

»Entsetzlich!« flüsterte er eifersüchtig. »Das ist ja schauderhaft!«

Sie blieb an der Ecke der Gasse stehen, um sich von den Damen zu verabschieden, und schaute zu Laptev hin.

»Ich will zu Ihnen«, sagte er. »Ich möchte Ihren Vater sprechen. Ist er zu Hause?«

»Wahrscheinlich«, antwortete sie. »Für den Klub ist es noch zu früh.«

Die Gasse war ganz von Gärten eingefaßt, und an den Zäunen wuchsen Linden, die jetzt im Mondenschein so breite Schatten warfen, daß die Zäune und Tore auf der einen Seite völlig im Dunkeln lagen; man hörte von dort das Flüstern von Frauenstimmen, unterdrücktes Lachen und das leise Klimpern einer Balalajka. Es duftete nach Linden und Heu. Das Flüstern der unsichtbaren Frauen und der Duft reizten Laptev. Er hatte plötzlich ein leidenschaftliches Verlangen, seine Begleiterin zu umarmen, ihr Gesicht, ihre Schultern und ihre Hände mit Küssen zu bedecken, in Schluchzen auszubrechen, ihr zu Füßen zu fallen und ihr zu erzählen, wie lange er auf sie gewartet habe. Ein leichter, kaum wahrnehmbarer Weihrauchduft ging von ihr aus, und das erinnerte ihn an die Zeit, als auch er an Gott glaubte und zur Abendmesse ging und als er viel von einer sauberen, poetischen Liebe geträumt hatte.

Da ihn dieses junge Mädchen nicht liebte, meinte er jetzt, das Glück, von dem er damals geträumt, sei für ihn immer verloren.

Sie begann teilnahmsvoll von der Gesundheit seiner Schwester Nina Fëdorovna zu sprechen. Vor zwei Monaten hatte man sie an Krebs operiert, und jetzt erwarteten alle das Wiederaufflackern der Krankheit.

»Ich war heute früh bei ihr«, sagte Julija Sergeevna, »und es kam mir so vor, als hätte sie diese Woche wenn nicht abgenommen, so doch jede Farbe verloren.«

»Ja, ja«, stimmte Laptev zu. »Ein Rückfall ist es nicht, aber ich merke, wie sie jeden Tag schwächer wird und vor meinen Augen dahinsiecht. Ich verstehe nicht, was mit ihr los ist.«

»Herrgott, und wie gesund sie war, wie mollig und rotwangig«, sagte Julija Sergeevna nach längerem Schweigen. »Sie wurde hier auch von allen die Moskauerin genannt. Und wie sie lachen konnte! An den Feiertagen kleidete sie sich wie eine einfache Bäuerin, das stand ihr sehr gut.«

Doktor Sergej Borisyč war zu Hause; er war gut bei Leibe, rot im Gesicht, hatte einen langen, bis über die Knie reichenden Überrock an und schien kurzbeinig zu sein. Er ging in seinem Arbeitszimmer auf und ab, die Hände in den Taschen, und summte halblaut vor sich hin: »Rururururu.« Sein grauer Backenbart sah unordentlich aus, und die Haare waren ungekämmt, als hätte er eben erst das Bett verlassen. Sein Arbeitszimmer mit den Kissen auf den Sofas, den Stößen alten Papiers in den Ecken und dem kranken, schmutzigen Pudel unter dem Tisch machte denselben unordentlichen, ungepflegten Eindruck wie er.

»Monsieur Laptev möchte dich sprechen«, sagte seine Tochter zu ihm, als sie das Arbeitszimmer betrat.

»Rururururu«, summte er lauter, ging in den Salon, reichte Laptev die Hand und fragte: »Was haben Sie mir Schönes zu sagen?«

Im Salon war es dunkel. Ohne sich zu setzen und mit dem Hut in der Hand, begann Laptev sich für die Störung zu entschuldigen; er fragte, was man tun solle, damit seine Schwester nachts schlafen könne, und warum sie so furchtbar abmagere; dabei verwirrte ihn der Gedanke, daß er die gleichen

Fragen dem Arzt anscheinend schon heute während der Morgenvisite gestellt hatte.

»Sagen Sie«, fragte er, »sollte man nicht aus Moskau einen Spezialisten für innere Krankheiten kommen lassen? Was meinen Sie?«

Der Arzt seufzte, zuckte die Achseln und machte mit beiden Händen eine unbestimmte Geste.

Offensichtlich fühlte er sich beleidigt. Er war ein außerordentlich empfindlicher, mißtrauischer Arzt, der immer annahm, man glaube ihm nicht, man erkenne ihn nicht an, achte ihn nicht genügend und beute ihn aus; die Kollegen aber verhielten sich ihm gegenüber nicht wohlwollend. Er lachte über sich selbst und sagte, solche Dummköpfe wie er würden nur geboren, damit die Leute mit ihnen machen könnten, was sie wollten.

Julija Sergeevna zündete die Lampe an. Der Gottesdienst hatte sie angestrengt, man merkte es an ihrem blassen, erschöpften Gesicht und dem trägen Gang. Nun sehnte sie sich nach Ruhe. Sie setzte sich auf das Sofa, legte die Hände auf die Knie und versank in Nachdenken. Laptev wußte, daß er häßlich war, und jetzt schien es ihm, als spüre er seine Häßlichkeit am ganzen Körper. Er war klein von Wuchs, mager und rotwangig; sein Haar hatte sich schon stark gelichtet, so daß er am Kopf fror. Seinen Zügen fehlte jene feine Schlichtheit, die sogar grobe, häßliche Gesichter sympathisch macht; in Gesellschaft von Frauen war er unbeholfen, übermäßig gesprächig und affektiert. Deshalb verachtete er sich jetzt beinahe selbst. Damit Julija Sergeevna sich in seiner Gesellschaft nicht langweilte, mußte man sprechen. Aber worüber? Wieder über die Krankheit seiner Schwester?

Und er begann über die Medizin zu sprechen, was man gewöhnlich darüber so spricht, er lobte die Hygiene und erzählte, er wolle schon längst in Moskau ein Nachtasyl einrichten und habe sogar schon den Kostenanschlag. Nach seinem Plan sollte ein Arbeiter, der abends ins Nachtasyl kam, für fünf oder sechs Kopeken eine Portion heiße Kohlsuppe mit Brot, ein warmes trockenes Bett mit Decke und einen Platz zum Trocknen der Kleider und des Schuhwerks bekommen.

Julija Sergeevna schwieg gewöhnlich in seiner Gegenwart, er aber erriet auf sonderbare Weise, vielleicht mit dem Feingefühl des Verliebten, ihre Gedanken und Absichten. Und jetzt nahm er an, sie wolle, da sie nach der Abendmesse nicht auf ihr Zimmer gegangen war, um sich umzuziehen und dann Tee zu trinken, heute noch einen Besuch machen.

»Aber ich beeile mich nicht mit dem Nachtasyl«, fuhr er gereizt und ärgerlich fort und wandte sich an den Arzt, der ihn ausdruckslos und erstaunt ansah und offensichtlich nicht begriff, warum er unbedingt ein Gespräch über Medizin und Hygiene beginnen mußte. »Und wahrscheinlich werde ich von unserem Kostenanschlag nicht so bald Gebrauch machen. Ich fürchte, unser Nachtasyl könnte in die Hände unserer Moskauer Frömmler und philanthropischen Damen geraten, die jedes Vorhaben zunichte machen.«

Julija Sergeevna erhob sich und reichte Laptev die Hand.

»Verzeihung«, sagte sie, »es ist Zeit für mich. Grüßen Sie bitte Ihre Schwester.«

»Rururururu«, summte der Arzt. »Rururururu.«

Julija Sergeevna verließ das Zimmer, und wenig später verabschiedete sich Laptev von dem Arzt und ging nach Hause. Wenn ein Mensch unbefriedigt ist und sich unglücklich fühlt, wie banal erscheinen ihm dann diese Linden, diese Schatten, diese Wolken, all diese selbstzufriedenen und gleichgültigen Schönheiten der Natur! Der Mond stand schon hoch am Himmel, und unter ihm zogen eilig Wolken vorbei. – Was für ein naiver, einfältiger, provinzieller Mond, was für dürftige, jämmerliche Wolken! dachte Laptev. Er schämte sich, weil er eben über die Medizin und das Nachtasyl gesprochen hatte; er befürchtete, er würde auch morgen nicht genug Charakter besitzen und abermals versuchen, sie zu sehen und mit ihr zu sprechen, um sich noch einmal zu vergewissern, daß er ihr fremd war. Übermorgen würde es das gleiche sein. Wozu? Und wann und womit sollte das alles enden?

Zu Hause ging er zu seiner Schwester. Nina Fëdorovna war dem Aussehen nach noch kräftig und machte den Eindruck einer gut gewachsenen, starken Frau, aber ihre auffallende Blässe ließ sie einer Toten ähneln, besonders wenn sie, wie jetzt, mit geschlossenen Augen auf dem Rücken lag; neben ihr saß die älteste Tochter, Saša, ein zehnjähriges Mädchen, und las etwas aus ihrem Lesebuch vor.

»Alëša ist gekommen«, sagte die Kranke leise für sich.

Zwischen Saša und dem Onkel bestand schon seit langem ein stillschweigendes Übereinkommen – sie lösten einander ab. Jetzt schlug Saša ihr Lesebuch zu und verließ, ohne ein Wort zu sagen, leise das Zimmer. Laptev holte einen historischen Roman aus der Kommode, und nachdem er die richtige Seite gefunden hatte, nahm er Platz und begann vorzulesen.

Nina Fëdorovna war eine gebürtige Moskauerin. Ihre Kindheit und Jugend hatte sie wie ihre beiden Brüder in der Pjatnickaja-Straße verbracht. Sie stammte aus einer Kaufmannsfamilie. Ihre Kindheit war lang und öde gewesen; der Vater ging sehr streng mit ihr um und hatte sie sogar dreimal mit Rutenhieben gestraft, die Mutter hatte lange krank gelegen und war schließlich gestorben. Die Dienstboten waren schmutzig, grob und heuchlerisch; ins Haus kamen oft Popen und Mönche, die ebenso grob und heuchlerisch waren, sie tranken, aßen und sagten Ninas Vater, den sie nicht mochten, plumpe Schmeicheleien. Die Jungen hatten das Glück, aufs Gymnasium zu kommen. Nina aber erhielt keine Bildung; sie kritzelte ihr ganzes Leben Krähenfüße und las historische Romane. Vor siebzehn Jahren, als sie zweiundzwanzig war, hatte sie in der Sommerfrische in Chimki ihren jetzigen Mann, den Gutsbesitzer Panaurov, kennengelernt, sich in ihn verliebt und ihn heimlich gegen den Willen ihres Vaters geheiratet. Panaurov, ein schöner, etwas unverschämter Mann, der sich die Zigarette an einer Ikonenlampe anzündete und vor sich hin pfiff, war für ihren Vater eine völlige Null. Als der Schwiegersohn in seinen Briefen eine Mitgift forderte, schrieb der Alte seiner Tochter, er schicke ihr aufs Landgut Pelze, Silber und verschiedene Sachen, die ihre Mutter hinterlassen habe, und dreißigtausend Rubel in bar, aber ohne den elterlichen Segen; später schickte er noch einmal zwanzigtausend. Dieses Geld und die Mitgift waren verbraucht, das Gut hatte man verkauft, und Panaurov war mit der Familie in die Stadt übergesiedelt, wo er in die Gouvernementsverwaltung eintrat. In der Stadt legte er sich noch eine zweite Familie zu, wodurch jeden Tag viel geredet wurde, da seine illegitime Familie sich ganz ungeniert benahm.

Nina Fëdorovna vergötterte ihren Mann. Und jetzt, während sie dem historischen Roman lauschte, dachte sie daran, was sie in der ganzen Zeit erlebt und erduldet hatte und daß es sich sehr kläglich anhören würde, wenn jemand ihr Leben beschriebe. Da sich die Geschwulst in ihrer Brust befand, war sie fest davon überzeugt, daß sie von der Liebe und wegen des Familienlebens erkrankt war, daß Eifersucht und Tränen sie aufs Krankenlager geworfen hatten.

Da aber schlug Aleksej Fëdoryč das Buch zu und sagte:

»Schluß, und gelobt sei Gott. Morgen fangen wir ein anderes an.«

Nina Fëdorovna lachte. Sie war immer zum Lachen aufgelegt, aber Laptev kam es so vor, als wäre sie zuweilen von der Krankheit geistig mitgenommen; sie lachte wegen jeder Kleinigkeit und sogar ohne Grund.

»Als du am Vormittag nicht da warst, kam Julija vorbei«, sagte sie. »Wie ich merkte, glaubte sie nicht recht an ihren Vater. ›Soll mein Vater Sie ruhig behandeln‹ sagte sie, ›aber schreiben Sie trotzdem heimlich dem heiligen Greis, er möchte für Sie beten.‹ Sie haben doch da irgend so einen Greis entdeckt. Julečka hat bei mir ihren Schirm vergessen; schicke ihn morgen zu ihr«, fuhr sie nach kurzem Schweigen fort. »Nein, wenn es schon zu Ende geht, dann können weder Ärzte noch heilige Greise helfen.«

»Nina, warum schläfst du nachts nicht?« fragte Laptev, um dem Gespräch eine andere Wendung zu geben.

»Na so. Ich schlafe eben nicht, das ist alles. Ich liege da und denke nach.«

»Woran denkst du denn, meine Liebe?«

»An die Kinder, an dich ... über mein Leben denke ich nach. Ich habe doch sehr viel durchgemacht, Alëša. Wenn ich nur anfange, mich zu erinnern, wenn ich nur anfange ... Du großer Gott!« Sie lachte. »Ist das vielleicht ein Spaß, fünfmal niederzukommen und drei Kinder zu beerdigen ... Es geschah, daß ich kurz vor der Entbindung stand, und mein Grigorij Nikolaič saß in dieser Zeit bei der anderen, es war niemand da, den man hätte nach einer Hebamme oder Geburtshelferin schicken können; ging man in den Flur oder in die Küche, um Dienstboten zu suchen, fand man dort Juden, Krämer und Wucherer, die auf ihn warteten. Der Kopf drehte sich mir manchmal ... Er liebte mich nicht, obwohl er sich darüber nicht äußerte. Jetzt habe ich es überwunden, mir ist leichter zumute, aber früher, als ich jünger war, hat mich das sehr, ach, sehr gekränkt, mein Lieber! Einmal, das war noch auf dem Lande, traf ich ihn mit einer Dame im Garten; da lief ich fort ... lief immer der Nase nach, und ich wußte nicht, wie ich plötzlich vor den Kircheneingang gekommen war und auf die Knie fiel und ›Himmelskönigin!‹ sagte. Und draußen war Nacht, der Mond schien ...«

Sie war müde geworden und bekam keine Luft; als sie sich wieder etwas erholt hatte, nahm sie die Hand ihres Bruders und fuhr mit schwacher, tonloser Stimme fort: »Wie gut du bist, Alëša ... Wie klug ... Was für ein guter Mensch aus dir geworden ist!«

Um Mitternacht verabschiedete sich Laptev von ihr und

nahm beim Weggehen den von Julija Sergeevna vergessenen Schirm mit. Obwohl es schon spät war, trank die männliche und weibliche Dienerschaft im Speisezimmer Tee. Was für eine Unordnung! Die Kinder schliefen noch nicht, sie waren ebenfalls im Speisezimmer. Man unterhielt sich leise, im Flüsterton, und merkte nicht, daß die Lampe trübe brannte und bald verlöschen würde. Alle diese großen und kleinen Menschen beunruhigte eine ganze Reihe unerfreulicher Vorzeichen, und die Stimmung war gedrückt: im Vorzimmer war ein Spiegel entzweigegangen, der Samovar summte jeden Tag und, wie absichtlich, sogar jetzt; man erzählte, als Nina Fëdorovna sich ankleidete, sei aus ihrem Schuh eine Maus gesprungen. Die furchtbare Bedeutung all dieser Vorzeichen kannten schon die Kinder; das ältere Mädchen, Saša, eine schmächtige Brünette, saß still am Tisch, sie machte ein erschrockenes, trauriges Gesicht, die jüngere, die siebenjährige Lida, eine pummlige Blondine, stand neben der Schwester und sah mürrisch in das Licht.

Laptev ging hinunter in die untere Etage, in seine niedrigen Zimmer, wo es ständig nach Geranien roch und schwül war. Im Salon saß Panaurov, Nina Fëdorovnas Mann, und las Zeitung. Laptev nickte ihm zu und setzte sich ihm gegenüber. Beide saßen da und schwiegen. Es kam vor, daß sie ganze Abende schweigend verbrachten, und das Schweigen genierte sie nicht.

Von oben kamen die Mädchen, um sich zu verabschieden. Panaurov bekreuzigte die beiden ein paarmal schweigend und ohne Eile, dann reichte er ihnen die Hand zum Kuß; sie machten einen Knicks und traten an Laptev heran, der sie auch bekreuzigen und ihnen seine Hand zum Kuß reichen mußte.

Diese Zeremonie mit den Küssen und Knicksen wiederholte sich jeden Abend.

Als die Mädchen gegangen waren, legte Panaurov die Zeitung beiseite und sagte:

»Es ist langweilig in unserer gottverlassenen Stadt! Offen gesagt, mein Teurer«, fügte er seufzend hinzu, »ich bin sehr froh, daß Sie endlich eine Zerstreuung gefunden haben.«

»Wovon reden Sie?« fragte Laptev.

»Ich sah vorhin, wie Sie das Haus von Doktor Belavin verließen. Ich hoffe, Sie waren nicht des Vaters wegen dort.«

»Natürlich«, antwortete Laptev und errötete.

»Ja, natürlich. Nebenbei gesagt, so einen Holzkopf wie dieses Papachen kann man am Tage mit der Laterne suchen. Sie können sich nicht vorstellen, was für ein schmieriges, unbegabtes und plumpes Rindvieh das ist! Bei Ihnen dort in der Hauptstadt interessiert man sich auch heute noch für die Provinz nur von der lyrischen Seite her, sozusagen der Landschaft und des Anton Goremyka wegen, ich schwöre Ihnen aber, mein Freund, es gibt da keinerlei Lyrik, sondern nur Roheit, Gemeinheit, Niedertracht – weiter nichts. Nehmen Sie die hiesigen Adepten der Wissenschaft, sozusagen die Intelligenz. Können Sie sich das vorstellen, hier in der Stadt gibt es achtundzwanzig Ärzte, sie alle haben sich ein Vermögen erworben und wohnen in eigenen Häusern, die Bevölkerung aber befindet sich nach wie vor in einer ganz hilflosen Lage. Bitte, Nina mußte operiert werden, im Grunde war es eine Kleinigkeit, aber dafür ließ man einen Chirurgen aus Moskau kommen – hier hat es sich keiner getraut. Sie können sich das nicht vorstellen. Die wissen nichts, verstehen nichts und interessieren sich für nichts. Fragen Sie mal zum Beispiel, was Krebs ist? Was? Warum entsteht er?«

Und Panaurov erklärte, was Krebs ist. Er wußte in allen Wissenschaften Bescheid und erklärte alles, worüber auch immer gesprochen wurde, wissenschaftlich. Aber er erklärte alles auf seine Art. Er hatte seine eigene Theorie des Blutkreislaufes, seine eigene Chemie, seine eigene Astronomie. Er redete langsam, sanft, überzeugend, und die Worte »Sie können sich das nicht vorstellen« sprach er mit flehentlicher Stimme, er kniff die Augen zu, seufzte schmachtend und lächelte gnädig wie ein König, und man merkte, daß er mit sich selbst sehr zufrieden war und sich gar keine Gedanken darüber machte, daß er schon fünfzig war.

»Ich habe Hunger bekommen«, sagte Laptev. »Ich würde gern etwas Kräftiges essen.«

»Nun, was ist schon dabei? Das läßt sich machen.«

Etwas später saßen Laptev und sein Schwager oben im Speisezimmer und aßen zu Abend. Laptev trank erst ein Gläschen Vodka und dann Wein, Panaurov dagegen trank nichts. Er trank niemals und spielte auch nicht Karten, und trotzdem hatte er sein eigenes Vermögen sowie das seiner Frau durchgebracht und noch viele Schulden gemacht. Um in so kurzer Zeit so viel durchzubringen, dazu brauchte man kein Laster, sondern etwas anderes, ein besonderes Talent. Panaurov liebte es, gut zu essen; er liebte eine schöne Tafel, Musik beim Essen, Tischreden, sich verbeugende Lakaien, denen er lässig zehn oder sogar fünfundzwanzig Rubel Trinkgeld hinwarf. Er beteiligte sich immer an allen Subskriptionen und Lotterien, schickte ihm bekannten Damen zum Namenstag Blumensträuße, kaufte Tassen, Teeglasbehälter, Manschettenknöpfe, Krawatten, Spazierstöcke, Parfüm, Zigarettenspitzen, Pfeifen, kleine Hunde, Papageien, japanische Gegenstände und Antiquitäten; seine Nachthemden waren aus Seide, das Bett war aus Ebenholz mit Perlmuttintarsien, der Morgenrock ein echter Buchara und so weiter, und für das alles wurde täglich, wie er sich selbst ausdrückte, eine »Unmasse von Geld« ausgegeben.

Beim Abendessen seufzte er immerfort und schüttelte den Kopf.

»Ja, alles auf dieser Welt hat einmal ein Ende«, sagte er leise und kniff dabei die dunklen Augen zu. »Sie werden sich verlieben und werden leiden, dann vergeht die Liebe wieder, und man wird Sie betrügen, denn es gibt keine Frau, die treu bleiben kann; Sie werden leiden, in Verzweiflung geraten und selbst untreu werden. Aber es kommt die Zeit, wo das alles zu Erinnerung wird, und Sie werden gleichgültig darüber reden und alles für baren Unsinn erklären ...«

Laptev schaute müde und leicht betrunken Panaurovs schönen Kopf an, den schwarzen, gestutzten Bart, und er glaubte zu verstehen, warum die Frauen diesen verwöhnten, selbstsicheren und physisch berückenden Mann so liebten.

Nach dem Abendessen blieb Panaurov nicht zu Hause, sondern begab sich in seine andere Wohnung, und Laptev begleitete ihn. In der ganzen Stadt trug allein Panaurov einen Zylinder, und seine elegante, stutzerhafte Figur, dieser Zylinder und die orangefarbenen Handschuhe machten jedesmal neben den grauen Zäunen, den kläglichen dreifenstrigen Häuschen und den Brennesselbüschen einen seltsamen und traurigen Eindruck.

Nachdem sich Laptev verabschiedet hatte, schlenderte er langsam nach Hause zurück. Der Mond schien hell, man konnte jeden Strohhalm auf der Erde erkennen, und Laptev kam es vor, als liebkose das Licht des Mondes seinen unbedeckten Kopf, als streiche jemand mit einer Daunenfeder über sein Haar.

»Ich liebe!« sagte er laut; und plötzlich bekam er Lust zu laufen, Panaurov einzuholen, ihm viel Geld zu schenken und dann irgendwohin auf ein Feld oder in ein Wäldchen zu laufen, immerfort zu laufen, ohne sich umzusehen.

Zu Hause erblickte er auf dem Stuhl den Schirm, den Julija Sergeevna vergessen hatte, er packte ihn und küßte ihn gierig. Der Schirm war aus Seide, nicht mehr neu, ein altes Gummiband hielt ihn zusammen; der Griff war billig, aus einfachem weißen Horn. Laptev öffnete ihn über seinem Kopf, und es kam ihm vor, als dufte es ringsum geradezu nach Glück.

Er setzte sich bequem hin, und ohne den Schirm aus den Händen zu legen, schrieb er an einen Freund nach Moskau:

»Mein teurer Kostja, da haben Sie eine Neuheit: ich liebe wieder! Ich sage *wieder*, weil ich vor sechs Jahren in eine

Moskauer Schauspielerin verliebt war, mit der ich nicht einmal eine Bekanntschaft anknüpfen konnte, und die letzten anderthalb Jahre lebte ich mit der Ihnen bekannten ›Person‹, einer nicht mehr jungen und häßlichen Frau. Ach, mein Liebster, ich hatte überhaupt Pech in der Liebe! Ich habe bei den Frauen niemals Erfolg gehabt, und wenn ich *wieder* sage, so nur, weil es irgendwie traurig und bitter ist, mir selbst einzugestehen, daß meine Jugend ganz ohne Liebe vergangen ist und daß ich erst jetzt, mit vierunddreißig Jahren, zum erstenmal richtig liebe. Soll es schon sein, ich liebe *wieder*.

Wenn Sie wüßten, was für ein Mädchen das ist! Eine Schönheit kann man sie nicht nennen, sie hat ein breites Gesicht, ist sehr mager, aber was für wunderbare gütige Züge sie hat, wie sie lächelt! Wenn sie spricht, singt und klingt ihre Stimme. Sie läßt sich mit mir niemals in ein Gespräch ein, ich kenne sie nicht, aber wenn ich manchmal in ihrer Nähe bin, fühle ich, daß sie ein seltenes, nicht alltägliches Geschöpf ist, von Klugheit und hohen Bestrebungen durchdrungen. Sie ist religiös, und Sie können sich nicht vorstellen, wie sehr mich das rührt, wie sehr sie das in meinen Augen erhöht. In diesem Punkt bin ich bereit, mich endlos mit Ihnen zu streiten. Sie haben recht, bleiben Sie bei Ihrer Meinung; trotzdem aber habe ich es gern, wenn sie in der Kirche betet. Sie ist Provinzlerin, gelernt hat sie aber in Moskau, sie liebt unser Moskau, kleidet sich auf Moskauer Art, und deshalb liebe ich sie, ich liebe, ich liebe ... Ich sehe, wie Sie finster dreinschauen und sich erheben, um mir eine lange Vorlesung darüber zu halten, was Liebe ist und wen man lieben darf und wen nicht und dergleichen mehr. Aber, lieber Kostja, ehe ich selbst liebte, wußte ich auch sehr gut, was Liebe ist.

Meine Schwester bedankt sich bei Ihnen für den Gruß. Sie erinnert sich oft daran, wie sie einst Kostja Kočevoj ins Gymnasium in die Vorbereitungsklasse brachte, und sie nennt Sie noch bis heute den *Armen,* denn in ihrer Erinnerung sind Sie der Waisenjunge geblieben. Also, armes Waisenkind, ich liebe.

Vorläufig ist das ein Geheimnis, sagen Sie nichts ›dort‹ der Ihnen bekannten ›Person‹. Ich denke, das ergibt sich von selbst, oder wie der Diener bei Tolstoj sagt: es wird *schon werden.*«

Nachdem Laptev den Brief beendet hatte, ging er zu Bett. Vor Müdigkeit fielen ihm die Augen zu, aber er konnte nicht einschlafen; es schien ihm, als störe ihn der Lärm auf der Straße. Man hatte eine Viehherde vorbeigetrieben und auf dem Horn geblasen, dann fing man an, zur Frühmesse zu läuten. Bald fuhr knarrend ein Pferdewagen vorbei, bald erschallte die Stimme einer Bauersfrau, die auf den Markt ging. Und die Spatzen schilpten die ganze Zeit.

II

Der Morgen war heiter und festlich. Gegen zehn Uhr wurde Nina Fëdorovna, die ein braunes Kleid trug und frisiert war, am Arm in den Salon geführt, hier ging sie ein wenig auf und ab und blieb am offenen Fenster stehen, sie lächelte breit und naiv. Wenn man sie so sah, erinnerte man sich an einen hiesigen Künstler, einen Trunkenbold, der ihr Gesicht Antlitz nannte und sie als russische Butterwoche malen wollte. Alle – die Kinder, die Dienerschaft, sogar ihr Bruder Aleksej Fëdoryč und auch sie selbst – hatten auf einmal die Zuversicht, sie werde bestimmt gesund. Die Mädchen jagten kreischend hinter dem Onkel her, holten ihn ein, und im Haus wurde es laut.

Fremde kamen, um sich nach Nina Fëdorovnas Gesundheit zu erkundigen, sie brachten Weihbrot und erzählten, man habe heute in fast allen Kirchen Bittgebete für sie abgehalten. Sie galt in ihrer Stadt als Wohltäterin und war sehr beliebt. Sie erwies die Wohltaten mit ungewöhnlicher Großzügigkeit, genauso wie ihr Bruder Aleksej, der das Geld sehr schnell verteilte, ohne zu überlegen, ob man es geben mußte oder nicht. Nina Fëdorovna zahlte für arme Schüler, verteilte an alte Frauen Tee, Zucker, Konfitüre und kleidete unbemittelte Bräute ein; wenn ihr eine Zeitung in die Hände kam, suchte sie immer zuerst, ob sie nicht einen Aufruf oder eine Notiz über einen notleidenden Menschen fand.

Jetzt hatte sie ein Päckchen Zettel in der Hand, mit denen verschiedene arme Leute, die sie betreute, in einem Kolonialwarenladen eingekauft hatten und die ihr am Vortage vom Kaufmann mit der Bitte zugeschickt worden waren, zweiundachtzig Rubel zu bezahlen.

»Sieh mal an, was die sich zusammengeholt haben, diese Unverschämten!« sagte sie, und sie konnte auf den Zetteln kaum ihre unschöne Handschrift entziffern. »Soll das etwa ein Scherz sein? Zweiundachtzig! Dafür komme ich nicht auf.«

»Ich bezahle es heute«, erwiderte Laptev.

»Wozu das, wozu?« fragte Nina Fëdorovna aufgeregt. »Es genügt schon, daß ich jeden Monat zweihundertfünfzig von dir und meinem Bruder bekomme. Behüt euch Gott«, fügte sie leise hinzu, damit die Dienstboten es nicht hörten.

»Nun, und ich gebe zweitausendfünfhundert im Monat aus«, erwiderte er. »Ich wiederhole dir noch einmal, meine Liebe: du hast dasselbe Recht, Geld auszugeben, wie ich und Fëdor. Begreife das doch endlich. Wir drei haben denselben Vater, und von jeweils drei Kopeken gehört eine dir.«

Nina Fëdorovna aber begriff nichts, sie machte ein Gesicht, als löse sie in Gedanken eine sehr schwere Aufgabe. Und diese Verständnislosigkeit in Geldsachen beunruhigte und verwirrte Laptev jedesmal. Er vermutete außerdem, sie habe persönlich Schulden, geniere sich aber, ihm das zu sagen, und leide deswegen.

Man hörte Schritte und jemanden schwer atmen; das war der Arzt, der die Treppe heraufstieg, wie gewöhnlich zerzaust und ungekämmt.

»Rururu«, sang er vor sich hin. »Ruru.«

Um ihm nicht zu begegnen, ging Laptev ins Speisezimmer und dann hinunter in seine Zimmer. Für ihn stand fest, er konnte sich einfach nicht mit dem Arzt anfreunden und ungezwungen in dessen Haus verkehren; und diesem Holzkopf, wie ihn Panaurov nannte, zu begegnen, wäre ihm unangenehm gewesen. Deshalb besuchte er Julija Sergeevna so selten. Jetzt, so überlegte er sich, war der Vater nicht zu Haus; wenn er jetzt Julija Sergeevna den Schirm brächte, würde er sie allein antreffen, und sein Herz krampfte sich vor Freude zusammen. Schnell, nur schnell!

Er nahm den Regenschirm und rannte aufgeregt los, getragen von den Flügeln der Liebe. Draußen war es heiß. Auf dem riesengroßen, mit Gestrüpp und Brennesseln bewachsenen Hof des Arztes spielten etwa zwei Dutzend Jungen Ball. Das waren die Kinder von Mietern, von den Handwerkern, die in den drei alten, unansehnlichen Nebengebäuden wohnten; der Arzt wollte die Gebäude jedes Jahr renovieren lassen, schob es aber immer wieder hinaus. Die Stimmen klangen frisch und gesund. Ein ganzes Stück von ihnen entfernt, an ihrer Vortreppe, stand Julija Sergeevna, die Hände auf dem Rücken, und sah den spielenden Kindern zu.

»Guten Tag!« rief Laptev.

Sie schaute sich um. Gewöhnlich sah sie gleichgültig aus, kalt oder wie gestern müde; jetzt aber hatte ihr Gesicht einen lebhaften, ausgelassenen Ausdruck wie bei den ballspielenden Jungen.

»Schauen Sie mal, in Moskau wird nie so fröhlich gespielt«, sagte sie und kam ihm entgegen. »Übrigens gibt es doch dort auch nicht solche großen Höfe, dort ist kein Platz zum Laufen. Aber Papa ist eben zu Ihnen gegangen«, fügte sie hinzu und schaute sich nach den Kindern um.

»Ich weiß, aber ich komme nicht zu ihm, sondern zu Ihnen«, antwortete Laptev und staunte über ihre Jugendlichkeit, die er früher nicht bemerkt hatte und gleichsam erst heute bei ihr entdeckte, er meinte ihren schlanken weißen

Hals mit der goldenen Kette zum erstenmal zu sehen. »Ich komme zu Ihnen«, wiederholte er. »Meine Schwester schickt hier den Schirm, Sie haben ihn gestern vergessen.«

Sie streckte die Hand nach dem Schirm aus, aber er drückte ihn an seine Brust und sagte leidenschaftlich, unbeirrt und mit derselben Begeisterung, die er gestern Nacht empfunden hatte, als er unter dem Schirm saß:

»Ich bitte Sie, schenken Sie ihn mir. Ich hebe ihn auf zum Andenken an Sie ... an unsere Bekanntschaft. Er ist so wunderbar.«

»Nehmen Sie ihn«, sagte sie und errötete. »Aber es ist nichts Wunderbares daran.«

Er schaute sie entzückt an, stumm und ohne zu wissen, was er sagen sollte.

»Aber weshalb lasse ich Sie in der Hitze stehen?« sagte sie nach kurzem Schweigen und lachte laut auf. »Gehen wir ins Haus!«

»Störe ich Sie auch nicht?«

Sie traten in den Flur. Julija Sergeevna lief nach oben, und ihr weißes Kleid mit den blauen Blümchen raschelte.

»Mich kann man nicht stören«, antwortete sie und blieb auf der Treppe stehen, »ich tue doch nie etwas. Ich habe jeden Tag Feiertag, vom Morgen bis zum Abend.«

»Ich verstehe nicht, was Sie reden«, sagte er und trat zu ihr. »Ich bin in einer Umgebung aufgewachsen, wo man jeden Tag arbeitet, Männer und Frauen, ohne Ausnahme.«

»Aber wenn es nichts zu tun gibt?« fragte sie.

»Man muß sein Leben so einrichten, daß die Arbeit zur Notwendigkeit wird. Ohne Arbeit kann es kein sauberes, freudiges Leben geben.«

Wieder drückte er den Schirm an seine Brust und sagte leise, für sich ganz unerwartet, wobei er seine Stimme nicht wiedererkannte:

»Wenn Sie einverstanden wären, meine Frau zu werden, ich würde alles hingeben. Alles würde ich geben ... Es gibt keinen Preis, kein Opfer, das ich nicht zu bringen bereit wäre.«

Sie fuhr zusammen und sah ihn erstaunt und erschreckt an.

»Wo denken Sie hin!« sagte sie und erbleichte. »Das ist unmöglich, ich versichere es Ihnen. Entschuldigen Sie.«

Darauf ging sie, wieder mit dem Kleid raschelnd, nach oben und verschwand hinter der Tür.

Laptev hatte verstanden, was das bedeutete, und seine Stimmung veränderte sich so jäh, als sei plötzlich in seiner Seele alles Licht erloschen. Er verließ das Haus und empfand die Scham und die Demütigung eines Menschen, den man verschmäht, der nicht gefällt, der widerlich und vielleicht ekelhaft erscheint und vor dem man wegläuft.

»Ich würde alles hingeben«, äffte er sich selbst nach, als er in der Hitze nach Hause ging und sich an die Einzelheiten seiner Erklärung erinnerte. »Ich würde alles hingeben – ganz wie ein Kaufmann. Wer braucht denn schon dein *Alles*!«

Alles, was er eben geredet hatte, erschien ihm dumm, ja abscheulich. Warum hatte er gelogen, er sei in einer Umgebung groß geworden, wo alle ohne Ausnahme arbeiten? Warum hatte er im schulmeisterlichen Ton von einem sauberen freudigen Leben gesprochen? Das war unklug, langweilig und unehrlich – auf Moskauer Art unehrlich. Allmählich aber wurde er gleichgültig wie ein Verbrecher nach einem harten Urteil, er dachte daran, daß Gott sei Dank alles vorbei sei und es nun keine schreckliche Ungewißheit mehr gebe, daß er nicht mehr tagelang zu warten, zu schmachten und immer nur an das gleiche zu denken brauche. Jetzt war alles klar, er mußte jede Hoffnung auf persönliches Glück fahrenlassen, ohne Wünsche und ohne Hoffnungen leben, ohne Träume, ohne Erwartungen; und um diese Langeweile, die ihm schon so über war, zu betäuben, würde er sich mit fremden Angelegenheiten, mit fremdem Glück befassen, und dann kam unmerklich das Alter, das Leben neigte sich seinem Ende zu – und mehr bedurfte es nicht. Ihm war schon alles gleich; er wollte nichts, er konnte kühl überlegen, aber im Gesicht, besonders unter den Augen, fühlte er eine Schwere, die Stirn dehnte sich wie ein Gummiband – jeden Augenblick konnte er in Tränen ausbrechen. Er fühlte sich am ganzen Körper wie zerschlagen, ging zu Bett und war schon nach fünf Minuten fest eingeschlafen.

III

Der Heiratsantrag, den Laptev so unerwartet gemacht hatte, brachte Julija Sergeevna zur Verzweiflung.

Sie kannte Laptev wenig, sie hatte ihn ganz zufällig kennengelernt; er war ein reicher Mann, Repräsentant der bekannten Moskauer Firma ›Fëdor Laptev & Söhne‹, immer sehr ernst, offenbar klug und wegen der Krankheit seiner Schwester besorgt. Sie hatte gemeint, er beachte sie gar nicht, und auch ihr war er völlig gleichgültig gewesen – und plötzlich diese Erklärung auf der Treppe, dieses bemitleidenswerte, verzückte Gesicht ...

Der Heiratsantrag verwirrte sie, weil er überraschend gekommen, weil das Wort Ehefrau gefallen war und weil sie ihm einen Korb gegeben hatte. Sie hatte schon vergessen, was sie Laptev geantwortet hatte, aber sie fühlte noch immer die Nachwehen jenes heftigen unangenehmen Gefühls, mit dem sie ihm die Absage erteilt hatte. Er gefiel ihr nicht; äußerlich erinnerte er sie an einen Verkäufer, er selbst war nicht interessant, sie konnte nicht anders als mit einer Absage antworten, aber dennoch war es ihr peinlich, als habe sie schlecht gehandelt.

»Großer Gott, ohne ins Zimmer zu kommen, gleich auf der Treppe«, sagte sie verzweifelt, zu dem kleinen Heiligenbild gewandt, das über dem Kopfende ihres Bettes hing, »und vorher hat er mir nicht einmal den Hof gemacht, das alles ist irgendwie sonderbar, ungewöhnlich ...«

In der Einsamkeit wuchs ihre Unruhe von Stunde zu Stunde, und sie konnte mit diesem schweren Gefühl allein nicht fertig werden. Irgend jemand mußte sie anhören und ihr bestätigen, sie habe richtig gehandelt. Aber es war niemand da, mit dem sie sich hätte aussprechen können. Schon lange hatte sie keine Mutter mehr, den Vater hielt sie für einen Sonderling, und sie konnte mit ihm nicht ernsthaft sprechen. Er verwirrte sie mit seinen Launen, seiner übermäßigen Empfindlichkeit und seinen unbestimmten Gesten; man brauchte mit ihm nur ein Gespräch anzufangen, und er redete sofort von sich selbst. Im Gebet war sie nicht ganz aufrichtig, denn sie wußte nicht genau, worum sie Gott eigentlich bitten sollte.

Man brachte den Samovar. Julija Sergeevna ging ins Speisezimmer, sehr blaß, sehr abgespannt, und zeigte eine hilflose Miene. Sie brühte den Tee auf – das war ihre Obliegenheit – und schenkte dem Vater ein Glas ein. Sergej Borisyč, in seinem langen, bis über die Knie reichenden Gehrock, rot im Gesicht, ungekämmt, die Hände in den Taschen, ging im Speisezimmer umher, nicht von einer Ecke in die andere, sondern kreuz und quer, wie ein Tier im Käfig. Ab und zu blieb er am Tisch stehen, trank mit Appetit einen Schluck Tee, ging dann wieder umher und dachte immerfort über etwas nach.

»Laptev hat mir heute einen Antrag gemacht«, sagte Julija Sergeevna und errötete.

Der Arzt sah sie an und verstand sie anscheinend nicht.

»Laptev?« fragte er. »Der Bruder von Frau Panaurova?«

Er liebte seine Tochter; es war so gut wie sicher, daß sie früher oder später heiraten und ihn verlassen würde, aber er bemühte sich, nicht daran zu denken. Er fürchtete sich vor der Einsamkeit, und es wollte ihm scheinen, ihn würde der Schlag treffen, wenn er in diesem großen Haus allein bliebe, aber darüber sprach er nicht gern.

»Nun ja, freut mich sehr«, sagte er und zuckte mit den

Achseln. »Gratuliere dir von ganzem Herzen. Zu deinem großen Vergnügen bietet sich dir jetzt eine herrliche Möglichkeit, dich von mir zu trennen. Und ich verstehe dich vollkommen. In deinen Jahren muß es sehr schwer sein, bei einem alten Vater zu leben, der krank und verrückt ist. Würde ich doch bald krepieren, würde mich doch endlich der Teufel holen, alle wären froh darüber. Gratuliere dir von Herzen.«

»Ich habe ihm einen Korb gegeben.«

Dem Arzt wurde leichter zumute, aber er war nicht mehr imstande innezuhalten und fuhr fort:

»Ich staune, ich staune schon lange, warum man mich bis jetzt noch nicht in ein Irrenhaus gesteckt hat. Warum trage ich diesen Gehrock und keine Zwangsjacke? Ich glaube noch an die Gerechtigkeit, an das Gute, ich bin ein Narr, ein Idealist – ist das in unserer Zeit etwa kein Wahnsinn? Und wie antwortet man mir auf meine Gerechtigkeit, auf meine ehrliche Einstellung? Man wirft beinahe mit Steinen nach mir, man reitet auf mir herum. Sogar die nächsten Verwandten bemühen sich nur, mich auszunutzen, der Teufel soll mich alten Dummkopf holen ...«

»Mit Ihnen kann man nicht vernünftig reden!« sagte Julija.

Sie stand brüsk auf und ging wütend in ihre Zimmer; dabei dachte sie daran, wie oft ihr Vater sie ungerecht behandelte. Doch wenig später tat ihr der Vater schon leid, und als er in den Klub ging, begleitete sie ihn nach unten und schloß selbst hinter ihm die Tür. Das Wetter draußen war schlecht; die Luft unruhig, die Tür zitterte unter dem Druck des Windes, und im Flur zog es so stark von allen Seiten, daß die Kerze zu verlöschen drohte. Oben in ihrer Wohnung ging Julija durch sämtliche Zimmer und bekreuzigte alle Fenster und Türen; der Wind heulte, und es hörte sich an, als laufe jemand auf dem Dach herum. Noch nie hatte sie sich so gelangweilt, so einsam gefühlt.

Sie fragte sich, ob sie gut daran getan hatte, einem Mann einen Korb zu geben, nur weil ihr sein Äußeres nicht gefiel. Es stimmte ja, sie liebte ihn nicht, und ihn heiraten würde bedeuten, für immer ihren Träumen, ihren Vorstellungen von Glück und Ehe ade zu sagen. Ob sie aber jemals dem Mann begegnen würde, von dem sie träumte, und ob sie an ihm Gefallen finden würde? Sie war schon einundzwanzig, und in der Stadt gab es keine Freier. Sie stellte sich alle Männer vor, die sie kannte: Beamte, Pädagogen, Offiziere; einige von ihnen waren bereits verheiratet, und ihr Familienleben entsetzte sie durch seine Leere und Langeweile; die anderen waren uninteressant, farblos, dumm und unmoralisch, Laptev aber war, wie dem auch sei, ein Moskauer, er hatte die Universität absolviert und sprach französisch; er lebte in der Hauptstadt, wo es viele kluge, edle, bemerkenswerte Menschen gab. Dort war etwas los, es gab herrliche Theater, Musikabende, ausgezeichnete Schneiderinnen, Konditoreien ... In der Heiligen Schrift stand geschrieben, eine Ehefrau müsse ihren Mann lieben, und auch in Romanen maß man der Liebe große Bedeutung bei, aber war das nicht übertrieben? Ging es denn im Familienleben nicht auch ohne Liebe? Es hieß doch, die Liebe gehe schnell vorbei und es bleibe nur die Gewohnheit, und der Sinn des Familienlebens sei nicht die Liebe, nicht das Glück, sondern die Pflicht, zum Beispiel die Erziehung der Kinder, die Sorge um den Haushalt und anderes mehr. Ja, und die Heilige Schrift meinte vielleicht gerade die Liebe zum Ehemann als zu seinem Nächsten, die Achtung vor ihm und die Nachsicht ihm gegenüber.

In der Nacht las Julija Sergeevna aufmerksam die Abendgebete, dann kniete sie nieder, drückte die Hände an die Brust, blickte auf das Flämmchen des Ikonenlämpchens und sagte mit Gefühl:

»Unterweise mich, Fürbitterin! Unterweise mich, o Herr!«

In ihrem Leben hatte sie manchmal ältere Mädchen getroffen, die arm und unbedeutend waren und es bitter bereuten und bedauerten, daß sie ihren Freiern einst einen Korb gegeben hatten. Ob mit ihr nicht dasselbe geschehen konnte?

Sollte sie nicht lieber ins Kloster gehen oder Krankenschwester werden?

Sie zog sich aus und ging zu Bett, wobei sie sich selbst und die Luft um sich herum bekreuzigte. Plötzlich klingelte es im Korridor schrill und klagend.

»Oh, mein Gott!« rief sie aus und empfand von diesem Klingeln am ganzen Körper eine krankhafte Gereiztheit. Sie lag und dachte immer nur daran, wie arm an Ereignissen dieses Provinzleben war, wie eintönig und dabei doch unruhig. Immer wieder mußte man zusammenzucken, sich vor etwas fürchten, sich ärgern oder sich schuldig fühlen, und zu guter Letzt waren die Nerven dermaßen strapaziert, daß man sich manchmal fürchtete, unter der Decke hervorzuschauen.

Nach einer halben Stunde ertönte wieder die Klingel und genauso schrill. Das Stubenmädchen schlief wahrscheinlich und hörte nicht. Julija Sergeevna zündete die Kerze an und zog sich, aufgebracht über die Dienstboten, zitternd an; als sie angekleidet in den Korridor trat, schloß das Stubenmädchen unten bereits die Tür ab.

»Ich dachte, es sei der Herr, aber man schickte von einem Kranken«, sagte sie.

Julija Sergeevna kehrte in ihr Zimmer zurück. Sie holte aus der Kommode ein Spiel Karten und beschloß folgendes: Wenn sie die Karten gut mischte und dann beim Abheben die rote Farbe unten lag, so bedeutete das *ja,* das hieß, sie mußte Laptevs Heiratsantrag annehmen; lag aber die schwarze Farbe unten – dann hieß das *nein.* Es war die Pik-Zehn.

Das beruhigte sie; sie schlief ein, aber am Morgen war es wieder weder ja noch nein, und sie dachte, daß sie, wenn sie wollte, jetzt ihr Leben ändern könnte. Die Gedanken ermüdeten sie, sie war erschöpft und fühlte sich krank, aber kurz nach elf kleidete sie sich an und ging zu Nina Fëdorovna. Sie wollte Laptev sehen: vielleicht gefiel er ihr jetzt besser, vielleicht hatte sie sich bis jetzt geirrt ...

Es fiel ihr schwer, gegen den Wind zu gehen, sie kam kaum vorwärts, hielt mit beiden Händen ihren Hut fest und konnte vor Staub nichts sehen.

IV

Als Laptev zu seiner Schwester kam und unerwartet Julija Sergeevna erblickte, empfand er wieder den demütigenden Gemütszustand eines Menschen, der dem anderen zuwider ist. Wenn sie, so schloß er, nach dem, was gestern vorgefallen, so leicht seine Schwester besuchen und ihm begegnen konnte, dann bedeutete das, sie bemerkte ihn nicht oder hielt ihn für eine völlige Null. Doch als er sie begrüßte, sah sie ihn, blaß und mit Schatten unter den Augen, traurig und schuldbewußt an, und er begriff, daß auch sie litt.

Sie fühlte sich nicht wohl, blieb nicht sehr lange, nur etwa zehn Minuten, und verabschiedete sich dann. Beim Weggehen sagte sie zu Laptev:

»Begleiten Sie mich nach Haus, Aleksej Fëdoryč.«

Auf der Straße schwiegen sie und hielten ihre Hüte fest; er ging hinter ihr, bemüht, sie vor dem Wind zu schützen. In der Gasse wurde es ruhiger, und sie gingen nebeneinander.

»Wenn ich gestern unfreundlich war, so entschuldigen Sie das bitte«, begann sie, und ihre Stimme bebte, als wollte sie anfangen zu weinen. »Es ist eine Qual! Ich habe die ganze Nacht nicht geschlafen.«

»Ich habe die ganze Nacht ausgezeichnet geschlafen«, sagte Laptev, ohne sie anzusehen, »aber das heißt nicht, daß ich mich wohl fühle. Mein Leben ist vernichtet, ich bin tief unglücklich, und nach Ihrer gestrigen Absage laufe ich wie vergiftet herum. Das Schwerste wurde gestern gesagt, heute fühle ich mich in Ihrer Gegenwart nicht mehr befangen und kann offen reden. Ich liebe Sie mehr als meine Schwester und mehr als meine selige Mutter ... Ohne Schwester und ohne

Mutter konnte ich leben und habe ich auch gelebt, aber ohne Sie zu leben ist für mich sinnlos, ich kann es nicht ...«

Und nun erriet er wie üblich ihre Absichten. Es war ihm klar, daß sie das gestrige Gespräch fortsetzen wollte und ihn nur deshalb gebeten hatte, sie zu begleiten, und daß sie ihn jetzt zu sich mit nach Hause nahm. Aber was konnte sie zu ihrer Absage noch hinzufügen? Was hatte sie sich Neues ausgedacht? Aus allem, aus ihren Blicken, ihrem Lächeln und sogar daraus, wie sie neben ihm ging und den Kopf und die Schultern hielt, ersah er, daß sie ihn nach wie vor nicht liebte und daß er ihr ein Fremder war. Was wollte sie da noch sagen?

Doktor Sergej Borisyč war zu Hause.

»Herzlich willkommen, freue mich sehr, Sie zu sehen, Fëdor Alekseič«, sagte er, Vor- und Vatersnamen verwechselnd. »Sehr erfreut, sehr erfreut.«

Früher war er nicht so freundlich gewesen, und Laptev vermutete, der Arzt wüßte schon von seinem Heiratsantrag, und das gefiel ihm nicht. Er saß jetzt im Empfangszimmer, und dieser Raum machte durch seine ärmliche, kleinbürgerliche Einrichtung und seine schlechten Bilder einen sonderbaren Eindruck; obwohl es hier Sessel und eine riesige Lampe mit Schirm gab, glich er doch einer unbewohnten Kammer, einem geräumigen Schuppen, und es war offensichtlich, daß sich in diesem Zimmer nur ein Mensch wie der Arzt zu Hause fühlen konnte. Das andere, fast zweimal so große Zimmer nannte sich Saal, aber hier standen nur Stühle herum wie in einer Tanzschule. Während Laptev im Empfangszimmer saß und mit dem Arzt über seine Schwester sprach, begann ihn ein Verdacht zu quälen. War Julia Sergeevna vielleicht deshalb bei seiner Schwester gewesen, hatte sie ihn nur hierhergebracht, um ihm zu erklären, sie nehme seinen Antrag an? Oh, das wäre schrecklich, aber noch schrecklicher war, daß er solch einen Verdacht hegen konnte. Er stellte sich vor, wie Vater und Tochter gestern abend und in der Nacht lange miteinander beraten, vielleicht gestritten hatten und sich dann darin einig waren, daß Julija leichtsinnig gehandelt hatte, einem so reichen Mann einen Korb zu geben. In seinen Ohren klangen sogar die Worte, die in solchen Fällen von den Eltern gesagt werden: »Freilich, du liebst ihn nicht, aber denke daran, wieviel Gutes könntest du tun!«

Der Arzt schickte sich an, auf Krankenbesuche zu fahren. Laptev wollte mit ihm gehen, aber Julija Sergeevna sagte:

»Bleiben Sie noch, ich bitte Sie.«

Sie quälte sich, verlor den Mut und redete sich jetzt ein, es wäre ein Wahnsinn, eine Laune, eine Schrulle, einem anständigen, gutherzigen, liebenden Menschen nur deshalb einen Korb zu geben, weil er ihr nicht gefiel, besonders wenn diese Heirat ihr die Möglichkeit bot, ihr trauriges, eintöniges, müßiges Leben zu verändern, wo die Jugend verging und die Zukunft nichts Besseres verhieß, dafür könnte sie sogar von Gott gestraft werden.

Der Vater ging hinaus. Als seine Schritte verhallten, blieb sie plötzlich vor Laptev stehen, wurde furchtbar blaß und sagte entschlossen:

»Ich habe gestern lange nachgedacht, Aleksej Fëdoryč ... Ich nehme Ihren Antrag an.«

Er verbeugte sich und küßte Ihre Hand, und sie küßte ungeschickt und mit kalten Lippen seinen Kopf. Er fühlte, bei dieser Liebeserklärung fehlte die Hauptsache – ihre Liebe; es gab viel Überflüssiges, er wollte aufschreien, weglaufen, sofort nach Moskau abreisen, aber sie stand dicht vor ihm und erschien ihm wunderschön, und plötzlich übermannte ihn die Leidenschaft; er begriff, daß es schon zu spät war, um zu überlegen, er umarmte sie stürmisch und drückte sie an seine Brust, und während er irgendwelche Worte stammelte und sie mit du anredete, küßte er sie auf den Hals, auf die Wange, auf den Kopf ...

Sie trat ans Fenster, als fürchte sie sich vor diesen Liebkosungen, und beide bedauerten bereits, daß sie sich erklärt hatten, und beide fragten sich verwirrt: Wie konnte das geschehen?

»Wenn Sie wüßten, wie unglücklich ich bin!« sagte sie und ballte die Hände.

»Was ist mit Ihnen?« fragte er, trat zu ihr und ballte ebenfalls die Hände. »Meine Teure, um Gottes willen, reden Sie – was ist los? Aber nur die Wahrheit, ich flehe Sie an, nur die reine Wahrheit!«

»Achten Sie nicht darauf«, antwortete sie und lächelte gezwungen. »Ich verspreche Ihnen, eine treue, ergebene Ehefrau zu sein ... Kommen Sie heute abend.«

An all das erinnerte sich Laptev, als er später bei seiner Schwester saß und ihr einen historischen Roman vorlas, und es kränkte ihn, daß man sein großartiges, reines, tiefes Gefühl oberflächlich erwidert hatte; sie liebte ihn nicht, aber seinen Antrag nahm sie wahrscheinlich nur deshalb an, weil er reich war, das heißt, man bevorzugte bei ihm das, was er bei sich am wenigsten schätzte. Man könnte einräumen, daß Julija, die rein war und an Gott glaubte, nicht ein einziges Mal an Geld gedacht hatte, aber sie liebte ihn nicht, sie liebte ihn nicht, und offensichtlich hatte sie eine Absicht, wenn auch vielleicht eine unklare, von ihr nicht ganz erfaßte, aber eine Absicht. Das Haus des Arztes mit seiner spießbürgerlichen Einrichtung widerte ihn an, der Arzt selbst erschien ihm als ein kläglicher, fetter Geizhals, ein operettenhafter Gaspard aus den ›Glocken von Corneville‹, und selbst der Name Julija klang schon vulgär. Er stellte sich vor, wie er und seine Julija vor den Altar treten würden, obwohl sie sich eigentlich völlig fremd waren, ohne auch nur ein bißchen Gefühl von ihrer Seite, als hätte sie eine Heiratsvermittlerin verkuppelt; und für ihn blieb jetzt nur ein Trost, ebenso banal wie diese Ehe selbst, der Trost, er sei nicht der erste und nicht der letzte, so heirateten Tausende von Menschen, und mit der Zeit, wenn Julija ihn näher kennenlernte, würde sie ihn vielleicht auch liebgewinnen.

»Romeo und Julia!« sagte er, klappte das Buch zu und lachte. »Nina, ich bin Romeo, du kannst mir gratulieren, ich habe heute Julija Belavina einen Heiratsantrag gemacht.«

Nina Fëdorovna dachte, er scherzt nur, aber dann mußte sie ihm glauben und begann zu weinen. Diese Neuigkeit gefiel ihr nicht.

»Nun denn, ich gratuliere«, sagte sie. »Aber warum denn so plötzlich?«

»Nein, das kam gar nicht plötzlich. Das zieht sich schon seit März hin, du hast nur nichts gemerkt ... Ich habe mich bereits im März verliebt, als ich sie hier in deinem Zimmer kennenlernte.«

»Und ich dachte, du heiratest eine von unseren Moskauerinnen«, meinte Nina Fëdorovna nach kurzem Schweigen. »Die Mädchen aus unserem Kreis sind schlichter. Aber Hauptsache, Alëša, du bist glücklich, das ist das wichtigste. Mein Grigorij Nikolaič liebt mich nicht, man kann es nicht verheimlichen, und du siehst, wie wir leben. Jede Frau kann dich natürlich für deine Güte und deinen Verstand liebgewinnen, aber Julečka ist doch adlig und war in einem staatlichen Internat, Verstand und Güte sind für sie zuwenig; sie ist jung, aber du, Alëša, du bist nicht mehr jung und nicht schön.«

Um ihre letzten Worte zu mildern, streichelte sie ihm die Wange und sagte:

»Du bist nicht schön, aber nett.«

Sie hatte sich so aufgeregt, daß eine leichte Röte ihre Wangen überzog. Mit Begeisterung sprach sie davon, ob es schicklich wäre, wenn sie Alëša mit einem Heiligenbild segne; sie sei doch die ältere Schwester und ersetze ihm die Mutter; und immerfort bemühte sie sich, ihren traurigen Bruder davon zu überzeugen, man müsse die Hochzeit so festlich und fröhlich feiern, wie es sich gehöre, damit die Leute nichts zu reden hätten.

Als Bräutigam besuchte nun Laptev die Belavins drei- bis

viermal am Tag; er hatte keine Zeit mehr, Saša abzulösen und den historischen Roman weiter vorzulesen. Julija empfing ihn in ihren zwei Zimmern, die weit entfernt vom Salon und vom Arbeitszimmer des Vaters lagen und ihm sehr gefielen. Hier gab es dunkle Wände, in einer Ecke stand ein Heiligenschrein mit Ikonen; es roch nach gutem Parfüm und dem Öl aus dem heiligen Lämpchen. Sie bewohnte die abgelegensten Zimmer, ihr Bett und der Toilettentisch waren von Wandschirmen verstellt und die kleinen Türen am Bücherschrank von innen mit einem grünen Vorhang bespannt; sie trat auf dem Teppich so leise auf, daß man ihre Schritte nicht hören konnte – und das bedeutete für ihn, sie habe einen verschlossenen Charakter und liebe ein stilles, ruhiges, zurückgezogenes Leben. Zu Hause hielt man sie noch für unmündig, sie bekam kein eigenes Geld und genierte sich oft bei Spaziergängen, weil sie keine einzige Kopeke bei sich hatte. Für Kleidung und Bücher händigte ihr der Vater ratenweise höchstens hundert Rubel im Jahr aus. Der Arzt hatte selbst kaum Geld, trotz der guten Praxis. Jeden Abend spielte er im Klub Karten und verlor immer. Außerdem kaufte er bei der Gesellschaft für gegenseitige Kredithilfe unter Übernahme der Schulden Häuser und vermietete sie; die Mieter zahlten unpünktlich, aber er behauptete, diese Manipulationen mit den Häusern seien sehr einträglich. Sein Haus, in dem er mit der Tochter wohnte, verpfändete er und kaufte für das Geld Brachland, wo er schon mit dem Bau eines großen zweistöckigen Hauses begonnen hatte, um es wieder zu verpfänden.

Laptev lebte jetzt wie im Rausch, als sei er nicht er, sondern sein Doppelgänger, und er tat manches, wozu er sich früher nicht hätte entschließen können. Etwa dreimal ging er mit dem Arzt in den Klub, speiste mit ihm zu Abend und bot ihm selbst Geld für den Bau an; er war sogar bei Panaurov, in dessen anderer Wohnung. Einmal lud ihn Panaurov zu sich zum Mittagessen ein, und Laptev dachte sich nichts dabei und willigte ein. Ihm entgegen kam eine Dame von etwa fünfunddreißig Jahren, sie war hochgewachsen, hager, hatte graumeliertes Haar und schwarze Augenbrauen und schien keine Russin zu sein. Ihr Gesicht bedeckten weiße Puderflecken, sie lächelte süßlich und drückte ihm so heftig die Hand, daß die Armbänder an ihren weißen Handgelenken klirrten. Laptev schien es, sie lächele nur deshalb so, weil sie vor den anderen und vor sich selbst verbergen wollte, daß sie unglücklich war. Er erblickte auch zwei Mädchen von fünf und drei Jahren, die Saša ähnelten. Zu Mittag servierte man Milchsuppe, kaltes Kalbfleisch mit Mohrrüben und dann Schokolade – das war süßlich und schmeckte nicht, aber dafür glänzten auf dem Tisch goldene Gäbelchen, Flakons mit Soja und Cayennepfeffer, ein ungewöhnlich verschnörkelter Gewürzständer und eine goldene Pfefferdose.

Erst nachdem Laptev die Milchsuppe gegessen hatte, begriff er, wie ungelegen er eigentlich hier zum Mittagessen gekommen war. Die Dame war verwirrt, sie lächelte die ganze Zeit und zeigte dabei ihre Zähne; Panaurov erklärte wissenschaftlich, was Verliebtheit bedeute und weshalb sie entstehe.

»Wir haben es hier mit einer Elektrizitätserscheinung zu tun«, sagte er auf französisch zu der Dame. »In der Haut eines jeden Menschen befinden sich mikroskopische Drüsen, die elektrische Ströme enthalten. Treffen Sie sich mit einem Individuum, dessen Ströme mit den Ihren parallel laufen – haben Sie schon die Liebe.«

Als Laptev nach Hause kam und die Schwester fragte, wo er gewesen sei, war es ihm peinlich, und er antwortete nicht.

Die ganze Zeit bis zur Hochzeit hatte er das Gefühl, in eine ganz verdrehte Situation geraten zu sein. Seine Liebe wurde mit jedem Tag stärker, und Julija kam ihm poetisch und erhaben vor, aber die Gegenliebe fehlte, und der Kern der Sache war der, daß er kaufte und sie sich verkaufte. Manchmal, wenn er grübelte, geriet er einfach in Verzweiflung und fragte sich, ob er nicht fliehen sollte. Er schlief ganze Nächte lang nicht und dachte immer daran, wie er nach der

Hochzeit in Moskau der Frau begegnen sollte, die er in seinen Briefen an die Freunde ›Person‹ nannte, und wie der Vater und Bruder, beide schwerfällige Menschen, sich zu seiner Hochzeit mit Julija verhalten würden. Er fürchtete, der Vater könnte schon bei der ersten Begegnung mit Julija ihr irgendwelche Grobheit sagen. Mit dem Bruder Fëdor aber geschah in der letzten Zeit etwas Sonderbares. In seinen langen Briefen schrieb er über die Bedeutung der Gesundheit, über den Einfluß der Krankheiten auf die psychische Verfassung und über die Religion, aber kein Wort von Moskau und den Geschäften. Diese Briefe reizten Laptev, und er glaubte, der Charakter seines Bruders verändere sich zum Schlechten.

Die Hochzeit war im September. Die Trauung fand nach der Messe in der Peter-und-Pauls-Kirche statt, und noch am selben Tag reisten die Neuvermählten nach Moskau ab. Als Laptev und seine Frau, die in ihrem schwarzen Kleid mit der Schleppe nicht mehr einem Mädchen, sondern einer wirklichen Dame glich, von Nina Fëdorovna Abschied nahmen, verzog sich das Gesicht der Kranken, aber keine Träne fiel aus ihren trockenen Augen. Sie sagte:

»Wenn ich, was Gott bewahre, sterbe, nehmt meine Mädchen zu euch.«

»Oh, ich verspreche es Ihnen!« antwortete Julija Sergeevna, und ihre Lippen und Augenlider begannen nervös zu zucken.

»Ich komme im Oktober zu dir«, sagte Laptev gerührt. »Werde wieder gesund, meine Teure.«

Sie fuhren in einem Sonderabteil. Beide waren traurig und verlegen. Sie saß in der Ecke, im Hut, und gab sich den Anschein, als schlummere sie; er aber lag ihr gegenüber auf dem Polstersitz, und ihn bewegten verschiedene Gedanken: über den Vater, über die ›Person‹ und die Frage, ob Julija seine Moskauer Wohnung gefallen würde. Und während er seine Frau, die ihn nicht liebte, immer wieder anschaute, dachte er niedergeschlagen: Wie konnte das geschehen?

V

Die Laptevs trieben in Moskau Engroshandel mit Kurzwaren: Fransen, Band, Zierborten, Strickbaumwolle, Knöpfen und dergleichen. Die Bruttoeinnahmen beliefen sich auf zwei Millionen Rubel im Jahr; wie hoch der Reingewinn war, wußte niemand außer dem Alten. Die Söhne und die Verkäufer schätzten diesen Gewinn ungefähr auf dreihunderttausend; sie sagten, er wäre noch um hunderttausend höher, hätte der Alte »nicht mit dem Geld um sich geworfen«, das heißt, nicht Kredite ohne eingehende Prüfung gewährt; in den letzten zehn Jahren hatten sich für fast eine Million Rubel Wechsel angesammelt, und wenn das Gespräch darauf kam, blinzelte der erste Verkäufer listig mit einem Auge und sprach Worte, deren Bedeutung nicht jedem klar war:

»Eine psychologische Auswirkung der Zeit.«

Die wichtigsten Geschäfte wurden in dem städtischen Handelshof, in einem Raum, der das Lager hieß, abgeschlossen. Der Eingang zu diesem Lager befand sich auf dem Hof, wo es immer dämmerig war, nach Bastmatten roch und die Hufe der Pferde über den Asphalt stampften. Eine eisenbeschlagene Tür, dem Aussehen nach sehr einfach, führte vom Hof in ein von der Feuchtigkeit braun gewordenes Zimmer, dessen Wände mit Kohle beschrieben waren und das von einem schmalen vergitterten Fenster erhellt wurde. Links kam man in ein anderes Zimmer, das etwas größer und sauberer war und in dem ein gußeiserner Ofen und zwei Tische standen, das jedoch ebenfalls ein Gefängnisfenster erhellte – das war das Kontor, und von hier aus führte eine schmale steinerne Treppe in den ersten Stock, zum Hauptlager. Das war ein ziemlich großer Raum, aber wegen der ständigen Dämmerung, der niedrigen Decke, der Kisten, Ballen und hin und her laufenden Menschen machte er auf einen Neuling den gleichen unansehnlichen Eindruck wie die beiden unteren Zimmer. Oben und auch im Kontor lag auf Regalen die Ware in Ballen, Packen und Pappschachteln; sie war weder ordentlich noch schön aufgestellt, und wären nicht hier und dort durch die Löcher der Papiertüten bald knallrote Fäden, bald eine Quaste, bald ein Stückchen Franse zu sehen gewesen, man hätte nicht sofort erraten, womit hier eigentlich gehandelt wurde. Wenn man die zerknüllten Papiertüten und Schachteln sah, konnte man nicht glauben, daß solche Kleinigkeiten Millionen einbrachten und daß hier im Lager Tag für Tag fünfzig Menschen beschäftigt waren, die Käufer nicht gerechnet.

Als Laptev einen Tag nach seiner Ankunft in Moskau um die Mittagszeit im Lager erschien, verpackten die Hilfsarbeiter gerade Ware und hämmerten so laut auf die Kisten, daß ihn keiner hereinkommen hörte. Ein ihm bekannter Briefträger kam mit einem Packen Briefe in der Hand die Treppe herunter, verzog wegen des Gehämmers das Gesicht und bemerkte ihn ebenfalls nicht. Der erste, der ihn oben empfing, war sein Bruder Fëdor Fëdoryč; er ähnelte ihm so, daß man beide für Zwillinge hielt. Diese Ähnlichkeit erinnerte Laptev ständig an sein eigenes Aussehen, und als er jetzt den kleinen Mann mit den roten Wangen, dem spärlichen Kopfhaar und den mageren, ordinären Hüften erblickte, der so uninteressant und unintelligent aussah, fragte er sich selbst: Sehe ich etwa genauso aus?

»Wie ich mich freue, dich zu sehen!« sagte Fëdor, wobei er sich mit dem Bruder küßte und ihm fest die Hand drückte. »Ich habe jeden Tag ungeduldig auf dich gewartet, mein Lieber. Als du geschrieben hast, du heiratest, begann mich die Neugier zu plagen, und ich sehnte mich auch nach dir, Bruder. Urteile selbst, wir haben uns ein halbes Jahr nicht gesehen. Nun, wie steht's? Wie? Geht es Nina schlecht? Sehr schlecht?«

»Sehr schlecht.«

»Es ist Gottes Wille«, meinte Fëdor seufzend. »Nun, und deine Frau? Ist sicher eine Schönheit? Ich liebe sie schon, ist doch mein Schwesterchen. Wir werden sie gemeinsam verwöhnen.«

Vor Laptev tauchte der ihm schon längst bekannte breite, gebeugte Rücken seines Vaters Fëdor Stepanyč auf. Der Alte saß neben dem Ladentisch auf einem Hocker und unterhielt sich mit einem Käufer.

»Papa, Gott hat Freude gesandt!« rief Fëdor. »Der Bruder ist da!«

Fëdor Stepanyč war hochgewachsen und außerordentlich kräftig gebaut, so daß er trotz seiner achtzig Jahre und der Runzeln noch immer das Aussehen eines gesunden, starken Mannes hatte. Er sprach mit tiefer, dröhnender Baßstimme, die aus seiner breiten Brust wie aus einem Faß tönte. Er rasierte sich, trug einen soldatisch gestutzten Schnurrbart und rauchte Zigarren. Weil ihm immer heiß war, trug er im Lager und zu Hause zu jeder Jahreszeit ein weißes Jackett aus Segeltuch. Vor kurzem hatte man ihm den grauen Star entfernt, er sah schlecht und konnte das Geschäft nicht mehr führen, unterhielt sich nur noch und trank Tee mit Varenje.

Laptev bückte sich und küßte ihm erst die Hand, dann die Lippen.

»Wir haben uns recht lange nicht gesehen, gnädiger Herr«, sagte der Alte. »Recht lange nicht. Nun, soll man dir zur Vermählung gratulieren? Na gut, ich gratuliere.«

Und er hielt ihm die Lippen zum Kuß hin. Laptev bückte sich und küßte sie.

»Nun, was ist, hast du dein Fräulein mitgebracht?« fragte der Alte und wandte sich, ohne die Antwort abzuwarten, an einen Käufer.

»Hiermit teile ich Ihnen mit, lieber Papa, daß ich mit der und der Jungfrau in den heiligen Ehestand trete. Ja. Aber den Papa um Segen und Rat bitten, das gibt's nicht mehr. Jetzt macht jeder, was er will. Als ich heiratete, war ich über vierzig, aber ich lag vor meinem Vater auf den Knien und bat ihn um Rat. Jetzt gibt's so was nicht mehr.«

Der Alte freute sich über den Sohn, hielt es aber für unziemlich, ihn lieb und nett zu behandeln und seine Freude zu zeigen. Seine Stimme, die Art zu sprechen und das ›Fräulein‹ verdarben Laptev die Laune, wie sie ihm jedesmal verdorben wurde, wenn er im Lager war. Hier erinnerte ihn jede Kleinigkeit an die Vergangenheit, als man ihn prügelte und von Fastenkost leben ließ; er wußte, man prügelte auch jetzt die Lehrjungen und schlug ihnen die Nasen blutig, und würden diese Jungen erwachsen sein, dann würden sie selbst schlagen. Er brauchte sich nur fünf Minuten im Lager aufzuhalten, und schon schien es ihm, man werde ihn gleich beschimpfen oder auf die Nase schlagen.

Fëdor klopfte dem Käufer auf die Schulter und sagte zum Bruder:

»Hier, Alëša, stell ich dir unseren Ernährer aus Tambov vor, Grigorij Timofeič. Kann der heutigen Jugend als Beispiel dienen: ist über fünfzig und hat noch keine Kinder.«

Die Verkäufer lachten, und der Käufer, ein hagerer Alter mit blassem Gesicht, lachte auch.

»Eine Natur von ungewöhnlicher Aktivität«, bemerkte der erste Verkäufer, der hier hinter dem Ladentisch stand. »Wo sie hineingeht, von dort kommt sie auch wieder heraus.«

Der erste Verkäufer, ein hochgewachsener Mann um die Fünfzig, mit einem dunklen Bart, einer Brille und einem Bleistift hinterm Ohr, drückte seine Gedanken gewöhnlich unklar aus, mit entfernten Anspielungen, und an seinem verschmitzten Lächeln sah man, daß er den Worten einen besonderen, feinen Sinn verlieh. Er liebte es, seine Rede mit literatursprachlichen Ausdrücken zu verschleiern, die er auf seine Art verstand; auch viele gewöhnliche Worte gebrauchte er oft nicht in der Bedeutung, die sie hatten. Zum Beispiel das Wort ›ausgenommen‹. Wenn er irgendeinen Gedanken kategorisch zum Ausdruck brachte und nicht wollte, daß man ihm widersprach, streckte er die rechte Hand vor und sagte:

»Ausgenommen!«

Das erstaunlichste daran war, daß die anderen Verkäufer und die Käufer ihn ausgezeichnet verstanden. Er hieß Ivan

Vasiljič Počatkin und war aus Kašira gebürtig. Als er jetzt Laptev gratulierte, drückte er sich so aus:

»Ihrerseits ist das ein Verdienst der Tapferkeit, denn ein Frauenherz – das ist Šamyl.«

Eine andere wichtige Person im Lager war der Verkäufer Makeičev, ein korpulenter, stämmiger Mann mit einer Glatze und einem Backenbart. Er trat zu Laptev und gratulierte ihm ehrerbietig mit halblauter Stimme:

»Ich habe die Ehre ... Der Herrgott hat die Gebete Ihres Erzeugers erhört. Gott sei gedankt.«

Darauf traten die anderen Verkäufer heran und gratulierten zur Eheschließung. Sie waren alle nach der Mode gekleidet und hatten das Aussehen von durchaus anständigen, wohlerzogenen Menschen. Sie sprachen Moskauer Russisch, und weil sie sich fast überstürzten, hörten sich die hastig gesprochenen Gratulationen, wie zum Beispiel der Satz: »Ich wünsche Ihnen alles Gute«, so an, als sause eine Peitsche durch die Luft: »schinassute.«

Laptev wurde das alles bald langweilig, und er wollte nach Hause, aber es war ihm peinlich wegzugehen. Anstandshalber mußte man mindestens zwei Stunden im Lager bleiben. Er ging vom Ladentisch weg und begann Makeičev auszufragen, ob der Sommer gut verlaufen sei und ob es nichts Neues gäbe; der Verkäufer antwortete ehrerbietig, ohne ihn anzusehen. Ein Junge mit geschorenem Kopf und in einem grauen Arbeitskittel reichte Laptev ein Glas Tee ohne Untertasse; etwas später stolperte ein anderer Junge im Vorbeigehen über einen Kasten und wäre beinahe hingefallen, das Gesicht des gediegenen Makeičev aber verzerrte sich plötzlich zu einer fürchterlichen Grimasse, der Grimasse eines Ungeheuers, und er schrie ihn an:

»Geh mit den Füßen!«

Die Verkäufer waren zufrieden, daß ihr junger Chef geheiratet hatte und endlich zurückgekehrt war; neugierig und freundlich betrachteten sie ihn, und jeder, der vorbeiging, hielt es für seine Pflicht, ihm ehrerbietig etwas Angenehmes zu sagen. Laptev aber war überzeugt, das alles sei unaufrichtig und man schmeichle ihm nur, weil man ihn fürchtete. Er konnte einfach nicht vergessen, wie vor fünfzehn Jahren ein psychisch kranker Verkäufer nur in Unterwäsche und barfuß auf die Straße hinausgelaufen war, mit der Faust zu den Fenstern des Chefs hinaufgedroht und dabei geschrien hatte, man habe ihn zu Tode gequält; und als er später wieder gesund war, lachte man lange über den armen Schlucker und erinnerte ihn immer wieder daran, daß er seine Chefs ›Exporteure‹ statt ›Exploiteure‹ genannt hatte. Im allgemeinen ging es den Angestellten bei Laptev sehr schlecht, und man sprach schon längst in allen Läden darüber. Das schlimmste war, daß der alte Fëdor Stepanyč in bezug auf sie eine Art asiatische Politik betrieb. So wußte keiner, wieviel Gehalt seine Lieblinge Počatkin und Makeičev erhielten; sie bekamen mit den Geldprämien je dreitausend Rubel im Jahr, nicht mehr, er aber tat so, als zahle er jedem von ihnen siebentausend. Prämien wurden jedes Jahr und an alle Verkäufer gezahlt, aber heimlich, so daß derjenige, der wenig bekam, aus Ehrgeiz sagen sollte, er habe viel erhalten; kein einziger Lehrjunge wußte, wann man ihn zum Verkäufer befördern würde; kein einziger Angestellter wußte, ob sein Chef mit ihm zufrieden war oder nicht. Den Verkäufern war nichts unbedingt verboten, daher wußten sie nicht, was ihnen erlaubt war und was nicht. Man verbot ihnen nicht zu heiraten, aber sie heirateten trotzdem nicht, weil sie fürchteten, sie würden es ihrem Chef nicht recht machen und könnten die Stelle verlieren. Es war ihnen erlaubt, Bekannte zu haben und Besuche zu machen, aber um neun Uhr abends wurde bereits das Tor abgeschlossen, und jeden Morgen musterte der Chef mißtrauisch alle Angestellten und prüfte, ob nicht einer von ihnen nach Vodka roch: »Los, hauch mich an!«

An jedem Feiertag waren die Angestellten verpflichtet, zur Frühmesse zu gehen, und sie mußten sich in der Kirche so aufstellen, daß ihr Chef sie sah. Die Fasten wurden streng eingehalten. An Festtagen, zum Beispiel am Namenstag des Chefs oder eines Mitgliedes seiner Familie, mußten die Verkäufer sammeln und eine Torte oder ein Album überreichen. Sie wohnten in dem unteren Stockwerk des Hauses in der Pjatnickaja-Straße und im Seitengebäude, wo sie zu dritt und viert in einem Zimmer untergebracht waren; zu Mittag aßen sie aus einer gemeinsamen Schüssel, obwohl vor jedem ein Teller stand. Wenn während des Mittagessens jemand von den Chefs hereinkam, standen sie alle auf.

Laptev war sich bewußt, daß vielleicht nur diejenigen ihn im Ernst für ihren Wohltäter hielten, die durch die Erziehung des Alten verdorben waren, die übrigen aber sahen in ihm ihren Feind und ›Exporteur‹. Jetzt, nach einem halben Jahr Abwesenheit, bemerkte er keine Veränderung zum Besseren; und es gab sogar etwas Neues, das nichts Gutes verhieß. Sein Bruder Fëdor, der früher still, ernst und außerordentlich feinfühlend war, gab sich jetzt den Anschein eines sehr beschäftigten Mannes, er lief im Lager mit einem Bleistift hinterm Ohr herum, klopfte den Käufern auf die Schulter und schrie die Verkäufer an: »Freunde!« Er spielte offenbar irgendeine Rolle, aber in dieser Rolle erkannte Aleksej ihn nicht wieder.

Die Stimme des Alten dröhnte ununterbrochen. Aus Langeweile belehrte der Alte den Käufer, wie man leben und seine Geschäfte führen müsse, und dabei stellte er immer sich selbst als Beispiel hin. Diese Prahlerei, diesen autoritativen, bedrückenden Ton bekam Laptev schon seit zehn, fünfzehn und zwanzig Jahren zu hören. Der Alte vergötterte sich selbst, nach seinen Worten sah es immer so aus, als habe er seine verstorbene Frau und ihre Verwandtschaft glücklich gemacht, die Kinder belohnt, den Verkäufern und Angestellten Gutes getan und als seien die ganze Straße und alle Bekannten genötigt, ewig für ihn zu Gott zu beten. Was auch immer er tat, alles war sehr gut, und gingen bei den Leuten die Geschäfte schlecht, so nur deshalb, weil sie ihn nicht um Rat fragen wollten; ohne seinen Rat konnte kein Geschäft gelingen. In der Kirche stellte er sich immer vor alle anderen, und er tadelte sogar die Priester, wenn sie nach seiner Meinung falsch zelebrierten; er glaubte dabei, das sei Gott wohlgefällig, weil Gott ihn liebe.

Gegen zwei Uhr waren im Lager schon alle beschäftigt, außer dem Alten, dessen Stimme weiterdröhnte. Um nicht tatenlos herumzustehen, nahm Laptev von einer Meisterin Zierborten entgegen und ließ sie gehen, dann hörte er einen Käufer an, einen Kaufmann aus Volodga, und befahl einem Verkäufer, diesen zu bedienen.

»T, V, A«, hörte man von allen Seiten (mit den Buchstaben bezeichnete man im Lager die Preise und Nummern der Ware). »R, I, T!«

Beim Weggehen verabschiedete sich Laptev nur von Fëdor.

»Ich komme morgen mit meiner Frau in die Pjatnickaja-Straße«, sagte er, »aber ich warne euch – wenn Vater ihr auch nur ein grobes Wort sagt, bleibe ich keine Minute.«

»Du bist immer noch derselbe«, sagte Fëdor seufzend. »Hast geheiratet und dich nicht verändert! Man muß bei dem Alten ein Auge zudrücken, Bruder. Also morgen gegen elf. Wir werden euch mit Ungeduld erwarten. Du kommst also gleich nach der Morgenmesse.«

»Ich besuche keine Messe.«

»Nun, das ist ja gleich. Hauptsache, du kommst nicht später als um elf, damit man in Ruhe gemeinsam zu Gott beten und frühstücken kann. Grüße das Schwesterchen und küsse ihre Händchen. Ich weiß es schon – ich werde sie liebhaben«, fügte Fëdor völlig aufrichtig hinzu. »Ich beneide dich, Bruder!« rief er, als Aleksej schon die Treppe hinunterstieg.

Aber warum tut er immerfort so verlegen, als wenn ihm schiene, er sei nackt? überlegte Laptev, als er die Nikolskaja-Straße entlangging und die Veränderung, die in Fëdor vorgegangen war, zu verstehen versuchte – auch seine Sprache war irgendwie neu: Bruder, lieber Bruder, Gott erwies uns die Gnade, zu Gott beten – genauso wie Juduška bei Saltykov-Ščedrin.

VI

Am folgenden Tag, einem Sonntag, fuhr er um elf Uhr mit seiner Frau in einer leichten einspännigen Kalesche die Pjatnickaja-Straße entlang. Er fürchtete, Fëdor Stepanyč könnte ausfällig werden, und das war ihm schon im voraus unangenehm. Nach den zwei Nächten, die Julija Sergeevna im Haus ihres Mannes verbracht hatte, hielt sie ihre Heirat bereits für einen Fehler und ein Unglück, und hätte sie mit ihrem Mann nicht in Moskau, sondern in einer anderen Stadt leben müssen, sie hätte, so schien es ihr, dieses Grauen nicht ertragen. Moskau aber bereitete ihr Vergnügen; die Straßen, Häuser und Kirchen gefielen ihr sehr, und könnte sie in dieser herrlichen Kalesche mit dem teuren Pferd den ganzen Tag von früh bis spät in Moskau herumfahren und bei der rasenden Fahrt die kühle Herbstluft einatmen, sie würde sich wahrscheinlich nicht so unglücklich fühlen.

Vor einem weißen, erst vor kurzem verputzten zweistöckigen Haus zügelte der Kutscher das Pferd und lenkte es nach rechts. Sie wurden schon erwartet. Am Tor standen der Hausknecht im neuen Kaftan, mit hohen Stiefeln und Galoschen sowie zwei Polizisten; die ganze Fläche von der Mitte der Straße bis zum Tor und dann der Hof bis zur Vortreppe war mit frischem Sand bestreut.

Der Hausknecht nahm die Mütze ab, die Polizisten salutierten. An der Vortreppe begrüßte sie mit sehr ernstem Gesicht Fëdor.

»Ich freue mich, Sie kennenzulernen, Schwesterchen«, sagte er zu Julija und küßte ihre Hand. »Herzlich willkommen.«

Er faßte sie unter und führte sie die Treppe hinauf, dann den Korridor entlang durch eine Schar von Männern und

Frauen. Im Vorzimmer herrschte ebenfalls Gedränge, und es roch nach Weihrauch.

»Ich stelle Sie gleich unserem Vater vor«, flüsterte Fëdor in der feierlichen Totenstille. »Ein ehrwürdiger Alter, pater familias.«

Im großen Saal neben dem Tisch, der für die Andacht vorbereitet war, standen, offenbar in Erwartung, Fëdor Stepanyč, der Priester mit der Kamilavka auf dem Kopf und der Diakon. Der Alte reichte Julija die Hand und sagte kein Wort. Alle schwiegen. Julija wurde verlegen.

Der Priester und der Diakon legten den Ornat an. Man brachte das Weihrauchfäßchen, aus dem Funken sprühten und dem ein Duft von Weihrauch und Kohle entströmte. Man zündete die Kerzen an. Die Verkäufer kamen auf Zehenspitzen in den Saal und stellten sich in zwei Reihen an der Wand auf. Es war still, man wagte nicht einmal zu hüsteln.

»Segne uns, o Herr«, begann der Diakon.

Den Gottesdienst zelebrierte man feierlich, ohne etwas auszulassen, und man brachte zwei Lobgesänge zu Ehren Jesu und der heiligen Mutter Gottes. Die Chorsänger sangen nur nach Noten und sehr lange. Laptev hatte bemerkt, wie seine Frau vorhin verlegen wurde; während man die Lobgesänge vortrug und die Chorsänger in verschiedenen Tonarten sorgfältig dreimal »Herr, erbarme dich« sangen, erwartete er jeden Augenblick, innerlich gespannt, daß sich der Vater umschaute und eine Bemerkung machte, wie etwa: Sie können sich nicht bekreuzigen; und er ärgerte sich: Wozu diese Menschenmenge, wozu diese ganze Zeremonie mit den Geistlichen und den Chorsängern? Das war allzusehr Kaufmannsart. Doch als sie gemeinsam mit dem Alten das Haupt vor dem Evangelium senkte und dann einige Male niederkniete, erkannte er, daß ihr alles gefiel, und er beruhigte sich.

Am Ende des Gottesdienstes, während des Bittgesanges für das Herrscherhaus, ließ der Priester den Alten und Aleksej das Kreuz küssen, aber als Julija Sergeevna sich näherte, bedeckte er das Kreuz mit der Hand und gab zu verstehen, er wolle sprechen. Man winkte den Chorsängern zu, sie sollten schweigen.

»Der Prophet Samuel«, begann der Priester, »kam auf Gottes Befehl nach Bethlehem, und da fragten ihn die Stadtältesten bebend. ›Ist's Frieden, daß du kommst?‹ Und es sprach der Prophet: ›Ja, ich bin gekommen, dem Herrn zu opfern; heiliget euch und kommt mit mir zum Opfer.‹ So wollen auch wir, Magd Gottes Julija, dich fragen, ob du den Frieden bringst in dieses Haus?«

Julija errötete vor Aufregung. Nachdem der Priester geendet hatte, reichte er ihr das Kreuz zum Küssen und sagte schon in einem ganz anderen Ton:

»Jetzt muß man Fëdor Fëdoryč verheiraten. Es ist Zeit.«

Die Chorsänger begannen wieder zu singen, die Leute bewegten sich, und es wurde laut. Der Alte küßte gerührt und mit Tränen in den Augen Julija dreimal, bekreuzigte ihr Gesicht und sagte:

»Das ist euer Haus. Ich bin alt und brauche nichts mehr.«

Die Verkäufer gratulierten und sagten etwas, aber die Chorsänger sangen so laut, daß nichts zu verstehen war. Dann frühstückte man und trank Champagner. Sie saß neben dem Alten, und er erzählte ihr, es sei nicht gut, getrennt zu leben, man müsse in einem Haus wohnen, denn Teilungen und Uneinigkeit führten zum Ruin.

»Ich habe es erworben, die Kinder geben nur aus«, sagte er. »Jetzt wohnt ihr mit mir in einem Haus und verdient das Geld. Für mich alten Mann ist es Zeit, mich zur Ruhe zu setzen.«

Vor Julijas Augen tauchte immerfort Fëdor auf, der ihrem Mann sehr ähnlich, aber beweglicher und schüchterner war; er lief hin und her und küßte ihr oft die Hand.

»Wir sind einfache Leute, Schwesterchen«, sagte er, und auf seinem Gesicht traten rote Flecken hervor. »Wir leben einfach, auf russische Art und christlich, Schwesterchen.«

Als sie nach Hause zurückfuhren, sagte Laptev, der sehr zufrieden war, daß alles gut verlaufen und wider Erwarten nichts Besonderes geschehen war, zu seiner Frau:

»Du staunst, weil dieser große, breitschultrige Vater solche kleinen, schwachbrüstigen Kinder hat wie mich und Fëdor. Ja, aber das ist nur zu verständlich! Vater heiratete meine Mutter, als er fünfundvierzig, sie aber erst siebzehn Jahre zählte. Wenn er zu Hause war, sah sie blaß aus und zitterte. Nina wurde als erste geboren, noch von einer verhältnismäßig gesunden Mutter, daher ist sie stärker und besser geraten als wir; ich aber und Fëdor wurden empfangen und geboren, als unsere Mutter von der ständigen Angst schon erschöpft war. Ich entsinne mich, mein Vater begann mich zu unterrichten oder, einfacher gesagt, zu prügeln, da war ich noch keine fünf Jahre. Er züchtigte mich mit Ruten, zog mich an den Ohren, schlug mich auf den Kopf, und jeden Morgen, wenn ich aufwachte, dachte ich zuallererst: Wird man mich heute prügeln? Zu spielen und ausgelassen zu sein war mir und Fëdor verboten; wir mußten zur Frühmesse und zum Mittagsgottesdienst gehen, den Popen und Mönchen die Hände küssen, zu Hause die Lobgesänge lesen. Du bist religiös und liebst das alles, ich aber habe Angst vor der Religion, und wenn ich an einer Kirche vorbeigehe, fällt mir meine Kindheit ein, und mir wird unheimlich zumute. Als ich acht Jahre zählte, nahm man mich schon mit ins Lager; ich arbeitete wie ein einfacher Junge, und das war ungesund, weil man mich hier fast jeden Tag prügelte. Später, als ich ins Gymnasium ging, lernte ich vormittags, und vom Mittag bis zum Abend mußte ich immer im Lager sitzen, und das bis zu meinem zweiundzwanzigsten Lebensjahr, bis ich an der Universität Jarcev kennenlernte, der mich überredete, das Vaterhaus zu verlassen. Dieser Jarcev hat mir viel Gutes getan. Weißt du was«, sagte Laptev und lachte vor Vergnügen, »laß uns gleich bei Jarcev eine Visite machen. Er ist der edelmütigste Mensch! Wie wird er gerührt sein!«

VII

An einem Novembersonnabend dirigierte Anton Rubinstein ein Sinfoniekonzert. Es war sehr voll und heiß. Laptev stand hinter den Säulen, seine Frau aber und Kostja Kočevoj saßen weit vorn in der dritten oder vierten Reihe. Gleich zu Beginn der Pause ging völlig unerwartet die ›Person‹, Polina Nikolaevna Rassudina, an ihm vorbei. Nach seiner Hochzeit hatte er oft voller Sorge an die Möglichkeit einer Begegnung mit ihr gedacht. Als sie ihn jetzt offen und ungeniert ansah, fiel ihm ein, daß er es bis jetzt versäumt hatte, sich mit ihr auszusprechen oder ihr wenigstens freundschaftlich zwei, drei Zeilen zu schreiben, es war, als ob er sich vor ihr versteckte; er schämte sich und errötete. Sie drückte ihm fest und heftig die Hand und fragte:

»Haben Sie Jarcev nicht gesehen?«

Und ohne eine Antwort abzuwarten, ging sie eilig und weit ausschreitend davon, als habe sie jemand von hinten angestoßen.

Sie war sehr mager, häßlich und hatte eine lange Nase. Ihr Gesicht sah immer erschöpft und gequält aus, und es schien, es koste sie viel Mühe, die Augen offenzuhalten und nicht umzusinken. Sie hatte herrliche dunkle Augen und einen klugen, gutmütigen und aufrichtigen Gesichtsausdruck, aber eckige und hastige Bewegungen. Es war nicht einfach, sich mit ihr zu unterhalten, weil sie nicht zuhören und ruhig sprechen konnte. Sie zu lieben aber war schwer. Früher, als sie mit Laptev zusammen lebte, konnte sie lange lachen, das Gesicht mit den Händen bedeckt; sie behauptete, die Liebe sei für sie nicht das Wesentliche, sie zierte sich wie ein siebzehnjähriges Mädchen, und bevor sie sich küssen ließ, mußten alle Kerzen gelöscht werden. Sie war auch schon dreißig Jahre alt und mit einem Pädagogen verheiratet, lebte aber schon lange nicht mehr mit ihrem Mann. Den Lebensunterhalt verdiente sie sich durch Musikstunden und durch Mitwirken in Quartetten.

Während der Neunten Sinfonie ging sie wieder vorbei, gleichsam zufällig, aber eine Gruppe von Männern, die wie eine dichte Wand hinter den Säulen stand, ließ sie nicht weiterkommen, und sie blieb stehen. Laptev sah, daß sie dieselbe Samtjacke trug, in der sie die Konzerte auch im vorigen und vorvorigen Jahr besucht hatte. Die Handschuhe und der Fächer waren neu, aber billig. Sie putzte sich gern, verstand es jedoch nicht und wollte dafür kein Geld ausgeben; sie kleidete sich schlecht und nachlässig, und wenn sie wie gewöhnlich eilig und weit ausschreitend zur Unterrichtsstunde ging, konnte man sie leicht für einen jungen Klosterbruder halten.

Das Publikum applaudierte und rief da capo.

»Sie werden heute den Abend mit mir verbringen«, sagte Polina Nikolaevna, während sie an Laptev herantrat und ihn streng ansah. »Wir fahren von hier zusammen zum Tee. Hören Sie? Das verlange ich. Sie sind mir in vielem zu Dank verpflichtet und haben nicht das moralische Recht, mir diese Kleinigkeit abzuschlagen.«

»Gut, fahren wir«, willigte Laptev ein.

Nach der Sinfonie begannen die endlosen Bravorufe. Das Publikum erhob sich von den Plätzen und ging außerordentlich langsam hinaus, Laptev aber konnte nicht wegfahren, ohne seine Frau davon zu benachrichtigen. Er mußte an der Tür stehenbleiben und warten.

»Ich möchte schrecklich gern Tee trinken«, klagte die Rassudina »Meine Seele brennt.«

»Wir können auch hier trinken«, sagte Laptev. »Gehen wir zum Büfett.«

»Nun, ich habe kein Geld, um es dem Büfettier hinzuwerfen. Ich bin keine Kaufmannsfrau.«

Er bot ihr seinen Arm, doch sie lehnte ab und sagte dabei den langen, ihn langweilenden Satz, den er schon so oft von ihr gehört hatte, daß sie sich nicht zu dem schwachen, schönen Geschlecht zähle und Gefälligkeiten der Herren Männer nicht benötige.

Während Polina Nikolaevna sich mit Laptev unterhielt, beobachtete sie das Publikum und begrüßte häufig Bekannte; das waren ihre Kameradinnen von den Frauenkursen und dem Konservatorium, ferner ihre Schüler und Schülerinnen. Sie drückte ihnen fest und ungestüm die Hand, als wolle sie sie abreißen. Dann aber begann sie wie im Fieber mit den Schultern zu zucken und zu zittern, und schließlich sagte sie leise, wobei sie Laptev entsetzt ansah:

»Wen haben Sie geheiratet? Wo waren Ihre Augen, Sie Verrückter? Was haben Sie an diesem dummen, unbedeutenden Mädchen gefunden? Ich habe Sie doch wegen Ihres Geistes, wegen Ihrer Seele geliebt, diese Porzellanpuppe aber braucht nur Ihr Geld!«

»Lassen wir das, Polina«, sagte er mit flehender Stimme. »Alles, was Sie mir wegen meiner Heirat sagen können, habe ich mir viele Male schon selbst gesagt ... Tun Sie mir nicht unnötig weh.«

Da erschien Julija Sergeevna im schwarzen Kleid mit einer großen Brillantbrosche, die ihr der Schwiegervater nach dem Gottesdienst geschickt hatte. Hinter ihr schritt ihr Gefolge: Kočevoj, zwei bekannte Ärzte, ein Offizier und ein korpulenter junger Mann in Studentenuniform mit Namen Kiš.

»Fahr mit Kostja«, sagte Laptev zu seiner Frau. »Ich komme später nach.«

Julija nickte und ging weiter. Am ganzen Körper zitternd und nervös zuckend, blickte ihr Polina Nikolaevna nach, voller Abscheu, Haß und Schmerz.

Laptev hatte Angst, zu ihr zu fahren, weil er eine unangenehme Auseinandersetzung, Grobheiten und Tränen voraussah; daher schlug er ihr vor, sie solle mit ihm in ein Restaurant gehen, um dort Tee zu trinken. Sie aber sagte:

»Nein, nein, wir fahren zu mir. Sprechen Sie mir nicht von Restaurants!«

Sie ging nicht gern in Restaurants, sie meinte, dort sei die Luft vom Tabak und dem Atem der Männer vergiftet. Allen unbekannten Männern gegenüber hatte sie ein seltsames Vorurteil, sie hielt alle für Wüstlinge, die fähig waren, sich jeden Augenblick auf sie zu stürzen. Außerdem konnte sie sich über die Musik in den Gasthäusern ärgern, bis sie Kopfschmerzen bekam.

Nachdem sie das Adelskasino verlassen hatten, nahmen sie eine Droschke zur Savëlov-Gasse auf der Ostoženka, wo die Rassudina wohnte. Unterwegs dachte Laptev über sie nach. Er war ihr in der Tat für vieles zu Dank verpflichtet. Er hatte sie bei seinem Freund Jarcev kennengelernt, dem sie Musiktheorie beibrachte. Sie gewann Laptev lieb, ihre Liebe war groß und völlig selbstlos; obwohl sie zu ihm in intime Beziehungen getreten war, gab sie weiter Unterrichtsstunden und arbeitete nach wie vor bis zur Erschöpfung. Durch ihren Einfluß begann er die Musik, die ihm früher beinahe gleichgültig war, zu verstehen und zu lieben.

»Ein Königreich für ein Glas Tee!« sagte sie mit dumpfer Stimme, während sie den Mund mit dem Muff schützte, um sich nicht zu erkälten »Ich habe fünf Stunden gegeben, hol sie der Teufel! Die Schüler sind ja solche Dummköpfe, solche Tölpel, ich könnte platzen vor Wut. Und ich weiß nicht, wann diese Zuchthausarbeit ein Ende nehmen wird. Ich habe mich schon fast zu Tode geschunden. Sobald ich mir dreihundert Rubel gespart habe, laß ich alles stehen und liegen und fahre auf die Krim. Ich lege mich an den Strand und schlucke Sauerstoff. Wie ich das Meer liebe, ach, wie ich es liebe!«

»Sie fahren nirgendwohin«, sagte Laptev. »Erstens werden Sie sich nichts sparen, und zweitens sind Sie geizig. Entschuldigen Sie, ich wiederhole es noch einmal. Ist es denn weniger demütigend, bei müßigen Menschen, die bei Ihnen aus lauter Nichtstun Musikunterricht nehmen, groschenweise dreihundert Rubel zu sammeln, als sich das Geld bei Ihren Freunden zu borgen?«

»Ich habe keine Freunde«, sagte sie gereizt. »Und ich bitte Sie, reden Sie keinen Unsinn. Bei der Arbeiterklasse, zu der ich gehöre, gibt es ein Privileg: das Bewußtsein der Unbestechlichkeit, das Recht, den Kaufleuten nichts schuldig zu sein und sie zu verachten. Nein, mich kaufen Sie nicht! Ich bin keine Julečka!«

Laptev bezahlte nicht den Droschkenkutscher, weil er wußte, das würde einen ganzen Wortschwall hervorrufen, den er früher schon oft gehört hatte. Sie bezahlte selbst. Polina Nikolaevna wohnte bei einer alleinstehenden Dame in einem kleinen möblierten Zimmer und wurde von ihr auch beköstigt. Ihr großer Becker-Flügel stand vorläufig bei Jarcev in der Bolšaja-Nikitskaja-Straße, und sie ging jeden Tag zum Spielen dorthin. In ihrem Zimmer waren auf den Sesseln Überzüge, auf dem Bett lag eine weiße Barchentdecke, die Blumen gehörten der Wirtin, an den Wänden hingen Öldrucke, und nichts hätte einen auf den Gedanken gebracht, daß hier eine gebildete Frau wohnte. Es gab weder einen Toilettentisch noch Bücher, noch einen Schreibtisch. Aus allem war zu ersehen, daß sie zu Bett ging, sobald sie nach Hause kam, und daß sie das Haus verließ, sobald sie morgens aufgestanden war.

Die Köchin brachte den Samovar. Polina Nikolaevna brühte Tee auf und begann, noch immer zitternd, da es im Zimmer kalt war, die Sänger zu kritisieren, die in der Neunten Sinfonie gesungen hatten. Vor Müdigkeit fielen ihr die Augen zu. Sie trank ein Glas, dann ein zweites, ein drittes.

»Also, Sie sind verheiratet«, sagte sie. »Aber machen Sie sich keine Sorgen, ich bin nicht böse und kann Sie aus meinem Herzen reißen. Es ist nur ärgerlich und bitter, daß Sie genauso ein Lump sind wie alle anderen, daß Sie von einer Frau keinen Geist, keinen Intellekt brauchen, sondern den Körper, die Schönheit und die Jugend . . . die Jugend!« näselte sie, als wolle sie jemanden nachahmen, und lachte dabei. »Die Jugend! Sie brauchen *Reinheit, Reinheit! Reinheit!«* Sie brach in Lachen aus und lehnte sich im Sessel zurück. *»Reinheit!«*

Als sie zu lachen aufhörte, waren ihre Augen verweint.

»Sind Sie wenigstens glücklich?« fragte sie.

»Nein.«

»Liebt sie Sie?«

»Nein.«

Laptev, der erregt war und sich unglücklich fühlte, erhob sich und ging im Zimmer auf und ab.

»Nein«, wiederholte er. »Wenn Sie es wissen wollen, Polina, ich bin sehr unglücklich. Was soll ich tun? Ich habe eine Dummheit gemacht, das ist jetzt nicht mehr zu ändern. Man muß die Sache philosophisch betrachten. Sie heiratete ohne Liebe, das ist dumm, und aus Berechnung, aber ohne richtig zu überlegen; jetzt sieht sie offenbar ihren Fehler ein und leidet darunter. Ich sehe es. Nachts schlafen wir, aber am Tage fürchtet sie sich, auch nur fünf Minuten mit mir allein zu bleiben, und sucht Zerstreuung und Gesellschaft. Sie schämt sich, mit mir zusammen zu sein, und hat Angst.«

»Aber Geld nimmt Sie doch von Ihnen?«

»Das ist dumm, Polina!« rief Laptev. »Sie nimmt Geld von mir, weil es ihr völlig gleich ist, ob sie es hat oder nicht. Sie ist ein ehrlicher, reiner Mensch. Sie hat mich nur geheiratet, weil sie ihren Vater verlassen wollte, das ist alles.«

»Und sind Sie überzeugt, daß sie Sie geheiratet hätte, wenn Sie nicht reich wären?« fragte die Rassudina.

»Von nichts bin ich überzeugt«, wiederholte Laptev wehmütig. »Von nichts. Ich begreife gar nichts. Um Gottes willen, Polina, reden wir nicht darüber.«

»Lieben Sie sie?«

»Wahnsinnig.«

Darauf trat Schweigen ein. Sie trank das vierte Glas, er aber ging auf und ab und dachte daran, daß seine Frau jetzt wahrscheinlich im Ärzteklub zu Abend speiste . . .

»Aber kann man denn lieben, ohne zu wissen, wozu?« fragte die Rassudina und zuckte mit den Achseln. »Nein, aus Ihnen spricht nur tierische Begierde! Sie sind berauscht! Sie sind von diesem schönen Körper, von dieser *Reinheit* vergiftet! Gehen Sie weg von mir, Sie sind mir widerwärtig! Gehen Sie zu ihr!«

Sie machte eine Handbewegung, nahm seinen Hut und schleuderte ihn zu ihm hin. Er zog schweigend seinen Pelz an und ging hinaus, sie aber lief ihm nach bis in den Flur und klammerte sich krampfhaft an seinen Arm, an die Schulter und begann zu schluchzen.

»Hören Sie auf, Polina! Schon gut!« sprach er; es gelang ihm nicht, ihre Finger zu öffnen. »Beruhigen Sie sich, ich bitte Sie!«

Sie schloß die Augen und wurde blaß, ihre lange Nase nahm die unangenehm wachsbleiche Farbe wie bei einer Toten an, und Laptev konnte noch immer nicht ihre Finger öffnen. Sie war ohnmächtig. Behutsam hob er sie auf und legte sie aufs Bett, dann blieb er etwa zehn Minuten neben ihr sitzen, bis sie wieder zu sich kam. Ihre Hände waren kalt, der Puls ging schwach und unregelmäßig.

»Gehen Sie nach Haus«, sagte sie und schlug die Augen auf. »Gehen Sie, sonst heule ich wieder. Ich muß mich sehr zusammennehmen.«

Als er sie verließ, begab er sich nicht in den Ärzteklub, wo ihn die Gesellschaft erwartete, sondern nach Hause. Unterwegs fragte er sich vorwurfsvoll: Warum hatte er nicht mit dieser Frau, die ihn so liebte und die tatsächlich bereits seine Frau und Gefährtin gewesen war, eine Familie gegründet? Sie war ihm als einzige ergeben, und wäre es denn zudem nicht eine dankbare und ehrenhafte Aufgabe, diesem klugen, stolzen und von der Arbeit erschöpften Wesen Glück, Heim und Ruhe zu geben? Schickten sich denn für ihn, so fragte er sich, diese Ansprüche auf Schönheit und Jugend, auf ein Glück, das es nicht gab und das ihn, wie zur Strafe oder zum Hohn, schon drei Monate in einen düsteren und niedergeschlagenen Zustand versetzte? Die Flitterwochen waren längst vorbei, und so lächerlich es anmutete, er wußte bis jetzt nicht, was für ein Mensch seine Frau war. Ihren Freundinnen aus dem Internat und dem Vater schrieb sie fünf Seiten lange Briefe, da wußte sie auch, worüber sie schreiben sollte, mit ihm aber sprach sie nur über das Wetter oder daß es Zeit zum Mittag- oder Abendessen sei. Sah er vor dem Schlafengehen zu, wie sie lange betete und dann ihre kleinen Kreuze und Heiligenbilder abküßte, dachte er voll Haß: Da betet sie, aber wozu betet sie? Wozu? In Gedanken beleidigte er sie und sich, indem er sich sagte, daß er, wenn er mit ihr schlafe und sie in seinen Armen liege, sich nur das nehme, was er bezahle, aber das war entsetzlich; wäre sie doch wenigstens eine gesunde, mutige Sünderin, aber hier gab es nur Jugend, Religiosität, Sanftmut, unschuldige Augen ... Als sie seine Braut gewesen war, hatte ihn ihre Religiosität gerührt, jetzt aber kam ihm diese konventionelle Bestimmtheit von Ansichten und Überzeugungen wie eine Barriere vor, hinter der sich die Wahrheit verbarg. Alles in seinem Familienleben war qualvoll. Wenn seine Frau neben ihm im Theater saß, seufzte und aufrichtig lachte, bedrückte es ihn, daß sie allein genoß und ihre Begeisterung nicht mit ihm teilen wollte. Und merkwürdig, sie hatte sich mit allen seinen guten Bekannten angefreundet, und sie alle wußten schon, was für ein Mensch sie war, er aber wußte nichts, blies nur Trübsal und war im stillen eifersüchtig.

Als Laptev nach Hause kam, zog er seinen Schlafrock und die Pantoffeln an und setzte sich ins Arbeitszimmer, um einen Roman zu lesen. Seine Frau war noch nicht zu Hause. Aber es verging keine halbe Stunde, da klingelte es im Vorzimmer, und man hörte dumpf Pëtrs Schritte, der angelaufen kam, um die Tür zu öffnen. Es war Julija. Sie betrat im Pelz das Arbeitszimmer und hatte vom Frost gerötete Wangen.

»Auf der Presnja-Straße ist ein Großfeuer«, sagte sie, noch ganz außer Atem. »Ein riesiger Feuerschein! Ich fahre mit Konstantin Ivanyč dorthin.«

»Gott befohlen!«

Ihr gesundes, frisches Aussehen und der kindliche Schreck

in den Augen beruhigte Laptev. Er las noch etwa eine halbe Stunde und ging dann schlafen.

Am nächsten Tag schickte ihm Polina Nikolaevna zwei Bücher, die sie einmal von ihm geliehen hatte, in das Lager, dann seine Briefe und Fotografien; dabei befand sich ein Zettel, auf dem nur ein Wort stand: Erledigt!

VIII

Schon Ende Oktober bekam Nina Fëdorovna einen Rückfall. Sie magerte schnell ab, und ihr Gesicht veränderte sich. Trotz der großen Schmerzen bildete sie sich ein, sie werde wieder gesund; sie kleidete sich jeden Morgen an wie eine Gesunde und lag dann den ganzen Tag angezogen auf dem Bett. Zuletzt wurde sie sehr gesprächig; sie lag auf dem Rücken und redete leise, schwer atmend und mühevoll. Sie starb ganz plötzlich unter folgenden Umständen:

Es war ein klarer, mondheller Abend; auf der Straße fuhr man auf dem frischen Schnee Schlitten, und von draußen drang der Lärm ins Zimmer. Nina Fëdorovna lag auf dem Rücken im Bett, und Saša, die niemand mehr ablöste, saß daneben und war eingenickt.

»Ich kann mich nicht mehr auf seinen Vatersnamen besinnen«, erzählte Nina Fëdorovna leise, »sein Vorname war Ivan, sein Familienname Kočevoj, er war ein armer Beamter und ein Trunkenbold, Gott hab ihn selig! Er besuchte uns immer, und jeden Monat gaben wir ihm ein Pfund Zucker und ein Achtel Tee. Nun, manchmal natürlich auch Geld. Ja ... Dann geschah folgendes: Unser Kočevoj begann stark zu trinken und starb, der Vodka hatte seine Gesundheit ruiniert. Er hinterließ einen Sohn, ein Bürschlein von sieben Jahren. Ein kleines Waisenkind ... Wir nahmen ihn zu uns und versteckten ihn bei den Verkäufern; so lebte er ein ganzes Jahr, und Vater wußte nichts davon. Als er ihn aber sah, sagte er nichts, sondern winkte nur ab. Als Kostja, das Waisenkind, acht Jahre alt war, ich war zu dieser Zeit schon Braut, fuhr ich mit ihm in alle Gymnasien. Hierhin und dorthin, aber nirgends nahm man ihn auf. Er weinte ... ›Warum weinst du denn, du kleiner Dummkopf?‹ sagte ich. Ich fuhr mit ihm zum Razguljaj, in das Zweite Gymnasium, und dort nahm man ihn Gott sei Dank auf ... Und das Bürschchen mußte jeden Tag von der Pjatnickaja-Straße zum Razguljaj und vom Razguljaj zurück zur Pjatnickaja-Straße laufen ... Alëša zahlte für ihn ... Dank Gottes Gnade lernte der Junge gut, er fand sich zurecht, und aus ihm ist etwas geworden ... Er ist jetzt Rechtsanwalt in Moskau, Alëšas Freund, von derselben hohen Wissenschaft. Da haben wir den Menschen nicht verachtet und ihn in unser Haus aufgenommen, und jetzt betet er sicherlich für uns zu Gott ... Ja ...«

Nina Fëdorovna sprach immer leiser, und nachdem sie ein Weilchen geschwiegen hatte, richtete sie sich plötzlich auf und setzte sich.

»Mir ist so ... als ob mir schlecht wäre«, sagte sie. »Herrgott, erbarme dich meiner. O weh, ich kriege keine Luft!«

Saša wußte, daß ihre Mutter bald sterben mußte; als sie jetzt sah, wie ihr Gesicht plötzlich verfiel, erriet sie, daß dies das Ende war, und sie erschrak.

»Mamachen, du darfst nicht!« schluchzte sie. »Nein, du darfst nicht.«

»Lauf in die Küche, man soll den Vater holen. Mir ist so schlecht!«

Saša lief durch alle Zimmer und rief, aber sie konnte im ganzen Haus keinen Dienstboten finden, nur im Speisezimmer schlief Lida auf einer Truhe, angekleidet und ohne Kissen. Saša lief so, wie sie war, und ohne Galoschen auf den Hof, dann auf die Straße hinaus. Am Hoftor auf einer Bank saß die Kinderfrau und schaute beim Schlittenfahren zu. Vom Fluß herauf, wo die Eisenbahn war, schallte Militärmusik.

»Njanja, die Mutter stirbt!« sagte Saša schluchzend. »Man muß den Vater holen!«

Die Kinderfrau ging hinauf ins Schlafzimmer, schaute die Kranke an und steckte ihr eine brennende Wachskerze in die Hände. Saša lief, von Angst gepackt, hin und her und bat flehentlich, ohne selbst zu wissen, wen, den Vater zu holen, dann zog sie den Mantel an, band ein Tuch um und lief auf die Straße hinaus. Von den Dienstboten wußte sie, daß der Vater noch eine andere Frau und zwei Mädchen hatte, mit denen er auf der Bazarnaja-Straße wohnte. Sie lief vom Tor aus nach links, weinte, fürchtete sich vor den fremden Menschen und blieb bald im Schnee stecken und fror.

Eine leere Droschke kam ihr entgegen, aber sie nahm sie nicht. Am Ende könnte der Kutscher sie nach außerhalb fahren, berauben und auf dem Friedhof absetzen (die Dienstboten hatten beim Teetrinken von solch einem Fall erzählt). Sie ging und ging schluchzend und vor Erschöpfung keuchend. Als sie auf die Bazarnaja-Straße kam, fragte sie, wo Herr Panaurov wohne. Irgendeine unbekannte Frau erklärte ihr das lange, aber als sie merkte, daß Saša nichts verstanden hatte, nahm die Frau sie bei der Hand und brachte sie zu einem einstöckigen Haus mit einer Freitreppe. Die Tür war nicht abgeschlossen. Saša lief durch die Diele, dann den Korridor entlang und geriet endlich in ein helles, warmes Zimmer, wo beim Samovar ihr Vater saß und mit ihm eine Dame und zwei Mädchen. Aber sie konnte kein Wort hervorbringen und schluchzte nur. Panaurov begriff alles.

»Geht es der Mama nicht gut?« fragte er. »Sag, Mädchen, geht es der Mama nicht gut?«

Er wurde aufgeregt und schickte nach einer Droschke.

Als sie zu Hause ankamen, saß Nina Fëdorovna von Kissen umgeben und mit der Kerze in der Hand da. Ihr Gesicht war dunkler geworden, die Augen waren schon geschlossen. Im Schlafzimmer, an der Tür, standen dichtgedrängt die Kinderfrau, die Köchin, das Stubenmädchen, der

Knecht Prokofij und ein paar unbekannte, einfache Leute. Die Kinderfrau gab im Flüsterton Anweisungen, aber man verstand sie nicht. Am anderen Ende des Zimmers, am Fenster, stand Lida, blaß und verschlafen, und schaute finster auf die Mutter.

Panaurov nahm Nina Fëdorovna die Kerze aus der Hand, verzog angewidert das Gesicht und warf sich auf die Kommode.

»Das ist schrecklich!« stellte er fest, und seine Schultern zuckten. »Nina, du mußt dich hinlegen«, sagte er zärtlich. »Leg dich hin, meine Liebe.«

Sie sah ihn an, aber erkannte ihn nicht ... Man legte sie auf den Rücken.

Als der Geistliche und der Arzt Sergej Borisyč kamen, bekreuzigten sich die Dienstboten schon fromm und gedachten der Toten im Gebet.

»Da haben wir die Bescherung«, sagte der Arzt nachdenklich, als er in den Salon trat. »Und so jung war sie noch, keine vierzig.«

Man hörte das laute Schluchzen der Mädchen. Panaurov trat blaß und mit feuchten Augen an den Arzt heran und sagte mit schwacher, matter Stimme:

»Mein Teurer, erweisen Sie mir den Gefallen, schicken Sie ein Telegramm nach Moskau. Das geht wirklich über meine Kräfte.«

Der Arzt verschaffte sich Tinte und verfaßte folgendes Telegramm an die Tochter:

»Panaurova acht Uhr abends entschlafen. Sage deinem Mann, auf Dvorjanskaja wird Haus verkauft mit Übernahme der Schulden, neun zuzahlen. Versteigerung zwölften, Rate nicht versäumen.«

IX

Laptev wohnte in einer kleinen Nebenstraße an der Malaja Dmitrovka, unweit vom Staryj Pimen. Außer dem großen Haus an der Straße hatte er noch ein zweistöckiges Seitengebäude auf dem Hof gemietet, und zwar für seinen Freund Kočevoj, den Gehilfen eines Rechtsanwalts, den alle Laptevs einfach Kostja nannten, weil er vor ihren Augen aufgewachsen war. Diesem Seitengebäude gegenüber stand ein anderes, ebenfalls zweistöckiges Gebäude, in dem eine französische Familie wohnte, die sich aus Mann, Frau und fünf Töchtern zusammensetzte.

Es herrschten etwa zwanzig Grad Frost. Die Fenster waren vereist. Als Kostja morgens aufwachte, nahm er mit besorgtem Gesicht fünf Tropfen einer Arznei, holte aus dem Bücherschrank zwei Hanteln und machte gymnastische Übungen. Er war hochgewachsen, sehr mager und hatte einen langen rötlichen Schnurrbart; das bemerkenswerteste an seinem Äußeren waren aber seine ungewöhnlich langen Beine.

Pëtr, ein Mann in mittleren Jahren, mit Jackett und Kattunhosen, die in hohen Stiefeln steckten, brachte den Samovar und brühte den Tee auf.

»Ein sehr schönes Wetter jetzt, Konstantin Ivanyč«, sagte er.

»Ja, das Wetter ist gut, nur schade, Bruder, daß es uns beiden nicht besonders gutgeht.«

Pëtr seufzte aus Höflichkeit.

»Was machen die Mädchen?« fragte Kočevoj.

»Väterchen sind nicht gekommen, Aleksej Efimyč unterrichten sie selbst.«

Kostja fand an der Fensterscheibe eine Stelle, die nicht vereist war, und richtete sein Opernglas auf die Fenster, hinter denen die französische Familie wohnte.

»Nichts zu sehen«, sagte er.

Zu dieser Zeit erteilte unten Aleksej Fëdoryč den beiden

Mädchen Saša und Lida Religionsunterricht. Schon anderthalb Monate wohnten sie mit ihrer Gouvernante in Moskau, im unteren Stockwerk des Seitengebäudes; dreimal die Woche kamen ein Lehrer der Städtischen Lehranstalt und der Priester zu ihnen ... Saša nahm das Neue Testament durch, Lida dagegen hatte vor kurzem mit dem Alten begonnen. Als Hausarbeit hatte Lida das letztemal die Aufgabe bekommen, alles bis Abraham zu wiederholen.

»Also, Adam und Eva hatten zwei Söhne«, sagte Laptev. »Ausgezeichnet. Aber wie hießen sie? Denk mal nach.«

Lida, nach wie vor finster, schwieg, schaute auf den Tisch und bewegte nur die Lippen; Saša, die ältere, blickte ihr ins Gesicht und war ganz unglücklich.

»Du weißt es sehr gut, du darfst dich nur nicht aufregen«, sagte Laptev. »Nun, wie hießen Adams Söhne?«

»Abel und Kabel«, flüsterte Lida.

»Kain und Abel«, verbesserte Laptev.

Eine große Träne rollte langsam über Lidas Wange und tropfte auf das Buch. Saša schlug ebenfalls die Augen nieder und errötete, nahe daran, zu weinen. Laptev konnte vor Mitleid nicht weitersprechen, es schnürte ihm die Kehle zu; er erhob sich und steckte sich eine Zigarette an. Da kam von oben Kočevoj herunter, mit einer Zeitung in der Hand. Die Mädchen standen auf und machten einen Knicks, ohne ihn anzusehen.

»Um Gottes willen, Kostja«, sagte Laptev, »kümmern Sie sich um sie. Ich fürchte, ich fange noch selbst an zu weinen, und ich muß vor dem Essen noch ins Lager fahren.«

»Einverstanden.«

Aleksej Fëdoryč ging fort. Kostja setzte sich mit einem sehr ernsten Gesicht an den Tisch, runzelte die Stirn und zog die Heilige Schrift zu sich heran.

»Nun?« fragte er. »Wo seid ihr stehengeblieben?«

»Sie weiß etwas über die Sintflut«, sagte Saša.

»Über die Sintflut? Gut, stürzen wir uns auf die Sintflut.

Also los, über die Sintflut.« Kostja las flüchtig die kurze Beschreibung der Sintflut in der Bibel und sagte: »Ich muß bemerken, daß es so eine Sintflut, wie sie hier beschrieben wurde, in Wirklichkeit gar nicht gegeben hat. Und es gab auch keinen Noah. Einige tausend Jahre vor Christi Geburt gab es auf der Erde eine ungewöhnliche Überschwemmung, sie wird nicht nur in der jüdischen Bibel erwähnt, sondern auch in den Büchern der anderen alten Völker, wie der Griechen, Chaldäer und Inder. Aber wie die Überschwemmung auch gewesen sein mag, sie konnte nicht die ganze Erde überschwemmen. Nun, die Ebenen schon, aber die Berge blieben bestimmt verschont. Dieses Büchlein könnt ihr natürlich lesen, aber glaubt nicht alles.«

Bei Lida flossen wieder die Tränen, sie drehte sich um und schluchzte so laut, daß Kostja auffuhr und sich ganz verwirrt von seinem Sitz erhob.

»Ich will nach Hause«, sagte sie. »Zu Papa und zur Kinderfrau.«

Saša begann auch zu weinen.

Kostja ging nach oben in seine Wohnung und telefonierte mit Julija Sergeevna.

»Meine Beste, die Mädchen weinen wieder. Es ist nicht auszuhalten.«

Julija Sergeevna kam aus dem großen Haus herübergelaufen, um die Mädchen zu trösten. Sie hatte nur ein gestricktes Tuch über die Schultern geworfen und war völlig durchfroren.

»Glaubt mir doch, glaubt mir«, sagte sie mit flehender Stimme, bald die eine, bald die andere an sich drückend, »euer Papa kommt heute, er hat ein Telegramm geschickt. Ihr beweint eure Mutter, auch mir tut sie leid, es zerreißt einem das Herz, aber was soll man machen? Man kann doch nicht gegen Gott angehen!«

Als die Mädchen zu weinen aufhörten, wurden sie von ihr warm angezogen und zu einer Spazierfahrt mitgenommen.

Zuerst fuhren sie über die Malaja Dimitrovka, dann am Strastnoj-Kloster vorbei, zur Tverskaja; an der Kapelle der Iberischen Muttergottes hielten sie an, stellten je eine Kerze auf, knieten nieder und beteten. Auf dem Rückweg machten sie einen Abstecher zu Filippov und kauften Fastenkringel mit Mohn.

Die Laptevs aßen nach zwei Uhr zu Mittag. Die Speisen servierte Pëtr. Dieser Pëtr lief tagsüber mal zum Postamt, mal ins Lager, mal für Kostja zum Kreisgericht; er hatte zu bedienen, abends stopfte er Zigaretten, nachts ging er die Tür öffnen, und kurz nach vier Uhr heizte er schon die Öfen; niemand wußte, wann er eigentlich schlief. Er entkorkte mit Vorliebe Selterswasserflaschen und machte das geschickt und geräuschlos, ohne einen Tropfen zu vergießen.

»Gott geb's!« sagte Kostja, während er vor der Suppe ein Gläschen Vodka trank.

In der ersten Zeit hatte Kostja Julija Sergeevna nicht gefallen; sein Baß, seine Ausdrücke wie: »an die Luft gesetzt; in die Fresse gefahren; Gesindel; gestalte mal den Samovar«, seine Gewohnheit, anzustoßen und bei jedem Gläschen Vodka eine lange Litanei herzubeten, schien ihr trivial. Als sie ihn aber näher kennenlernte, fühlte sie sich in seiner Gegenwart wohl. Er war sehr offen zu ihr, sprach gern abends halblaut mit ihr über etwas und gab ihr sogar Romane zu lesen, die er selbst verfaßt hatte; sie waren bis jetzt ein Geheimnis, sogar für seine Freunde Laptev und Jarcev. Sie las diese Romane und lobte sie, um ihn nicht zu betrüben, und er freute sich, denn er hoffte, über kurz oder lang ein bekannter Schriftsteller zu werden. In seinen Romanen beschrieb er nur Dörfer und Gutshöfe, obwohl er sehr selten, nur wenn er sich bei Bekannten in der Sommerfrische aufhielt, ein Dorf sah; auf einem Gutshof war er nur einmal im Leben gewesen, als er wegen einer Gerichtssache nach Volokolamsk fahren mußte. Das Element der Liebe mied er, als geniere er sich, die Natur beschrieb er oft und liebte dabei Ausdrücke wie: »bizarre

Bergkonturen; wunderliche Wolkenformen oder ein Akkord geheimnisvoller Harmonien«. Seine Romane wurden nirgends gedruckt, und er erklärte das mit den Zensurverhältnissen.

Die Rechtsanwaltstätigkeit gefiel ihm, aber für seine Hauptbeschäftigung hielt er nicht den Anwaltsberuf, sondern diese Romane. Ihm schien, er habe feine künstlerische Anlagen, und es zog ihn immer zur Kunst. Er selbst sang nicht und spielte kein Instrument, ihm fehlte völlig das musikalische Gehör, aber er besuchte Sinfoniekonzerte und Veranstaltungen in der Philharmonie, organisierte Wohltätigkeitskonzerte und suchte die Bekanntschaft von Sängern ...

Während des Mittagessens unterhielt man sich.

»Eine merkwürdige Sache«, sagte Laptev, »wieder hat mich mein Fëdor in Erstaunen versetzt! Er meint, man müsse in Erfahrung bringen, wann unsere Firma ihr hundertjähriges Bestehen feiert, damit man sich um den Adelstitel bemühen kann, und das sagt er ganz im Ernst. Was ist mit ihm geschehen? Offen gesagt, ich beginne mir Sorgen zu machen.«

Man sprach über Fëdor und darüber, daß es jetzt Mode sei, sich möglichst sonderbar zu gebärden. Fëdor zum Beispiel bemühte sich, den Anschein eines einfachen Kaufmanns zu erwecken, obwohl er doch kein Kaufmann mehr war, und wenn der Lehrer aus der Schule, in der der alte Laptev Kurator war, wegen seines Gehalts kam, dann änderte er sogar die Stimme und den Gang und benahm sich dem Lehrer gegenüber wie ein Vorgesetzter.

Nach dem Mittagessen hatte man nichts zu tun und ging ins Arbeitszimmer. Man sprach über die Dekadenz, über die ›Jungfrau von Orleans‹, und Kostja rezitierte einen ganzen Monolog; er meinte dabei, er imitiere sehr treffend die Ermolova. Dann setzte man sich an den Kartentisch und spielte Whint. Die Mädchen gingen nicht hinüber ins Seitengebäude, sondern saßen beide in einem Sessel, blaß und traurig, und lauschten auf die Geräusche von draußen: ob der Vater nicht bald kam. Abends, in der Dunkelheit und bei Kerzenlicht, wurden sie immer schwermütig. Das Gespräch beim Whint, Pëtrs Schritte, das Knistern im Kamin erbitterten sie, und sie mochten nicht ins Feuer schauen; abends mochten sie auch nicht mehr weinen, aber es war ihnen unheimlich und beklommen zumute. Sie verstanden nicht, wie man über etwas sprechen und lachen konnte, wenn die Mutter gestorben war.

»Was haben Sie heute durchs Fernglas gesehen?« fragte Julija Sergeevna Kostja.

»Heute nichts, aber gestern nahm der alte Franzose ein Bad.«

Um sieben Uhr fuhren Julija Sergeevna und Kostja in das Kleine Theater. Laptev blieb mit den Mädchen allein.

»Euer Papa müßte jetzt aber kommen«, sagte er und blickte auf die Uhr. »Wahrscheinlich hat der Zug Verspätung.«

Die Mädchen saßen schweigend im Sessel, aneinandergeschmiegt wie frierende Tierchen, er aber schritt immer wieder durch das Zimmer und schaute ungeduldig auf die Uhr. Im Haus war alles still. Aber endlich, kurz vor neun Uhr, klingelte jemand. Pëtr ging aufmachen.

Als die Mädchen die bekannte Stimme hörten, schrien sie auf, schluchzten und stürzten ins Vorzimmer. Panaurov trug einen prächtigen Pelzmantel, und sein Bart und Schnurrbart waren weiß bereift.

»Gleich, gleich«, murmelte er, aber Saša und Lida küßten schluchzend und lachend seine kalten Hände, seine Mütze und seinen Pelzmantel. Dieser schöne, verträumte, von der Liebe verwöhnte Mann liebkoste ohne Eile die Mädchen, betrat dann das Arbeitszimmer und sagte, sich die Hände reibend:

»Ich komme nicht für lange zu euch, meine Lieben. Morgen reise ich nach Petersburg. Man hat mir die Versetzung in eine andere Stadt versprochen.«

Er war im Hotel ›Dresden‹ abgestiegen.

X

Zu Laptevs kam oft Ivan Gavrilyč Jarcev. Das war ein gesunder, kräftiger Mensch, schwarzhaarig, mit einem klugen, sympathischen Gesicht; er galt als schöner Mann, aber in der letzten Zeit begann er zuzunehmen, und das schadete seinem Gesicht und seiner Figur; das Haar ließ er sich ganz kurz scheren, so daß er fast kahlköpfig war, auch das entstellte ihn. Auf der Universität hatten ihn die Studenten einst wegen seiner prächtigen Statur und seiner Kraft Rausschmeißer genannt.

Zusammen mit den Brüdern Laptev hatte er die Philologische Fakultät absolviert, dann wechselte er zur Naturwissenschaftlichen Fakultät über und war jetzt Magister der Chemie. Auf einen Lehrstuhl hoffte er nicht, und er arbeitete nicht einmal als Laborant, sondern unterrichtete Physik und Naturkunde in einer Realschule und an zwei Mädchengymnasien. Von den Schülern, aber besonders von den Schülerinnen war er begeistert und sagte, es wachse jetzt eine vortreffliche Generation heran. Außer mit Chemie beschäftigte er sich zu Hause auch mit Soziologie und russischer Geschichte und publizierte manchmal in Zeitungen und Zeitschriften kurze, mit dem Buchstaben Ja unterzeichnete Notizen. Sprach er über etwas aus dem Gebiet der Botanik oder Zoologie, glich er einem Historiker, behandelte er aber irgendeine historische Frage, glich er einem Naturforscher.

Bei den Laptevs verkehrte auch Kiš, der ewige Student, wie er genannt wurde. Drei Jahre hatte er auf der Medizinischen Fakultät zugebracht, dann wechselte er zur Mathematischen über und machte hier jedes Studienjahr zweimal. Sein Vater, der in der Provinz Apotheker war, schickte ihm vierzig Rubel im Monat, und von seiner Mutter bekam er hinter dem Rücken des Vaters weitere zehn. Dieses Geld reichte zum Leben und sogar für Luxus, wie einen Biberpelzmantel, Handschuhe, Parfüm und Fotografien (er ließ sich oft fotografieren und verschenkte seine Bilder an Bekannte). Reinlich, kahlköpfig, mit einem golden schimmernden kleinen Backenbart unter den Ohren und bescheiden, sah er aus wie ein Mensch, der stets zu Diensten ist. Er war immerfort in fremden Angelegenheiten unterwegs – bald rannte er mit einer Sammelliste herum, bald fror er vom frühen Morgen an vor einer Theaterkasse, um für Bekannte eine Karte zu kaufen, bald trug ihm jemand auf, einen Kranz oder einen Blumenstrauß zu bestellen. Man sagte nur: Kiš wird gehen, das macht Kiš, Kiš wird es kaufen. Die Aufträge führte er meist schlecht aus, und es hagelte Vorwürfe; oft vergaß man, ihm die Einkäufe zu bezahlen, aber er schwieg, und in besonders schwierigen Fällen seufzte er nur. Niemals war er besonders froh oder betrübt, er erzählte ausführlich und langweilig, und seine Witze riefen nur deshalb Lachen hervor, weil sie gar nicht komisch waren. So sagte er einmal, in der Absicht zu scherzen: »Pëtr, du bist kein Flotter«, und das rief allgemeines Gelächter hervor, und er selbst lachte am meisten, zufrieden, daß er einen so treffenden Witz gemacht hatte. Wenn man irgendeinen Professor beerdigte, ging er vorn, zusammen mit den Fackelträgern.

Jarcev und Kiš kamen gewöhnlich abends zum Tee. Fuhren die Gastgeber nicht ins Theater oder zu einem Konzert, zog sich der Tee bis zum Abendbrot hin.

An einem Februarabend fand im Speisezimmer folgendes Gespräch statt:

»Ein Kunstwerk ist nur dann bedeutend und nützlich, wenn seine Idee eine ernste gesellschaftliche Aufgabe in sich birgt«, sagte Kostja und sah dabei Jarcev böse an. »Wenn in einem Werk gegen die Leibeigenschaft protestiert wird oder der Autor gegen die bessere Gesellschaft und ihre Plattheit auftritt, dann ist ein solches Werk bedeutend und nützlich. Romane und Erzählungen aber, wo es nur Klagen und Stöhnen gibt, wo sie ihn liebt, er aber sie nicht mehr, solche Werke, meine ich, sind nichts wert, und der Teufel soll sie holen.«

»Ich bin ganz Ihrer Meinung, Konstantin Ivanyč«, sagte Julija Sergeevna. »Der eine beschreibt ein Rendezvous, der zweite einen Ehebruch, der dritte eine Wiederbegegnung nach der Trennung. Gibt es denn keine anderen Stoffe? Es laufen doch so viele kranke, unglückliche, von Not gequälte Menschen herum, denen es wahrscheinlich zuwider ist, das alles zu lesen.«

Laptev war es unangenehm, daß seine junge Frau, die noch keine zweiundzwanzig Jahre zählte, so ernst und kalt über die Liebe urteilte. Er ahnte den Grund.

»Wenn die Poesie die Fragen, die Ihnen wichtig erscheinen, nicht löst«, sagte Jarcev, »so wenden Sie sich doch Werken über Technik oder über das Polizei- und Finanzrecht zu, lesen Sie auch wissenschaftliche Feuilletons. Wozu sollte in ›Romeo und Julia‹ statt von der Liebe, sagen wir mal, von der Freiheit des Unterrichts oder der Desinfektion der Gefängnisse die Rede sein, wo Sie etwas darüber in Fachaufsätzen und Handbüchern finden?«

»Onkel, das sind Extreme!« unterbrach Kostja. »Wir sprechen nicht von solchen Giganten wie Shakespeare oder Goethe, wir sprechen von den Hunderten talentierter und mittelmäßiger Schriftsteller, die viel nützlicher gewesen wären, wenn sie die Liebe beiseite gelassen und sich darum gekümmert hätten, daß Wissenschaften und humane Ideen in die Massen dringen.«

Kiš gab schnarrend und leicht näselnd den Inhalt einer Novelle wieder, die er vor kurzem gelesen hatte. Er erzählte ausführlich und langsam; es vergingen drei Minuten, dann fünf, dann zehn, er aber sprach immer noch, und niemand begriff, wovon er sprach, auch sein Gesicht wurde immer gleichgültiger, und seine Augen trübten sich.

»Kiš, erzählen Sie schneller« – Julija Sergeevna hielt es nicht mehr aus, »das ist doch eine Quälerei!«

»Hören Sie auf, Kiš!« schrie Kostja ihn an.

Alle lachten, Kiš selbst auch.

Da kam Fëdor. Er hatte rote Flecken im Gesicht, grüßte hastig und nahm seinen Bruder mit ins Arbeitszimmer. In der letzten Zeit mied er das Zusammensein mit vielen Leuten und zog die Gesellschaft eines einzelnen Menschen vor.

»Die Jugend dort mag lachen, wir beide wollen hier offen miteinander reden«, sagte er und setzte sich in einen tiefen Sessel, etwas von der Lampe entfernt. »Wir haben uns lange nicht gesehen, Brüderchen. Wie lange warst du nicht mehr im Lager? Eine Woche wohl.«

»Ja. Ich habe bei euch dort nichts zu suchen. Und, offen gesagt, den Alten habe ich satt.«

»Natürlich, man kommt im Lager ohne uns beide aus, aber man muß doch eine Beschäftigung haben. ›Im Schweiße deines Angesichts sollst du dein Brot essen‹, heißt es. Gott liebt die Arbeit.«

Pëtr brachte auf einem Tablett ein Glas Tee. Fëdor trank es ohne Zucker und ließ sich nachschenken. Er trank viel Tee und konnte an einem Abend zehn Glas zu sich nehmen.

»Weißt du was, Bruder?« sagte er, während er sich erhob und an den Bruder herantrat. »Laß dich schlicht und einfach zum Stadtverordneten wählen, und wir lancieren dich langsam und vorsichtig zum Mitglied der Stadtverwaltung und dann zum Stellvertreter des Bürgermeisters. Später geht's noch höher hinauf – du bist ein kluger, gebildeter Mann, man wird auf dich aufmerksam und dich nach Petersburg holen. Mitarbeiter des Zemstvo und der Stadtverwaltung sind dort jetzt modern, Bruder, und du wirst noch keine Fünfzig und schon Geheimrat mit einem Band über der Schulter sein.«

Laptev antwortete nicht; er hatte verstanden, Fëdor wollte das alles – den Geheimrat sowie das Band – selbst haben, und er wußte nicht, was er antworten sollte.

Die Brüder saßen da und schwiegen. Fëdor klappte seine Uhr auf und schaute sie sehr lange und mit gespannter Aufmerksamkeit an, als wolle er sich die Bewegungen des Zeigers einprägen, sein Gesichtsausdruck kam Laptev sonderbar vor.

Man bat zum Abendessen. Laptev begab sich ins Speisezimmer. Fëdor aber blieb im Arbeitszimmer. Der Streit war schon beendet, und Jarcev sagte im Ton eines Professors, der eine Vorlesung hält:

»Infolge der Verschiedenartigkeit von Klima, Energie, Geschmack und Alter ist eine Gleichheit unter den Menschen physisch unmöglich. Aber ein kultivierter Mensch kann diese Ungleichheit unschädlich machen, so wie er das schon mit Sümpfen und Bären gemacht hat. Ein Gelehrter hat es doch erreicht, daß bei ihm eine Katze, eine Maus, ein Falke und ein Spatz vom selben Teller fraßen, und man muß hoffen, daß die Erziehung bei den Menschen das gleiche erreichen wird. Das Leben geht immer weiter, vor unseren Augen erzielt die Kultur gewaltige Erfolge, und ganz offenbar wird einmal die Zeit kommen, wo zum Beispiel die jetzige Lage der Fabrikarbeiter genauso widersinnig erscheinen wird wie uns heute die Leibeigenschaft, die Zeit, da man Mädchen gegen Hunde eintauschte.«

»Das kommt nicht so bald, noch lange nicht«, sagte Kostja und lächelte spöttisch, »es wird noch sehr lange dauern, bis dem Rothschild seine goldgefüllten Keller absurd vorkommen, bis dahin aber laß die Arbeiter bis zum Umfallen arbeiten und vor Hunger aufgedunsen werden. O nein, Onkel. Nicht warten muß man, sondern kämpfen. Wenn die Katze mit der Maus von einem Teller frißt, denken Sie, das macht sie bewußt? Keineswegs! Man hat sie mit Gewalt dazu gezwungen.«

»Fëdor und ich, wir sind reich, unser Vater ist ein Kapitalist, ein Millionär, gegen uns muß man kämpfen!« sagte Laptev und rieb sich mit der Handfläche die Stirn. »Gegen mich kämpfen, das will mir nicht in den Kopf! Ich bin reich, aber was hat mir mein Geld bis jetzt gegeben, was hat mir diese Macht genützt? Worin bin ich glücklicher als ihr? Meine Kindheit war qualvoll, und das Geld hat mich nicht vor Prügeln bewahrt. Als Nina krank war und starb, hat ihr mein Geld nicht geholfen. Wenn man mich nicht liebt, kann ich keine Liebe erzwingen, und würde ich gleich hundert Millionen ausgeben.«

»Dafür können Sie viel Gutes tun«, sagte Kiš.

»Was denn für Gutes! Gestern hat man sich bei mir für einen Mathematiker eingesetzt, der eine Stelle sucht. Glauben Sie mir, ich kann für ihn genausowenig tun wie Sie. Ich kann Geld geben, aber das ist nicht das, was er braucht. Einmal bat ich einen bekannten Musiker um eine Stelle für einen armen Geiger, aber er antwortete: ›Sie haben sich an mich gewandt, weil Sie selbst kein Musiker sind.‹ So antworte ich auch Ihnen: Sie wenden sich so zuversichtlich um Hilfe an mich, weil Sie noch nie in der Lage eines reichen Mannes waren.«

»Ich verstehe nicht, was hier dieser Vergleich mit dem bekannten Musiker soll?« sagte Julija Sergeevna und errötete. »Was hat der bekannte Musiker damit zu tun?«

Ihr Gesicht zitterte vor Haß, und sie schlug die Augen nieder, um dieses Gefühl zu verbergen. Ihre Miene deutete nicht nur ihr Mann richtig, sondern alle, die am Tisch saßen.

»Was hat der bekannte Musiker damit zu tun?« wiederholte sie leise. »Es gibt doch nichts Leichteres, als einem armen Menschen zu helfen.«

Schweigen trat ein, Pëtr servierte Haselhühner, aber keiner mochte davon essen, alle nahmen nur Salat. Laptev konnte sich nicht mehr entsinnen, was er gesagt hatte, aber für ihn war es klar, nicht seine Worte hatten den Haß erweckt, sondern schon allein der Umstand, daß er sich in das Gespräch gemischt hatte.

Nach dem Abendessen ging er in sein Arbeitszimmer; gespannt und mit Herzklopfen, weitere Demütigungen erwartend, horchte er, was im Saal vor sich ging. Dort begann man sich wieder zu streiten; dann setzte sich Jarcev an den Flügel und sang eine sentimentale Romanze. Er war ein Tausendkünstler; er konnte singen, spielen und sogar Kunststücke zeigen.

»Wie Sie wollen, meine Herrschaften, aber ich möchte nicht zu Hause sitzen«, sagte Julija. »Wir müßten irgendwohin fahren.«

Man beschloß, nach außerhalb zu fahren, und schickte Kiš zum Kaufmannsklub, um eine Trojka zu holen. Laptev wurde nicht zum Mitkommen aufgefordert, weil er gewöhnlich nicht nach außerhalb fuhr und weil jetzt auch sein Bruder bei ihm war; er aber faßte es anders auf – er meinte, seine Gesellschaft sei ihnen langweilig und in diesem frohen Kreis junger Menschen sei er völlig überflüssig. Sein Ärger und die Erbitterung waren so stark, daß er am liebsten geweint hätte; er freute sich sogar, daß man ihn so unfreundlich behandelte, ihn nicht beachtete, daß er ein dummer, langweiliger Ehemann und nichts als ein Geldsack war, und er meinte, er hätte sich noch mehr gefreut, wenn ihn seine Frau in dieser Nacht mit seinem besten Freund betrogen und ihm das dann mit haßerfülltem Blick gestanden hätte ... Er war auf ihre Bekannten, die Studenten, Schauspieler, Sänger, auf Jarcev und sogar auf die Passanten eifersüchtig, und jetzt erfüllte ihn der leidenschaftliche Wunsch, sie möchte ihm tatsächlich untreu werden, er hatte Lust, sie mit einem beliebigen Mann zu ertappen und sich dann zu vergiften, um sich ein für allemal von diesem Alpdruck zu befreien. Fëdor trank Tee und schluckte laut. Aber auch er schickte sich an wegzugehen.

»Unser Alterchen hat wahrscheinlich den schwarzen Star«, sagte er, als er seinen Pelz anzog. »Er sieht schon ganz schlecht.«

Laptev zog ebenfalls seinen Pelz an und ging hinaus. Er begleitete seinen Bruder bis zum Strastnoj-Kloster, nahm eine Droschke und fuhr zum Jar.

Und das nennt sich nun Familienglück! dachte er und lachte über sich selbst. Das soll Liebe sein!

Seine Zähne klapperten, und er wußte nicht, ob das Eifersucht oder etwas anderes war. Im Jar ging er ein wenig an den Tischen auf und ab und hörte im Saal kurz einem

Coupletsänger zu; für den Fall, daß er seinen Leuten begegnen würde, hatte er sich keine einzige Erklärung zurechtgelegt, und er war im voraus davon überzeugt, daß er bei der Begegnung mit seiner Frau nur hilflos und dumm lächeln würde, und alle wüßten dann, welches Gefühl ihn veranlaßt hatte, hierherzukommen. Vom elektrischen Licht, der lauten Musik, dem Pudergeruch und dem Umstand, daß die ihm begegnenden Damen ihn musterten, wurde er verwirrt. Er blieb an verschiedenen Türen stehen, bemühte sich, zu erspähen und zu belauschen, was in den Chambres séparées vorging, und ihm schien, er spiele zusammen mit dem Coupletsänger und diesen Damen eine gemeine, verachtenswerte Rolle. Dann fuhr er zur Strelna, aber auch dort traf er niemanden von seinen Leuten, und erst auf dem Rückweg, als er beim Jar vorfuhr, überholte ihn geräuschvoll eine Trojka; der betrunkene Kutscher schrie, und man hörte, wie Jarcev lachte: »Hahaha!«

Laptev kehrte in der vierten Morgenstunde heim. Julija Sergeevna lag schon im Bett.

Als er merkte, daß sie noch nicht schlief, trat er zu ihr und sagte grob:

»Ich verstehe Ihre Abneigung und Ihren Haß, aber schonen Sie mich gefälligst vor den Fremden und verbergen Sie Ihr Gefühl.«

Sie setzte sich im Bett auf und ließ die Beine herunterhängen. Ihre Augen kamen ihm beim Licht des Ikonenlämpchens groß und schwarz vor.

»Ich bitte um Entschuldigung«, sagte sie.

Er stand vor ihr und schwieg, denn er zitterte vor Aufregung am ganzen Leib und brachte kein Wort hervor. Sie zitterte ebenfalls und saß in Erwartung einer Auseinandersetzung wie eine Verbrecherin da.

»Wie ich leide!« sagte er endlich und faßte sich an den Kopf. »Ich fühle mich wie in der Hölle, ich habe schon den Verstand verloren!«

»Ist es denn für mich leicht?« fragte sie mit bebender Stimme. »Gott allein weiß, wie es um mich steht.«

»Schon ein halbes Jahr bist du meine Frau, aber in deinem Herzen ist kein Funken Liebe, keine Hoffnung, keine Freude! Warum hast du mich geheiratet?« fuhr Laptev verzweifelt fort. »Warum? Welcher Dämon hat dich in meine Arme getrieben? Was hast du dir erhofft? Was wolltest du?«

Sie aber schaute ihn entsetzt an, als habe sie Angst, er würde sie umbringen.

»Habe ich dir denn gefallen? Hast du mich geliebt?« fuhr er keuchend fort. »Nein! Also was dann? Was? Sage mir: was?« schrie er. »Oh, das verfluchte Geld! Das verfluchte Geld!«

»Ich schwöre bei Gott, nein!« schrie sie auf und bekreuzigte sich; sie duckte sich unter der Schwere der Beleidigung, und er hörte sie zum erstenmal weinen.

»Ich schwöre bei Gott, nein!« wiederholte sie. »Ich habe nicht an das Geld gedacht, ich brauche es nicht, ich habe einfach geglaubt, es wäre schlecht von mir, wenn ich dir einen Korb gäbe. Ich hatte Angst, dir und mir das Leben zu verderben. Und jetzt muß ich für meinen Fehler leiden, unerträglich leiden!«

Sie schluchzte bitterlich, und er fühlte, wie weh ihr ums Herz war; und weil er nicht wußte, was er sagen sollte, ließ er sich vor ihr auf den Teppich nieder.

»Schon gut, schon gut«, murmelte er. »Ich habe dich gekränkt, weil ich dich wahnsinnig liebe.« Er küßte plötzlich ihr Bein und umarmte es leidenschaftlich. »Wenigstens einen Funken Liebe!« murmelte er. »Nun, lüge mir was vor! Lüge doch! Sage nicht, das wäre ein Fehler!«

Aber sie weinte weiter, und er fühlte, daß sie seine Liebkosungen nur als unvermeidliche Folge ihres Fehlers duldete. Und sie zog das Bein, das er geküßt hatte, wie ein Vogel an. Sie tat ihm leid.

Sie legte sich hin und deckte sich zu, auch den Kopf; er zog sich aus und ging ebenfalls zu Bett. Am nächsten Morgen waren sie beide verlegen und wußten nicht, worüber sie sprechen sollten, und ihm schien sogar, sie träte mit dem Bein, das er geküßt hatte, unsicher auf.

Vor dem Mittagessen kam Panaurov, um sich zu verabschieden. Julija fühlte ein unwiderstehliches Verlangen nach zu Hause, nach der Heimat. Es wäre schön, wegzufahren, dachte sie, und sich von dem Familienleben, von dieser Verlegenheit und dem ständigen Bewußtsein, daß sie schlecht gehandelt hatte, zu erholen. Während des Mittagessens wurde beschlossen, sie solle mit Panaurov wegfahren und zwei oder drei Wochen bei ihrem Vater zu Besuch bleiben, bis sie Sehnsucht bekäme.

XI

Sie fuhr mit Panaurov in einem Abteil für sich; er trug eine Schirmmütze aus Schafpelz, von einer sonderbaren Form.

»Ja, Petersburg hat mich nicht befriedigt«, sagte er bedächtig und seufzte. »Man verspricht viel, aber nichts Bestimmtes. Jawohl, meine Teure. Ich war Friedensrichter, ständiges Mitglied, Vorsitzender des Kriegsgerichts und endlich Berater der Gouvernementsverwaltung; ich glaube, ich habe dem Vaterland gedient und habe das Recht, beachtet zu werden, aber sehen Sie: Ich kann einfach nicht erreichen, daß man mich in eine andere Stadt versetzt.«

Panaurov schloß die Augen und wiegte den Kopf.

»Man erkennt mich nicht an«, fuhr er fort und schien dabei einzuschlafen. »Natürlich, ich bin kein genialer Administrator, dafür aber ein anständiger, ehrlicher Mensch, und in der jetzigen Zeit ist auch das eine Seltenheit. Ich gestehe, die Frauen habe ich manchmal ein wenig betrogen, aber was die russische Regierung betrifft, da war ich immer ein Gentleman. Aber genug davon«, sagte er und öffnete wieder die Augen, »sprechen wir nun von Ihnen. Wie sind Sie darauf gekommen, so plötzlich zum Papa zu reisen?«

»Nun ja, ich war mit meinem Mann nicht ganz einig«, erwiderte Julija und schaute auf seine Schirmmütze.

»Ja, er ist irgendwie eigenartig. Alle Laptevs sind eigenartig. Ihr Mann geht noch, aber sein Bruder Fëdor ist ein kompletter Narr.«

Panaurov seufzte und fragte ernst:

»Haben Sie schon einen Geliebten?«

Julija blickte ihn erstaunt an und lächelte.

»Gott weiß, was Sie da reden.«

Nach zehn Uhr kam eine große Station, und die beiden stiegen aus, um Abendbrot zu essen. Als der Zug weiterfuhr, zog Panaurov den Mantel aus, nahm die Schirmmütze ab und setzte sich neben Julija.

»Sie sind aber sehr lieb, das muß man schon sagen«, begann er. »Entschuldigen Sie den Wirtshausvergleich: Sie erinnern mich an eine frischgesalzene kleine Gurke; sie duftet sozusagen noch nach Treibhaus, enthält aber schon etwas Salz und den Duft des Dills. Sie entwickeln sich allmählich zu einer prächtigen Frau, zu einer wunderbaren, eleganten Frau. Hätte unsere Reise vor fünf Jahren stattgefunden«, sagte er seufzend, »so wäre es für mich eine angenehme Pflicht gewesen, zu Ihren Verehrern zu gehören, aber jetzt, o weh, ich bin ein Invalide.« Er lächelte traurig und gleichzeitig wohlwollend und faßte sie um die Taille.

»Sie sind verrückt!« sagte sie errötend und erschrak so, daß sie an Armen und Beinen eine Gänsehaut bekam. »Lassen Sie das, Grigorij Nikolaič!«

»Wovor haben Sie Angst, meine Liebe?« fragte er sie weich. »Was ist denn daran so schrecklich? Sie sind das einfach nicht gewohnt.«

Wenn eine Frau ihn zurückwies, bedeutete das für ihn nur, daß er Eindruck gemacht hatte und ihr gefiel. Er hielt Julijas Taille umfaßt und küßte sie herzhaft auf die Wange, dann auf die Lippen, vollkommen überzeugt, ihr damit ein großes Vergnügen zu bereiten. Julija hatte sich bereits von ihrem

Schreck und ihrer Verwirrung erholt und begann zu lachen. Er küßte sie noch einmal und sagte, seine komische Schirmmütze aufsetzend: »Das ist alles, was Ihnen ein Invalide bieten kann. Ein türkischer Pascha, ein gutmütiges altes Männchen, bekam zum Geschenk oder vielmehr erbte einen ganzen Harem. Als seine jungen, schönen Frauen sich in Reih und Glied vor ihm aufstellten, ging er um sie herum, gab jeder einen Kuß und sagte: ›Das ist alles, was ich euch jetzt noch geben kann.‹ Dasselbe sage ich auch.«

Das alles kam ihr dumm und ungewöhnlich vor, aber es heiterte sie auf. Sie war zu Scherzen aufgelegt. Sie stieg auf den Polstersitz, sang vor sich hin und holte von der Liegebank eine Schachtel Pralinen und rief, während sie ihm ein Stückchen Schokolade zuwarf:

»Fangen Sie auf!«

Er fing es, und mit lautem Lachen warf sie ihm eine zweite Praline zu, dann eine dritte, und er fing alle auf, steckte sie in den Mund und schaute Julija flehentlich an; in seinen Zügen und dem Gesichtsausdruck schien ihr viel Weibliches und Kindliches zu liegen. Als sie sich ganz außer Atem auf den Polstersitz niederließ und ihn weiter lachend anblickte, berührte er mit zwei Fingern ihre Wange und sagte, als ärgere er sich:

»Gemeines Frauenzimmerchen!«

»Nehmen Sie das«, sagte sie und reichte ihm die Schachtel. »Ich mag nichts Süßes.«

Er aß die ganzen Pralinen auf und steckte die leere Schachtel in seinen Koffer; er liebte Schachteln mit Bildern.

»Nun aber Schluß mit den Dummheiten«, sagte er. »Der Invalide muß ins Heiabett.«

Er nahm aus dem Kleidersack den echten Buchara-Schlafrock und ein Kissen, legte sich hin und deckte sich mit dem Schlafrock zu.

»Gute Nacht, meine Liebe!« flüsterte er und seufzte, als schmerze ihn der ganze Körper.

Schon bald hörte man ihn schnarchen. Sie fühlte sich nicht im geringsten befangen, sondern legte sich auch hin und war bald eingeschlafen.

Als sie am nächsten Morgen in ihrer Heimatstadt angelangt war und vom Bahnhof nach Hause fuhr, schienen ihr die Straßen öde und menschenleer, der Schnee grau und die Häuser klein, wie plattgedrückt. Eine Prozession kam ihr entgegen; man trug einen Toten im offenen Sarg, dazu die Kirchenfahnen.

Man sagt, einem Toten zu begegnen bringt Glück, dachte sie.

An den Fenstern des Hauses, wo einst Nina Fëdorovna gewohnt hatte, klebten jetzt weiße Zettel.

Mit stockendem Herzen fuhr sie in den Hof und läutete an der Tür. Ein ihr unbekanntes, dickes und verschlafenes Dienstmädchen in einer warmen wattierten Jacke öffnete. Julija ging die Treppe hinauf und entsann sich, wie ihr hier Laptev die Liebeserklärung gemacht hatte, aber jetzt war die Treppe schmutzig und voller Fußspuren. Oben, in dem kalten Korridor, warteten in ihren Pelzen die Kranken. Ihr Herz pochte heftig, vor Aufregung konnte sie kaum gehen.

Der Arzt, noch viel dicker geworden, rot wie ein Ziegelstein und mit zerzausten Haaren, trank Tee. Er freute sich sehr, und Tränen traten ihm in die Augen, als er seine Tochter erblickte. Sie dachte, daß sie im Leben dieses alten Mannes die einzige Freude war, und gerührt umarmte sie ihn fest und versprach ihm, sie werde lange bei ihm bleiben, bis Ostern. Nachdem Julija sich in ihrem Zimmer umgezogen hatte, kam sie zum gemeinsamen Teetrinken ins Speisezimmer; der Arzt schritt, die Hände in den Taschen, auf und ab und summte: »Rururu«, er war also unzufrieden.

»Du lebst in Moskau sehr lustig«, sagte er. »Ich freue mich für dich ... Ich alter Mann brauche ja nichts. Ich krepiere bald, dann seid ihr mich los. Man muß nur staunen, daß ich so ein dickes Fell habe, daß ich noch lebe! Erstaunlich!«

Er sagte, er sei ein alter, zäher Esel, auf dem alle herumreiten würden. Man hätte ihm Nina Fëdorovnas Behandlung aufgebürdet, die Sorge um ihre Kinder und ihre Beerdigung; und dieser Geck Panaurov kümmere sich um gar nichts, er habe sich bei ihm hundert Rubel geliehen und bis jetzt noch nicht zurückgezahlt.

»Nimm mich nach Moskau mit und steck mich dort in ein Irrenhaus!« sagte der Arzt. »Ich bin verrückt, ich bin ein naives Kind, weil ich noch immer an das Gute und an Gerechtigkeit glaube!«

Dann warf er ihrem Mann vor, er sei nicht umsichtig genug; er kaufe keine Häuser, die so vorteilhaft abgegeben würden. Jetzt kam es Julija schon so vor, als sei sie im Leben dieses Alten nicht die einzige Freude. Während er die Patienten empfing und dann zur Visite fuhr, ging sie in allen Zimmern umher und wußte nicht, was sie tun und woran sie denken sollte. Sie hatte sich schon ihrer Heimatstadt und dem Elternhaus entwöhnt; sie mochte weder auf die Straße noch zu Bekannten gehen, und die Erinnerung an ihre früheren Freundinnen und an ihre Jungmädchenzeit stimmte sie nicht traurig; das Vergangene tat ihr nicht leid.

Am Abend kleidete sie sich elegant an und begab sich zur Abendmesse. In der Kirche aber waren nur einfache Leute, und ihr prächtiger Pelz und das Hütchen machten keinerlei Eindruck. Ihr schien, als habe sich die Kirche und auch sie selbst verändert. Früher hatte sie es gern, wenn man zur Abendmesse einen Kanon vortrug und die Chorsänger die Verse eines Kirchenliedes sangen, zum Beispiel »Ich öffne meine Lippen«, sie liebte es, langsam in der Menschenmenge zu dem Geistlichen hinzugehen, der in der Mitte der Kirche stand, und dann auf ihrer Stirn das Salböl zu spüren; jetzt aber wartete sie nur, wann der Gottesdienst zu Ende sein würde. Als sie die Kirche verließ, fürchtete sie, die Bettler könnten sie um Almosen bitten; es wäre langweilig, stehenzubleiben und in den Taschen nach Geld zu suchen, in denen sich jetzt keine Kupfermünzen mehr befanden, sondern nur noch Rubelstücke.

Sie legte sich früh zu Bett, schlief aber erst spät ein. Sie träumte von irgendwelchen Porträts und der Beerdigungsprozession, die ihr am Morgen begegnet war, den offenen Sarg mit der Leiche trug man in den Hof und blieb an der Tür stehen, dann schaukelte man den Sarg heftig und lange auf Handtüchern und schleuderte ihn mit voller Wucht gegen die Tür. Julija erwachte und sprang entsetzt auf. Tatsächlich, unten klopfte jemand an die Tür, und der Draht der Klingel raschelte an der Wand, aber es ertönte kein Klingelzeichen.

Der Arzt fing an zu husten. Dann hörte man, wie das Dienstmädchen nach unten ging und zurückkam.

»Gnädige Frau!« sagte sie und klopfte an die Tür. »Gnädige Frau!«

»Was gibt's?« fragte Julija.

»Ein Telegramm für Sie!«

Julija kam mit der Kerze zu ihr hinaus. Hinter dem Dienstmädchen stand der Arzt, in Unterwäsche und nur mit einem Mantel darüber, ebenfalls eine Kerze in der Hand.

»Unsere Klingel ist entzwei«, sagte er schlaftrunken und gähnte. »Sie müßte schon längst repariert werden.«

Julija öffnete das Telegramm und las: »Trinken auf Ihre Gesundheit. Jarcev, Kočevoj.«

»Ach, was für Dummköpfe!« sagte sie und lachte; im Herzen wurde ihr leicht und froh zumute.

In ihr Zimmer zurückgekehrt, wusch sie sich leise, zog sich an und packte dann lange ihre Sachen, bis der Morgen graute. Mittags reiste sie nach Moskau zurück.

XII

In der Osterwoche besuchten die Laptevs eine Gemäldeausstellung in der Schule für Malerei. Nach Moskauer Sitte gingen sie mit allen Hausbewohnern dorthin – beide Mädchen, die Gouvernante und Kostja wurden mitgenommen.

Laptev versäumte keine Ausstellung; er kannte die Namen aller berühmten Künstler. Er selbst malte manchmal in der Sommerfrische Landschaften in Öl; er glaubte, er besäße viel Geschmack und aus ihm wäre, wenn er studiert hätte, ein guter Maler geworden. Im Ausland besuchte er zuweilen Antiquitätenläden, besichtigte wie ein richtiger Kenner die Antiquitäten und sagte seine Meinung dazu; er kaufte dann irgendeinen Gegenstand, und der Antiquitätenhändler nahm ihm ab, soviel er wollte; der gekaufte Gegenstand aber lag später, in einer Kiste vernagelt, im Wagenschuppen, bis er spurlos verschwand. Wenn er eine Kunsthandlung aufsuchte, betrachtete er lange und aufmerksam Bilder und Bronzen, machte verschiedene Bemerkungen und kaufte plötzlich einen einfachen Rahmen oder eine Schachtel billiges Briefpapier. Er hatte zu Hause nur große Gemälde, die nichts taugten; die guten aber waren schlecht aufgehängt. Es war ihm schon öfter passiert, daß er viel Geld für Gegenstände bezahlt hatte, die sich später als grobe Fälschung erwiesen. Und merkwürdig – er, der im Leben gewöhnlich so schüchtern war, trat auf den Gemäldeausstellungen außerordentlich kühn und selbstbewußt auf. Weshalb?

Julija Sergeevna betrachtete die Gemälde wie ihr Mann durch die hohle Faust oder durch ein Opernglas und staunte, daß die Menschen auf den Bildern wie lebendig und die Bäume wie echt aussahen; aber sie verstand nichts davon, ihr schien, als gebe es in der Ausstellung viele sich gleichende Gemälde und als bestehe das Ziel der Kunst nur darin, daß die Menschen und Gegenstände auf den Bildern lebensecht wirkten, wenn man sie durch die hohle Faust betrachtete.

»Dieser Wald ist von Šiškin«, erklärte Julijas Mann. »Immer malt er dasselbe ... Und sieh dir das mal an: so einen violetten Schnee gibt es niemals ... Bei diesem Knaben aber ist die linke Hand kürzer als die rechte.«

Als alle müde waren und Laptev Kostja suchen ging, um nach Hause zu fahren, blieb Julija vor einer kleinen Landschaft stehen und betrachtete sie gleichgültig. Im Vordergrund sah man ein Flüßchen, über das eine kleine Holzbrücke führte, am anderen Ufer einen Pfad, der im dunklen Gras verschwand, dann ein Feld und weiter rechts ein Stückchen Wald und daneben ein Lagerfeuer: wahrscheinlich bewachte man bei Nacht die weidenden Pferde. In der Ferne verglühte die Abendröte.

Julija stellte sich vor, wie sie selbst über die kleine Brücke und dann den Pfad entlangging, immer weiter und weiter, ringsum war es still, schläfrige Wachtelkönige riefen, und in der Ferne flackerte das Feuer. Und plötzlich wollte es ihr scheinen, als habe sie dieselben kleinen Wolken, die sich über den roten Teil des Himmels hinzogen, und den Wald und das Feld schon längst und viele Male gesehen; sie fühlte sich einsam und hatte Lust, auf diesem Pfad immer weiterzugehen; dort, wo die Abendröte war, ruhte der Widerschein von etwas Überirdischem und Ewigem.

»Wie gut das gemalt ist!« sagte sie und staunte, daß ihr das Bild auf einmal verständlich war. »Schau, Alëša! Fühlst du, wie still es hier ist?«

Sie bemühte sich zu erklären, warum ihr diese Landschaft so gefiel, aber weder ihr Mann noch Kostja verstanden sie. Mit traurigem Lächeln blickte sie immerfort auf diese Landschaft, und es beunruhigte sie, daß die anderen an ihr nichts Besonderes fanden; dann wanderte sie wieder durch die Säle und betrachtete die Gemälde, die sie verstehen wollte, und jetzt schien es ihr nicht mehr, als gebe es in der Ausstellung viele sich gleichende Bilder.

Nach Hause zurückgekehrt, richtete sie ihre Aufmerksamkeit, zum erstenmal im Laufe der ganzen Zeit, auf ein großes, über dem Flügel hängendes Gemälde; Haß überwältigte sie, und sie sagte:

»Was hat man schon von solchen Bildern!«

Danach konnten goldene Gesimse, venezianische Spiegel mit Blumen, Gemälde wie das über dem Flügel und auch die Äußerungen ihres Mannes und Kostjas über die Kunst bei ihr nur Langeweile, Ärger und manchmal sogar Haß erregen.

Das Leben verlief tagaus, tagein im üblichen Trott und versprach nichts Besonderes. Die Theatersaison war zu Ende, und die warmen Tage brachen an. Die ganze Zeit über herrschte prächtiges Wetter. Eines Morgens beschlossen die Laptevs, ins Kreisgericht zu fahren, um Kostja anzuhören, der auf Anordnung des Gerichts jemanden verteidigen sollte. Sie hielten sich etwas länger zu Hause auf und kamen erst ins Gericht, als man schon mit dem Verhör der Zeugen begonnen hatte. Ein Reservesoldat war wegen Einbruchdiebstahls angeklagt. Es waren viele Waschfrauen als Zeuginnen geladen; sie sagten aus, der Angeklagte habe ihre Arbeitgeberin, die Besitzerin der Wäscherei, oft besucht. Am Vorabend des Tages der Kreuzerhöhung sei er spät abends gekommen und habe um Geld gebeten, um seinen Rausch zu vertreiben, aber niemand habe ihm welches gegeben. Darauf sei er fortgegangen, aber nach einer Stunde zurückgekehrt und habe Bier und Pfefferminzplätzchen für die Mädel gebracht. Man sang und trank die ganze Nacht, und als man am Morgen zur Besinnung kam, war das Schloß an der Eingangstür zum Dachboden aufgebrochen, und von der Wäsche fehlten drei Herrenhemden, ein Rock und zwei Laken. Kostja fragte spöttisch jede Zeugin, ob sie am Vorabend der Kreuzerhöhung nicht auch von dem Bier, das der Angeklagte brachte, getrunken habe. Offensichtlich wollte er darauf hinaus, daß die Waschfrauen sich selbst bestohlen hätten. Sein Plädoyer hielt er ohne die geringste Erregung, die Geschworenen blickte er wütend an.

Er erklärte den Unterschied zwischen einem Einbruchdiebstahl und einem einfachen Diebstahl. Er sprach sehr ausführlich und überzeugend und zeigte dabei eine unwahrscheinliche Begabung, lange und ernst über etwas zu reden, was alle schon längst kannten. Es war schwer zu verstehen, was er eigentlich wollte. Die Geschworenen konnten aus seiner langen Rede nur die Schlußfolgerung ziehen: Der Einbruch fand statt, aber es gab keinen Diebstahl, weil die Wäsche von den Waschfrauen selbst vertrunken wurde; fand aber ein Diebstahl statt, dann ohne Einbruch. Offenbar aber sagte er, was nötig war, denn seine Rede erregte das Mitgefühl der Geschworenen und gefiel auch dem Publikum sehr. Als man den Freispruch verkündete, nickte Julija Kostja zu und drückte ihm dann fest die Hand.

Im Mai zogen die Laptevs in ihr Landhaus nach Sokolniki; zu dieser Zeit war Julija schon schwanger.

XIII

Mehr als ein Jahr war vergangen. In Sokolniki saßen, unweit des Bahndammes der Eisenbahnstrecke nach Jaroslav, Julija und Jarcev im Gras; abseits lag Kočevoj, die Hände unter dem Kopf, und blickte in den Himmel. Alle drei hatten einen langen Spaziergang gemacht, warteten jetzt auf den Vorortzug, der um sechs Uhr vorbeifahren sollte, und wollten dann nach Hause gehen und Tee trinken.

»Mütter sehen in ihren Kindern immer etwas Ungewöhnliches, das hat die Natur so eingerichtet«, sagte Julija. »Ganze Stunden verbringt eine Mutter am Bettchen ihres Kindes, schaut, was für Öhrchen, Äuglein, was für ein Näschen ihr Kind hat, und ist begeistert; wenn ein Fremder ihr Kind küßt, meint die Ärmste, das bereite ihm großes Vergnügen. Eine Mutter spricht über nichts anderes als über ihr Kind. Ich kenne diese Schwäche der Mütter und achte auf mich, aber wirklich, meine Olga ist ungewöhnlich. Wie sie blickt, wenn sie saugt! Wie sie lacht! Sie ist erst acht Monate, aber, bei Gott, solche klugen Augen habe ich nicht einmal bei Dreijährigen gesehen.«

»Sagen Sie übrigens«, fragte Jarcev, »wen lieben Sie mehr: Ihren Mann oder Ihr Kind?«

Julija zuckte mit den Achseln.

»Ich weiß nicht«, erwiderte sie. »Ich habe meinen Mann nie sehr geliebt, und Olga ist eigentlich meine erste Liebe. Wissen Sie, ich habe Aleksej nicht aus Liebe geheiratet. Früher war ich so dumm und quälte mich, ich dachte immer, ich hätte sein und mein Leben zugrunde gerichtet, jetzt aber sehe ich, es geht auch ohne Liebe, alles ist Unsinn.«

»Aber wenn es keine Liebe ist, welches Gefühl fesselt Sie dann an Ihren Mann? Weshalb leben Sie mit ihm?«

»Ich weiß nicht ... So aus Gewohnheit, wahrscheinlich. Ich achte ihn, ich langweile mich, wenn ich ihn lange nicht sehe, aber das ist keine Liebe. Er ist ein kluger, ehrlicher Mensch, und für mein Glück genügt das. Er ist sehr gut und einfach ...«

»Alëša ist klug, Alëša ist gut«, sagte Kostja und hob träge den Kopf, »aber, meine Liebe, um zu wissen, daß er klug, gutherzig und interessant ist, müßte man erst mit ihm einen Scheffel Salz essen ... Und was für einen Sinn haben seine Güte und Klugheit? Geld läßt er Ihnen zukommen, soviel Sie wollen, aber da, wo man Charakter braucht, wo man einem frechen Menschen und einem Flegel eine Abfuhr erteilen sollte, da gerät er in Verlegenheit und verliert den Mut. Solche Menschen wie Ihr teurer Alexis sind herrlich, aber für den Lebenskampf sind sie nicht zu gebrauchen. Sie sind überhaupt zu nichts zu gebrauchen!«

Endlich tauchte der Zug auf. Rosiger Dampf stieg in Schwaden über dem Wäldchen hoch, und die beiden Fenster des letzten Wagens leuchteten plötzlich in der Sonne so grell auf, daß es schmerzte, wenn man hinschaute.

»Gehen wir Tee trinken!« sagte Julija Sergeevna und erhob

sich. In der letzten Zeit war sie voller geworden, und ihr etwas lässiger Gang war schon der einer Dame.

»Aber trotz allem, ohne Liebe ist es nicht schön«, meinte Jarcev, der hinter ihr herging. »Wir sprechen und lesen nur von der Liebe, selbst aber lieben wir wenig, und das ist wahrhaftig nicht gut.«

»Das ist alles Unsinn, Ivan Gavrilyč«, bemerkte Julija. »Nicht darin liegt das Glück.«

Sie tranken den Tee in einem kleinen Garten, wo Reseda, Levkojen und Tabakpflanzen blühten und schon die frühen Gladiolen aufbrachen. An Julija Sergeevnas Gesicht merkten Jarcev und Kočevoj, daß sie eine glückliche Zeit der seelischen Ruhe und der Ausgeglichenheit durchlebte, daß sie nichts brauchte außer dem, was sie schon besaß, und es wurde ihnen selbst leicht und froh zumute. Was man auch sagen mochte, alles schien so wohlgeraten und sinnvoll. Die Kiefern waren herrlich, es duftete wunderbar nach Harz, die Sahne schmeckte vorzüglich, und Saša war ein kluges, gutes Mädchen ...

Nach dem Tee sang Jarcev Romanzen und begleitete sich selbst am Flügel; Julija und Kočevoj saßen schweigend da und hörten zu, und nur Julija verließ hin und wieder ihren Platz und ging leise hinaus, um nach dem Kind und Lida zu sehen, die schon zwei Tage hohes Fieber hatte und nichts essen wollte.

»Mein Freund, mein süßer Freund ...« sang Jarcev. »Nein, meine Herrschaften, und wenn Sie mir das Messer an die Kehle setzen«, sagte er und schüttelte den Kopf, »ich verstehe nicht, warum ihr gegen die Liebe seid! Wäre ich nicht am Tage fünfzehn Stunden beschäftigt, ich würde mich unbedingt verlieben.«

Zum Abendessen deckte man auf der Terrasse; es war warm und still, aber Julija hüllte sich in ein Tuch und beklagte sich über die Feuchtigkeit. Es wurde dunkel; aus irgendeinem Grund fühlte sich Julija nicht wohl, sie zuckte immerfort zusammen und bat die Gäste, noch etwas dazubleiben; sie bewirtete sie mit Wein und ließ nach dem Abendbrot Kognak servieren, damit sie nicht fortgingen. Sie wollte mit den Kindern und den Dienstboten nicht allein sein.

»Wir Sommerfrischlerinnen wollen hier für die Kinder eine Theatervorstellung arrangieren«, sagte sie. »Wir haben schon alles – das Theater und die Schauspieler, es fehlt nur ein Bühnenstück. Man hat uns an die zwanzig verschiedene Stücke geschickt, aber kein einziges eignet sich. Sie lieben doch das Theater und sind in Geschichte bewandert«, sagte sie zu Jarcev, »schreiben Sie doch mal ein historisches Bühnenstück für uns.«

»Warum nicht, das läßt sich machen.«

Die Gäste tranken den ganzen Kognak aus und brachen schließlich auf. Es ging schon auf elf, für das Leben auf dem Lande war das spät.

»Was für eine Finsternis!« meinte Julija, als sie die Gäste zum Tor begleitete. »Meine Herrschaften, ich weiß gar nicht, wie Sie zurückfinden werden. Ist das aber kalt!«

Sie hüllte sich fester in ihr Tuch und ging zur Vortreppe zurück.

»Und mein Aleksej spielt wahrscheinlich irgendwo Karten«, rief sie. »Gute Nacht!«

Nach den hellen Zimmern war draußen nichts zu sehen. Jarcev und Kostja erreichten, wie Blinde tastend, den Bahndamm und überquerten ihn.

»Weiß der Teufel, es ist nichts zu sehen«, sagte Kostja mit seiner Baßstimme, blieb stehen und betrachtete den Himmel. »Aber die Sterne, die Sterne, die sehen aus wie neue Münzen! Gavrilyč!«

»Was?« erwiderte irgendwo Jarcev.

»Ich sage: Es ist nichts zu sehen. Wo sind Sie?«

Jarcev trat pfeifend zu ihm und nahm seinen Arm.

»He, Sommerfrischler!« schrie Kostja plötzlich aus vollem Halse. »Man hat einen Sozialisten gefangen!«

Im angeheiterten Zustand war er immer sehr unruhig, er schrie, bändelte mit Polizisten und Droschkenkutschern an, sang und lachte unbändig.

»Natur, der Teufel soll dich holen!« schrie er.

»Schon gut, schon gut«, beruhigte ihn Jarcev. »Das ist doch nicht nötig. Ich bitte Sie.«

Bald hatten sich die Freunde an die Dunkelheit gewöhnt, und sie konnten die Umrisse der hohen Kiefern und Telegrafenmasten unterscheiden. Hin und wieder hallten von den Moskauer Bahnhöfen Pfiffe herüber, und klagend summten die Telefondrähte. Vom Wäldchen selbst kam kein Laut; in diesem Schweigen spürte man etwas Stolzes, Starkes, Geheimnisvolles, und jetzt, in der Nacht, schien es, als ob die Wipfel der Kiefern beinahe den Himmel berührten. Die Freunde fanden ihre Schneise und gingen sie entlang. Hier war es ganz dunkel, und nur an dem langen, mit Sternen besäten Himmelsstreifen und an der von den Füßen festgetretenen Erde konnten sie erkennen, daß sie sich auf einem Weg befanden. Sie gingen schweigend nebeneinander, und beiden schien es, als kämen ihnen irgendwelche Menschen entgegen. Ihre Alkoholstimmung war verflogen. Jarcev kam auf den Gedanken, daß in diesem Wäldchen vielleicht die Seelen der Moskauer Zaren, Bojaren und Patriarchen herumgeisterten, und er wollte es Kostja sagen, verzichtete aber darauf.

Sie erreichten das Stadttor, als es schon schwach dämmerte. Immer noch schweigend, schritten Jarcev und Kočevoj auf dem Kopfsteinpflaster an billigen Landhäusern, Kneipen und Holzlagern vorbei; unter der Brücke einer Zweigbahn schlug ihnen eine angenehme, nach Linden duftende Feuchtigkeit entgegen, und dann öffnete sich vor ihnen eine breite lange Straße, auf der man weder eine Menschenseele noch ein Licht sehen konnte. Als sie zum Krasnyj Prud kamen, war es schon hell.

»Moskau ist eine Stadt, die noch viel leiden wird«, bemerkte Jarcev, als er nach dem Alekseev-Kloster blickte.

»Wie kommen Sie darauf?«

»Nur so. Ich liebe Moskau.«

Jarcev und Kostja waren in Moskau geboren und schwärmten für diese Stadt, und aus irgendeinem Grund verhielten sie sich gegen andere Städte feindselig; sie waren überzeugt, Moskau sei eine wunderbare Stadt und Rußland ein wunderbares Land. Die Krim, den Kaukasus und das Ausland fanden sie langweilig, ungemütlich, unbequem, das trübe Moskauer Wetter schien ihnen am angenehmsten und gesündesten. Die Tage, an denen der kalte Regen an die Fenster pochte und die Dämmerung früh hereinbrach, die Wände der Häuser und Kirchen eine graubraune, traurige Farbe annahmen und an denen man, ging man auf die Straße, nicht wußte, was man anziehen sollte – solche Tage versetzten sie in eine angenehme Erregung.

Endlich, am Bahnhof, nahmen sie eine Droschke.

»Tatsächlich, es wäre gar nicht so übel, ein historisches Bühnenstück zu schreiben«, sagte Jarcev, »aber wissen Sie, ohne die Ljapunovs und Godunovs, sondern aus der Zeit Jaroslavs oder Monomachs ... Ich hasse alle russischen historischen Theaterstücke, nur der Monolog des Pimen gefällt mir. Wenn man mit irgendeiner historischen Quelle zu tun hat, sogar wenn man das Lehrbuch der russischen Geschichte liest, so scheint es, in Rußland sei alles unwahrscheinlich talentiert, begabt und interessant, sehe ich mir aber im Theater ein historisches Stück an, finde ich das russische Leben stümperhaft, ungesund und nicht originell.«

An der Dmitrovka trennten sich die Freunde, und Jarcev fuhr zu seiner Wohnung in der Nikitskaja-Straße. Er döste vor sich hin, wiegte sich leicht und dachte immerfort an das Bühnenstück. Plötzlich stellte er sich einen furchtbaren Lärm vor, es rasselte, und Schreie ertönten in einer unverständlichen Sprache, die fast wie Kalmückisch klang. Dann sah er ein in Flammen stehendes Dorf und im weiten Umkreis die daran anschließenden Wälder, mit Reif bedeckt und vom Feuer zart rosa gefärbt, und es war so hell, daß man jede kleine Tanne erkennen konnte; wilde Menschen, zu Pferd und zu Fuß, jagten durch das Dorf, ihre Pferde und sie selbst waren genauso flammendrot wie der Feuerschein.

Das sind die Polovzer, dachte Jarcev.

Einer von ihnen, alt, furchtbar anzusehen, mit blutüberströmtem Gesicht, von Brandwunden bedeckt, band ein junges Mädchen mit weißem russischen Gesicht an seinem Sattel fest. Der Alte schrie furchtbar, und das Mädchen blickte so traurig und so klug ... Jarcev schüttelte den Kopf und wachte auf.

»Mein Freund, mein süßer Freund ...« sang er.

Als er den Kutscher entlohnte und dann die Treppe zu seiner Wohnung hinaufstieg, konnte er sich noch immer nicht von diesen Bildern lösen, vor seinen Augen stand noch immer das Feuer, es griff auf die Bäume über, und der Wald fing an zu knistern und zu rauchen; ein riesengroßer, wilder Eber, vor Schrecken toll geworden, raste durch das Dorf ... Und das an dem Sattel festgebundene Mädchen schaute immerfort.

Als er sein Zimmer betrat, war es schon ganz hell. Auf dem Flügel brannten neben den aufgeschlagenen Noten zwei Kerzen. Auf dem Sofa lag die Rassudina im schwarzen Kleid mit Gürtel, eine Zeitung in den Händen, und schlief fest. Sie hatte wohl auf Jarcev gewartet, lange gespielt und war dann eingeschlafen, bevor er kam.

Sieh mal an, wie müde sie war! dachte er.

Vorsichtig nahm er ihr die Zeitung aus den Händen, deckte sie mit der Reisedecke zu, löschte die Kerzen und ging ins Schlafzimmer.

Als er sich hinlegte, dachte er an das historische Bühnenstück, aber noch immer wollte ihm die Melodie: »Mein Freund, mein süßer Freund ...« nicht aus dem Kopf.

Nach zwei Tagen besuchte ihn Laptev für einen Augenblick, um ihm mitzuteilen, daß Lida an Diphtherie erkrankt sei und Julija Sergeevna und das Kind sich bei ihr angesteckt hätten. Nach weiteren fünf Tagen kam die Nachricht, Lida und Julija würden ihrer Genesung entgegensehen, das Kind aber sei gestorben und die Laptevs seien aus ihrem Landhaus in Sokolniki in die Stadt geflohen.

XIV

Laptev war es bereits unangenehm, längere Zeit zu Hause zu bleiben. Seine Frau ging öfters in das Seitengebäude, unter dem Vorwand, sie müsse sich den Mädchen widmen, aber er wußte, sie ging nicht dorthin, um mit den Mädchen zu lernen, sondern um bei Kostja zu weinen. Der neunte Tag ging vorbei, dann der zwanzigste, dann der vierzigste, und noch immer mußte man auf den Alekseev-Friedhof fahren, die Seelenmesse halten und sich Tage und Nächte quälen, immer nur an dieses unglückliche Kind denken und der Frau zum Trost verschiedene Plattheiten sagen! Er besuchte nur noch selten das Lager und kümmerte sich nur um Wohltätigkeit, dachte sich irgendwelche Geschäfte aus und war froh, wenn er wegen einer Kleinigkeit den ganzen Tag unterwegs sein konnte. In der letzten Zeit hatte er die Absicht, ins Ausland zu reisen, um dort die Einrichtung der Nachtasyle zu studieren, und dieser Gedanke beschäftigte ihn jetzt.

Es war an einem Herbsttag. Julija war eben in das Seitengebäude gegangen, um dort zu weinen, und Laptev lag in seinem Arbeitszimmer auf dem Sofa und dachte darüber nach, wohin er gehen könnte. In diesem Augenblick meldete Pëtr die Rassudina. Laptev sprang erfreut auf und ging dem unerwarteten Gast, seiner früheren Freundin, die er schon fast vergessen hatte, entgegen. Seit jenem Abend, als er sie zum letztenmal sah, hatte sie sich nicht verändert, sie war dieselbe geblieben.

»Polina!« sagte er und streckte ihr beide Hände entgegen. »Endlich sieht man sich wieder! Wenn Sie wüßten, wie froh ich bin, Sie zu sehen! Herzlich willkommen!«

Bei der Begrüßung riß die Rassudina ihn an der Hand, trat ins Arbeitszimmer, ohne Mantel und Hut abzulegen, und setzte sich.

»Ich komme nur auf einen Augenblick zu Ihnen«, sagte sie. »Ich habe keine Zeit, über Lappalien zu reden. Wollen Sie bitte Platz nehmen und mir zuhören. Ob Sie sich freuen, mich zu sehen, oder nicht, ist mir völlig egal, denn aus der wohlwollenden Aufmerksamkeit der Herren Männer mache ich mir gar nichts. Wenn ich zu Ihnen gekommen bin, so deshalb, weil ich heute schon an fünf Stellen war und überall eine Absage erhielt, dabei ist die Sache dringend. Hören Sie zu«, fuhr sie fort und blickte ihm in die Augen. »Fünf mir bekannte Studenten, beschränkte und stumpfsinnige Menschen, aber zweifellos arm, haben die Studiengebühren nicht bezahlt, sie sollen jetzt von der Universität verwiesen werden. Dank Ihrem Reichtum sind Sie verpflichtet, sofort zur Universität zu fahren und für sie zu bezahlen.«

»Mit Vergnügen, Polina.«

»Da haben Sie die Namen«, sagte die Rassudina und reichte Laptev einen Zettel. »Fahren Sie sofort, das Familienglück können Sie später genießen.«

In diesem Augenblick hörte man hinter der in den Salon führenden Tür ein Geräusch: Wahrscheinlich kratzte sich der Hund. Die Rassudina errötete und sprang auf.

»Ihre Dulzinea belauscht uns!« sagte sie. »Das ist widerlich!«

Laptev war um Julijas willen gekränkt.

»Sie ist nicht hier, sie ist im Seitengebäude«, erwiderte er. »Und sprechen Sie nicht so von ihr. Unser Kind ist gestorben, und sie ist jetzt in einem furchtbaren Zustand.«

»Sie können sie beruhigen«, sagte die Rassudina spöttisch lächelnd und setzte sich wieder, »es können noch zehn kommen. Um Kinder zur Welt zu bringen, braucht man da vielleicht Verstand?«

Laptev entsann sich, daß er dasselbe oder etwas Ähnliches

schon früher, vor langer Zeit oft gehört hatte, und die Poesie der Vergangenheit, der Freiheit des einsamen Junggesellenlebens nahm ihn wieder gefangen, die Zeit, wo er noch glaubte, er sei jung und könne alles tun, was er wolle, und wo es noch keine Liebe zu seiner Frau und keine Erinnerungen an das Kind gegeben hatte.

»Fahren wir gemeinsam«, sagte er und reckte sich.

Vor der Universität angekommen, blieb die Rassudina am Tor, und Laptev ging in die Kanzlei; ein wenig später kehrte er zurück und überreichte der Rassudina fünf Quittungen.

»Wohin wollen Sie jetzt?« fragte er.

»Zu Jarcev.«

»Ich komme mit Ihnen.«

»Aber Sie werden ihn nur bei der Arbeit stören.«

»Nein, ganz bestimmt nicht«, sagte er und schaute sie flehentlich an.

Sie trug einen schwarzen Hut, der mit seiner Kreppgarnitur nach Trauer aussah, und einen sehr kurzen abgetragenen Mantel mit ausgebeulten Taschen. Ihre Nase schien noch länger zu sein als früher, und sie hatte trotz der Kälte keinen Tropfen Blut im Gesicht. Laptev gefiel es, ihr zu folgen, ihr zu gehorchen und ihrem Brummen zuzuhören. Er ging und dachte über sie nach: Was für eine innere Kraft mußte diese Frau haben, die so häßlich, ungeschickt und ruhelos war, sich nicht gut anzuziehen verstand, immer unordentlich frisiert und ständig irgendwie plump und trotz allem doch so bezaubernd wirkte.

Sie gelangten zu Jarcev durch den hinteren Eingang und die Küche, wo sie der Köchin begegneten, einer sauberen alten Frau mit grauen Locken; diese wurde sehr verlegen, lächelte süßlich, so daß ihr kleines Gesicht einem Kuchen ähnelte, und sagte: »Bitte sehr.«

Jarcev war nicht zu Hause. Die Rassudina setzte sich an den Flügel und fing an, langweilige und schwere Etüden zu spielen, Laptev aber bekam Befehl, sie nicht zu stören. Er lenkte sie auch nicht mit Gesprächen ab, sondern saß in einer Ecke und blätterte im ›Vestnik Evropy‹. Nachdem sie zwei Stunden gespielt hatte – ihr Tagespensum –, aß sie eine Kleinigkeit in der Küche und ging zum Unterricht. Laptev las die Fortsetzung eines Romans, dann saß er lange da, ohne zu lesen, zufrieden, daß er schon zu spät zum Mittagessen kommen würde.

»Hahaha!« hörte man Jarcevs Lachen, und da kam er selbst herein, gesund, munter, rotwangig, im neuen Frack mit hellen Knöpfen. »Hahaha!«

Die Freunde aßen gemeinsam zu Mittag. Dann legte sich Laptev auf das Sofa, und Jarcev setzte sich zu ihm und steckte sich eine Zigarre an. Es wurde dämmrig.

»Ich fange wohl an, alt zu werden«, sagte Laptev. »Seitdem meine Schwester Nina gestorben ist, denke ich oft an den Tod, ich weiß nicht, warum.«

Sie sprachen über den Tod, über die Unsterblichkeit der Seele und darüber, wie schön es wäre, tatsächlich aufzuerstehen, dann irgendwohin auf den Mars zu fliegen, ewig müßig und glücklich zu sein und, was die Hauptsache war, irgendwie besonders zu denken, nicht so wie auf der Erde.

»Aber ich möchte nicht sterben«, sagte Jarcev leise. »Mich kann keine Philosophie mit dem Tod versöhnen, für mich bedeutet er das Ende. Ich möchte leben.«

»Lieben Sie das Leben, Gavrilyč?«

»Ja, ich liebe es.«

»Ich aber kann in dieser Hinsicht gar nicht aus mir klug werden. Mal bin ich in düsterer Stimmung, mal bin ich gleichgültig. Ich bin schüchtern, zweifle an mir selbst, mein Gewissen ist feige, und es ist für mich unmöglich, mich dem Leben anzupassen, es zu meistern. Manch einer spricht Dummheiten oder betrügt und ist dabei so lebenslustig, ich aber tue bewußt Gutes, wenn sich Gelegenheit dazu bietet, und empfinde dabei nur Unruhe oder absolute Gleichgültigkeit. Alles das, Gavrilyč, erkläre ich damit, daß ich ein Sklave bin, der Enkel eines Leibeigenen. Bevor wir armen Hunde uns emporarbeiten, gehen viele von uns zugrunde!«

»Das ist alles schön und gut, mein Lieber«, erwiderte Jarcev und seufzte. »Das zeigt nur noch einmal, wie reich und mannigfaltig das russische Leben ist. Ach, wie reich! Wissen Sie, von Tag zu Tag überzeuge ich mich immer mehr davon, daß wir am Vortage des größten Triumphes leben, und ich möchte das noch erleben und selbst dabeisein. Ob Sie mir glauben oder nicht, aber nach meiner Meinung wächst eine prächtige Generation heran. Wenn ich den Kindern Unterricht erteile, besonders den Mädchen, genieße ich das. Wunderbare Kinder!«

Jarcev trat an den Flügel und schlug einen Akkord an.

»Ich bin Chemiker, denke chemisch und sterbe als Chemiker«, fuhr er fort. »Aber ich bin gierig, ich fürchte mich zu sterben, bevor ich gesättigt bin; die Chemie allein ist mir zu wenig, ich greife nach der russischen Geschichte, nach der Kunstgeschichte, Pädagogik, Musik ... Im Sommer sagte Ihre Frau einmal, ich sollte ein historisches Stück schreiben, und jetzt möchte ich schreiben und schreiben; ich könnte, glaube ich, so drei Tage und Nächte, ohne aufzustehen, dasitzen und nur schreiben. Die Gestalten quälen mich, im Kopf fühle ich eine Enge, und in meinem Gehirn schlägt der Puls. Ich will gar nicht etwas Besonderes werden, etwas Großes schaffen; ich will einfach leben, träumen, hoffen, überall dabeisein. Das Leben ist kurz, mein Lieber, und man muß es möglichst gut gestalten.«

Nach diesem freundschaftlichen Gespräch, das erst um Mitternacht beendet war, besuchte Laptev seinen Freund Jarcev fast jeden Tag. Es zog ihn zu ihm. Er kam gewöhnlich gegen Abend, legte sich hin und wartete geduldig auf sein Kommen, ohne sich dabei zu langweilen. Jarcev setzte sich, vom Dienst zurückgekehrt, nach dem Essen hin, um zu arbeiten, aber Laptev stellte ihm irgendeine Frage, das Gespräch begann, die Arbeit war vergessen, und um Mitternacht trennten sich die Freunde, beide sehr zufrieden.

Aber das war nicht von langer Dauer. Als Laptev eines Tages zu Jarcev kam, traf er bei ihm nur die Rassudina; sie saß am Flügel und spielte ihre Etüden. Sie schaute ihn kühl, beinahe feindselig an und fragte, ohne ihm die Hand zu reichen:

»Sagen Sie bitte, wann wird das ein Ende haben?«

»Was meinen Sie damit?« fragte Laptev, da er sie nicht verstand.

»Sie kommen jeden Tag hierher und stören Jarcev bei der Arbeit. Jarcev ist kein Kaufmann, sondern ein Gelehrter, jede Minute seines Lebens ist kostbar. Man muß das verstehen und wenigstens ein bißchen Rücksicht nehmen!«

»Wenn Sie finden, daß ich störe«, sagte Laptev schüchtern und verlegen, »stelle ich meine Besuche ein.«

»Das ist sehr gut. Gehen Sie doch, er kann gleich kommen und Sie hier antreffen.«

Der Ton, in dem das gesagt wurde, und die gleichgültigen Augen der Rassudina verwirrten ihn vollends. Sie hatte für ihn weiter nichts übrig als den Wunsch, er möchte recht schnell fortgehen – das hatte nichts mehr mit ihrer früheren Liebe gemein. Er ging hinaus, ohne ihr die Hand zu geben, und glaubte, sie würde ihn rufen und zurückholen, aber er hörte wieder die Tonleitern; er ging langsam die Treppe hinunter und begriff, daß er für sie schon ein Fremder war.

Nach drei Tagen kam Jarcev zu Laptev, um gemeinsam mit ihm den Abend zu verbringen.

»Ich habe eine Neuigkeit«, sagte er und lachte. »Polina Nikolaevna ist ganz zu mir gezogen.« Er wurde etwas verlegen und fuhr halblaut fort: »Was ist denn dabei? Natürlich sind wir ineinander nicht verliebt, aber ich denke, das ... das ist ganz egal. Ich bin froh, ihr eine Bleibe und Ruhe bieten zu können und die Möglichkeit, mit der Arbeit auszusetzen, wenn sie einmal erkrankt. Sie aber glaubt, daß das Zusammenleben mit ihr mehr Ordnung in mein Leben bringt und daß ich unter ihrem Einfluß ein großer Gelehrter werde. So denkt sie, soll sie ruhig. Die Südländer haben ein Sprichwort: Einen Dummkopf machen schon Gedanken reich. Hahaha!«

Laptev schwieg. Jarcev ging im Arbeitszimmer auf und ab, betrachtete die Gemälde, die er schon viele Male gesehen hatte, und sagte seufzend:

»Ja, mein Freund. Ich bin drei Jahre älter als du, und für mich ist es schon zu spät, an eine echte Liebe zu denken, und im Grunde genommen ist für mich eine Frau wie Polina Nikolaevna ein glücklicher Fund, und natürlich werde ich mit ihr bis ins hohe Alter hinein glücklich leben; aber, weiß der Teufel, es tut einem immer was leid, man möchte immer noch etwas, und immer kommt es mir vor, als läge ich in einem Tal in Daghestan und träumte von einem Ballabend. Mit einem Wort, der Mensch ist nie zufrieden mit dem, was er hat.«

Er begab sich in den Salon und sang, als wäre nichts gewesen, seine Romanzen. Laptev aber saß mit geschlossenen Augen in seinem Arbeitszimmer und bemühte sich zu verstehen, warum die Rassudina Jarcevs Freundin geworden war. Darauf bedauerte er, daß es keine festen, beständigen Freundschaften gab, und er ärgerte sich, daß Polina Nikolaevna mit Jarcev zusammenlebte, er war böse auf sich selbst, weil das Gefühl, das er jetzt für seine Frau empfand, so ganz anders war als früher.

XV

Laptev wiegte sich im Sessel und las; Julija saß ebenfalls im Arbeitszimmer und las. Anscheinend gab es nichts, worüber man hätte reden können, und beide schwiegen seit dem frühen Morgen. Von Zeit zu Zeit warf er über das Buch hinweg einen Blick auf sie und dachte: Ist es denn nicht gleich, wie man heiratet, ob aus leidenschaftlicher Liebe oder ganz ohne Liebe? Die Zeit, da er eifersüchtig war, sich aufregte und litt, lag für ihn schon in weiter Ferne. Inzwischen war er im Ausland gewesen, und er erholte sich jetzt von der Reise; mit Beginn des

Frühjahrs wollte er wieder nach England, wo es ihm sehr gefallen hatte.

Julija Sergeevna hatte sich an ihren Kummer gewöhnt und ging nicht mehr in das Seitengebäude, um zu weinen. Diesen Winter besuchte sie keine Geschäfte, keine Theater und Konzerte, sondern blieb zu Haus. Da sie große Räume nicht liebte, saß sie immer entweder im Arbeitszimmer ihres Mannes oder in ihrem Zimmer, wo die Heiligenschreine standen, die sie als Aussteuer bekommen, und an der Wand die Landschaft hing, die ihr in der Ausstellung so gefallen hatte. Für sich selbst brauchte sie fast kein Geld und gab jetzt genauso wenig aus wie einst im Haus ihres Vaters.

Der Winter war nicht sehr fröhlich. In Moskau spielte man überall Karten, und wenn man statt dessen irgendeine andere Zerstreuung suchte, zum Beispiel sang, las oder malte, so war das noch langweiliger. Und weil es in Moskau so wenig talentierte Menschen gab und deshalb auf allen Veranstaltungen immer dieselben Sänger und Rezitatoren auftraten, wurde einem selbst der Kunstgenuß allmählich zuwider, und er verwandelte sich für viele in eine langweilige, eintönige Pflicht.

Außerdem gab es bei Laptevs jeden Tag Verdruß. Der alte Fëdor Stepanyč konnte nur noch sehr schlecht sehen und ging nicht mehr ins Lager; die Augenärzte sagten, er werde bald blind sein; aus irgendwelchen Gründen hörte auch Fëdor auf, ins Lager zu gehen, er saß immer zu Hause und schrieb. Panaurov wurde in eine andere Stadt versetzt und zum Wirklichen Staatsrat ernannt; er wohnte jetzt im Hotel ›Dresden‹ und kam fast jeden Tag zu den Laptevs gefahren, um sich Geld zu leihen. Kiš hatte endlich die Universität verlassen, und in der Erwartung, die Laptevs würden für ihn irgendeine Stelle finden, saß er ganze Tage bei ihnen und erzählte lange, fade Geschichten. Alles das reizte, ermüdete und machte das alltägliche Leben unangenehm.

Ins Arbeitszimmer trat Pëtr und meldete, eine unbekannte

Dame sei gekommen. Auf der Visitenkarte, die er überreichte, stand: »Žosefina Iosifovna Milan«.

Julija Sergeevna erhob sich träge und ging hinaus, leicht hinkend, weil ihr der Fuß eingeschlafen war. In der Tür erschien die Dame, mager, sehr blaß, mit dunklen Augenbrauen, ganz in Schwarz gekleidet. Sie preßte ihre Hände vor der Brust zusammen und sagte flehentlich:

»Monsieur Laptev, retten Sie meine Kinder!«

Das Klirren der Armbänder und das Gesicht mit den Puderflecken waren Laptev bekannt; es war dieselbe Dame, bei der er einst vor der Hochzeit so ungelegen hatte zu Mittag essen müssen. Es war Panaurovs zweite Frau.

»Retten Sie meine Kinder!« wiederholte sie, und ihr Gesicht begann zu zittern und wurde plötzlich alt und bemitleidenswert; die Augen röteten sich. »Nur Sie allein können uns retten, ich bin für mein letztes Geld zu Ihnen nach Moskau gekommen. Meine Kinder werden vor Hunger sterben!«

Sie machte eine Bewegung, als wolle sie auf die Knie fallen. Laptev erschrak und faßte sie bei den Armen, oberhalb der Ellenbogen.

»Setzen Sie sich, setzen Sie sich ...« murmelte er und half ihr, Platz zu nehmen. »Ich bitte Sie, setzen Sie sich.«

»Wir haben kein Geld mehr, um uns Brot zu kaufen«, sagte sie. »Grigorij Nikolaič fährt jetzt fort, um sein neues Amt anzutreten, aber er will mich und die Kinder nicht mitnehmen, und das Geld, das Sie großmütiger Mensch uns schicken, gibt er nur für sich aus. Was sollen wir tun? Was? Die armen, unglücklichen Kinder!«

»Ich bitte Sie, beruhigen Sie sich. Ich werde im Kontor anordnen, man soll das Geld auf Ihren Namen überweisen.«

Sie begann zu schluchzen; dann beruhigte sie sich, und er merkte, daß die Tränen auf ihren gepuderten Wangen Streifen hinterlassen hatten und daß ihr ein Schnurrbart wuchs.

»Sie sind unendlich großmütig, Monsieur Laptev. Aber seien Sie unser Engel, unsere gute Fee, überreden Sie Grigorij Nikolaič mich nicht zu verlassen und uns mitzunehmen. Ich liebe ihn doch, ich liebe ihn wahnsinnig, er ist mein Trost.«

Laptev gab ihr hundert Rubel, versprach, mit Panaurov zu reden, und während er sie ins Vorzimmer begleitete, hatte er immer Angst, sie würde wieder weinen oder auf die Knie fallen.

Nach ihr kam Kiš. Dann kam Kostja mit einem Fotoapparat. In der letzten Zeit begeisterte er sich fürs Fotografieren und machte einige Male am Tag von allen Hausbewohnern Aufnahmen; diese neue Beschäftigung bereitete ihm viel Verdruß, und er magerte sogar ab.

Vor dem Abendtee kam Fëdor. Er setzte sich in eine Ecke des Arbeitszimmers, schlug ein Buch auf und blickte lange auf eine Seite, offenbar aber, ohne zu lesen. Dann trank er Tee; sein Gesicht war ganz rot. In seiner Anwesenheit fühlte sich Laptev bedrückt; sogar sein Schweigen war ihm unangenehm.

»Du kannst Rußland zu einem neuen Publizisten gratulieren«, sagte Fëdor. »Übrigens, Spaß beiseite, ich bin mit einem kleinen Artikel niedergekommen, Bruder, ein Schreibversuch sozusagen, ich habe ihn mitgebracht, um ihn dir zu zeigen. Lies ihn durch, mein Lieber, und sage deine Meinung. Aber ganz offen.«

Er nahm ein Heft aus der Tasche und reichte es dem Bruder. Der Artikel trug die Überschrift: »Die russische Seele«. Er war langweilig geschrieben, in dem trockenen Stil, in dem gewöhnlich talentlose, im geheimen ehrgeizige Leute schreiben; der Hauptgedanke war folgender: Ein intelligenter Mensch habe das Recht, nicht an Übernatürliches zu glauben, aber er sei verpflichtet, seinen Unglauben zu verbergen, um die Menschen nicht in Versuchung zu führen und ihren Glauben zu erschüttern; ohne Glauben gebe es keinen Idealismus, der Idealismus aber sei dazu berufen, Europa zu retten und der Menschheit den richtigen Weg zu zeigen.

»Aber du schreibst hier nicht, wovor man Europa retten soll«, sagte Laptev.

»Das begreift doch jeder.«

»Nichts begreift man«, entgegnete Laptev und schritt aufgeregt auf und ab. »Man begreift nicht, wozu du das geschrieben hast. Aber das ist natürlich deine Sache.«

»Ich will das als Sonderdruck herausgeben.«

»Das ist deine Sache.«

Sie schwiegen einen Augenblick. Fëdor seufzte und sagte:

»Es tut mir außerordentlich, unendlich leid, daß wir beide so verschieden denken. Ach, Alëša, Alëša, mein lieber Bruder! Wir sind beide russische Menschen, rechtgläubige, großzügige Menschen; passen denn all diese deutschen und jüdischen Ideen zu uns? Wir sind doch beide nicht irgendwelche Halunken, sondern Vertreter eines angesehenen Kaufmannsgeschlechtes.«

»Was heißt hier angesehenes Kaufmannsgeschlecht?« sagte Laptev und versuchte, seine Erregung zu verbergen. »Angesehenes Geschlecht! Unseren Großvater haben die Gutsbesitzer geprügelt, und jeder dreckige kleine Beamte schlug ihn in die Fresse. Unseren Vater verprügelte der Großvater, mich und dich prügelte unser Vater. Was hat uns beiden dieses angesehene Geschlecht gegeben? Was für Nerven und was für ein Blut haben wir geerbt? Schon seit drei Jahren redest du wie ein Küster, und du redest Unsinn, und was du da geschrieben hast, das sind doch die irren Träume eines Sklaven! Und ich, und ich? Schau mich an ... Ich besitze weder Gewandtheit noch Kühnheit noch einen starken Willen; ich fürchte mich vor jedem Schritt, als wolle man mich verprügeln, ich habe Angst vor den kleinen Spießern, vor Idioten, vor Lumpen, die geistig und moralisch viel tiefer stehen als ich; ich fürchte mich vor Hausknechten, Portiers und Gendarmen, ich fürchte alle, weil ich von einer gehetzten Mutter geboren wurde und man mich von Kindheit an entmutigt und eingeschüchtert hat ... Wir beide würden gut daran tun, wenn wir keine Kinder bekämen. Oh, gebe Gott, daß dieses angesehene Kaufmannsgeschlecht mit uns aussterben möge!«

Julija Sergeevna kam ins Arbeitszimmer und setzte sich an den Tisch.

»Ihr habt euch gerade über etwas gestritten?« fragte sie. »Ich störe doch nicht?«

»Nein, Schwesterchen«, antwortete Fëdor, »wir führen ein grundsätzliches Gespräch. Du sagst da: So ein Geschlecht«, er wandte sich wieder an den Bruder, »aber dieses Geschlecht hat immerhin ein Millionenunternehmen geschaffen. Das stellt doch etwas dar!«

»Was ist das schon – ein Millionenunternehmen! Ein Mensch ohne besondere Klugheit und ohne besondere Fähigkeiten wird zufällig Krämer, dann wird er reich, er handelt tagaus, tagein, ohne jedes System und ohne Ziel, er ist nicht einmal geldgierig, er handelt ganz mechanisch, und das Geld läuft ihm nach, nicht er dem Geld. Sein ganzes Leben sitzt er im Geschäft und liebt es nur, weil er die Verkäufer kommandieren und die Käufer verhöhnen kann. Er ist der Älteste in der Kirche, weil er dort die Chorsänger kommandieren und unterdrücken kann; er ist Kurator der Schule, weil ihm der Gedanke gefällt, daß der Lehrer sein Untergebener ist und er den Vorgesetzten spielen kann. Dem Kaufmann liegt nicht am Handeln, sondern am Kommandieren, und euer Lager ist kein Handelsunternehmen, sondern eine Folterkammer! Ja, für solch einen Handel wie den eurigen braucht man Verkäufer ohne eigene Persönlichkeit, ohne ein eigenes Leben, und ihr selbst erzieht sie euch, indem ihr sie von Kindheit an zwingt, sich für ein Stück Brot tief zu verneigen, und von Kindheit an gewöhnt ihr sie an den Gedanken, daß ihr die Wohltäter seid. Einen Mann von der Universität wirst du dir niemals ins Lager nehmen!«

»Die Leute von der Universität eignen sich nicht für unser Geschäft.«

»Das stimmt nicht!« rief Laptev. »Das ist eine Lüge!«

»Entschuldige, mir scheint, du spuckst in den Brunnen, aus dem du trinkst«, sagte Fëdor und erhob sich. »Unser Geschäft ist dir verhaßt, aber du machst Gebrauch von dem, was es einbringt.«

»Aha, jetzt haben wir's!« sagte Laptev und lachte, wobei er den Bruder böse anblickte. »Ja, wenn ich nicht zu eurem angesehenen Geschlecht gehörte, wenn ich auch nur ein ganz klein wenig Willenskraft und Mut besäße, hätte ich diese Einnahmen schon längst sausen lassen und würde mir selbst mein Brot verdienen. Aber ihr habt mich in eurem Lager seit meiner Kindheit der Persönlichkeit beraubt! Ich gehöre euch!«

Fëdor blickte auf die Uhr und verabschiedete sich hastig. Er küßte Julija die Hand und ging hinaus, statt aber ins Vorzimmer zu gehen, begab er sich in den Salon und dann ins Schlafzimmer.

»Ich habe die Lage der Zimmer vergessen«, sagte er. »Ein seltsames Haus. Nicht wahr, ein seltsames Haus?«

Als er seinen Pelz anzog, machte er den Eindruck, als sei er erschüttert, und auf seinem Gesicht malte sich Schmerz ... Laptevs Zorn war verraucht; er bekam einen Schreck, und gleichzeitig tat ihm Fëdor leid, und jene warme, schöne Liebe zu seinem Bruder, die in diesen drei Jahren scheinbar in ihm erloschen war, erwachte wieder in seinem Herzen, und er fühlte ein großes Verlangen, dieser Liebe Ausdruck zu verleihen.

»Fedja, komm doch morgen zu uns zum Mittagessen«, sagte er und streichelte seine Schulter. »Kommst du?«

»Ja, ja, aber gebt mir Wasser.«

Laptev lief selbst ins Eßzimmer, nahm aus dem Büfett, was ihm als erstes in die Hände fiel – es war ein hohes Bierseidel –, er goß Wasser hinein und brachte es dem Bruder. Fëdor trank gierig, aber plötzlich biß er auf das Bierglas; man hörte Knirschen und dann ein Schluchzen. Das Wasser floß über den Pelz und den Gehrock. Laptev, der noch niemals vorher weinende Männer gesehen hatte, stand erschrocken und verlegen da und wußte nicht, was er tun sollte. Er schaute fassungslos zu, wie Julija und das Stubenmädchen Fëdor den Pelz auszogen und ihn in die Zimmer zurückbrachten; er selbst fühlte sich schuldig und folgte ihnen.

Julija legte Fëdor aufs Bett und kniete vor ihm nieder.

»Tut nichts«, tröstete sie ihn. »Das sind Ihre Nerven ...«

»Meine Liebe, mir ist so schwer ums Herz!« sagte er. »Ich bin so unglücklich, so unglücklich ... die ganze Zeit habe ich es verheimlicht, verheimlicht habe ich's!«

Er umschlang ihren Hals und flüsterte ihr ins Ohr:

»Jede Nacht sehe ich meine Schwester Nina. Sie kommt und setzt sich in den Sessel neben meinem Bett ...«

Nach einer Stunde zog er im Vorzimmer seinen Pelz an, lächelte schon wieder und schämte sich vor dem Stubenmädchen. Laptev begleitete ihn bis in die Pjatnickaja-Straße.

»Komm morgen zu uns zum Mittagessen«, sagte er unterwegs, während er seinen Arm untergefaßt hielt, »und Ostern reisen wir zusammen ins Ausland. Du brauchst Abwechslung, du bist schon ganz verkümmert.«

»Ja, ja. Ich fahre, ich fahre ... Und das Schwesterchen nehmen wir auch mit.«

Nach Hause zurückgekehrt, traf Laptev seine Frau in starker nervöser Erregung an. Der Vorfall mit Fëdor hatte sie erschüttert, und sie konnte sich gar nicht beruhigen. Sie weinte nicht, war aber sehr blaß, warf sich im Bett hin und her und klammerte sich mit kalten Fingern an die Bettdecke, das Kissen und die Hände ihres Mannes. Ihre Augen waren groß und verstört.

»Geh nicht fort von mir, geh nicht fort«, bat sie ihren Mann. »Sag, Alëša, warum habe ich aufgehört zu beten? Wo ist mein Glaube geblieben? Ach, warum habt ihr in meiner Gegenwart über Religion gesprochen? Durch euch bin ich schwankend geworden, durch dich und deine Freunde. Ich bete nicht mehr.«

Er machte ihr Umschläge auf die Stirn, wärmte ihre Hände und gab ihr Tee zu trinken, und sie schmiegte sich furchtsam an ihn ...

Gegen Morgen wurde sie müde und schlief ein, und Laptev saß neben ihr und hielt ihre Hand. So war es ihm unmöglich einzuschlafen. Den ganzen Tag fühlte er sich dann wie zerschlagen; unfähig, etwas zu unternehmen, dachte er an nichts und schlenderte träge durch die Zimmer.

XVI

Die Ärzte sagten, Fëdor sei gemütskrank. Laptev wußte nicht, was in der Pjatnickaja-Straße vorging, das dunkle Lager aber, wo sich weder der Alte noch Fëdor mehr zeigten, machte auf ihn den Eindruck einer Gruft. Wenn seine Frau ihm sagte, er müsse unbedingt jeden Tag im Lager und in der Pjatnickaja-Straße sein, schwieg er oder erzählte gereizt von seiner Kindheit und davon, daß er nicht imstande sei, dem Vater seine Vergangenheit zu verzeihen, die Pjatnickaja-Straße und das Lager seien ihm verhaßt und anderes mehr.

An einem Sonntagmorgen fuhr Julija selbst zur Pjatnickaja-Straße. Sie traf den alten Fëdor Stepanyč in demselben Saal an, wo man einst zu ihrer Ankunft den Gottesdienst zelebriert hatte. In seinem Jackett aus Segeltuch, ohne Krawatte, nur mit Hausschuhen an den Füßen, saß er reglos im Sessel und blinzelte mit den blinden Augen.

»Ich bin es, Ihre Schwiegertochter«, sagte sie und trat zu ihm. »Ich bin gekommen, um Sie zu besuchen.«

Vor Aufregung begann er schwer zu atmen. Ergriffen von seinem Unglück und seiner Einsamkeit, küßte sie ihm die Hand, und er betastete ihr Gesicht und ihren Kopf, als wolle er sich überzeugen, daß sie es sei, und bekreuzigte sie.

»Danke, danke«, sagte er. »Und ich habe mein Augenlicht verloren und sehe nichts ... Das Fenster sehe ich ein bißchen und auch das Feuer, aber Menschen und Gegenstände kann ich nicht erkennen. Ja, ich werde blind. Fëdor ist erkrankt, und ohne das wachsame Auge des Hausherrn geht alles drunter und drüber. Wenn irgendeine Schluderei passiert, wird niemand dafür bestraft; die Leute werden verwöhnt. Aber woran ist Fëdor erkrankt? Hat er sich etwa erkältet? Ich war niemals krank und habe mich auch nie behandeln lassen. Ich kannte keine Ärzte.«

Und der Alte begann wie gewöhnlich zu prahlen. Unterdessen deckten die Dienstboten hastig im Saal den Tisch und stellten Vorspeisen und Weinflaschen auf den Tisch. An die zehn Flaschen stellten sie hin, und eine von ihnen sah aus wie der Eiffelturm. Man servierte auf einer flachen Schüssel heiße kleine Piroggen, die nach gekochtem Reis und Fisch rochen.

»Ich bitte den teuren Gast zum Imbiß«, sagte der Alte.

Sie nahm ihn beim Arm, führte ihn zum Tisch und schenkte ihm Vodka ein.

»Ich komme auch morgen zu Ihnen«, sagte sie, »und bringe Ihre Enkelinnen mit, Saša und Lida. Die werden Sie bedauern, werden zärtlich zu Ihnen sein.«

»Nicht nötig, bringen Sie sie nicht mit. Sie sind unehelich.«

»Wieso denn unehelich? Ihr Vater und ihre Mutter wurden doch getraut.«

»Ohne meine Erlaubnis. Ich habe ihnen meinen Segen nicht gegeben und will nichts von ihnen wissen. Gott mit ihnen.«

»Sonderbar reden Sie, Fëdor Stepanyč«, sagte Julija und seufzte.

»Im Evangelium steht, die Kinder sollen ihre Eltern achten und fürchten.«

»Nichts dergleichen. Im Evangelium steht, wir sollen sogar unseren Feinden verzeihen.«

»In unserem Geschäft darf man nicht verzeihen. Wenn man allen verzeihen wollte, wäre man in drei Jahren pleite.«

»Aber verzeihen, einem Menschen, sogar einem unschuldigen, ein zärtliches, freundliches Wort zu sagen, das steht höher als Geschäft und Reichtum!«

Julija wollte den Alten milder stimmen, in ihm das Gefühl des Mitleids und der Reue wecken, aber was sie auch sagte, er hörte ihr so herablassend zu, wie Erwachsene Kindern zuhören.

»Fëdor Stepanyč«, sagte Julija entschlossen, »Sie sind schon alt, und bald wird Sie Gott zu sich rufen; er wird Sie nicht danach fragen, wie Sie Handel getrieben haben und ob Ihre Geschäfte gut gingen, sondern danach, ob Sie gut zu den Menschen waren, ob Sie nicht zu streng gegenüber denen waren, die schwächer sind als Sie, zum Beispiel zur Dienerschaft oder zu den Verkäufern.«

»Für meine Angestellten war ich immer der Wohltäter, und sie müssen ewig für mich zu Gott beten«, antwortete der Alte überzeugt; aber von Julijas innigem Ton gerührt, wollte er ihr eine Freude bereiten und sagte:

»Gut, bringen Sie morgen die Enkelinnen mit. Ich lasse für sie Geschenke kaufen.«

Der Alte war unordentlich angezogen, auf seiner Brust und auf den Knien lag Zigarrenasche; offenbar säuberte ihm niemand Stiefel oder Kleidung. Der Reis in den Piroggen war nicht gargekocht, die Tischdecke roch nach Seife, das Dienstmädchen trampelte beim Gehen. Der Alte und das ganze Haus in der Pjatnickaja-Straße sahen vernachlässigt aus, und Julija, die das spürte, schämte sich für sich und ihren Mann.

»Ich komme morgen unbedingt wieder«, sagte sie.

Sie ging durch die Zimmer und ordnete an, das Schlafzimmer des Alten aufzuräumen und das Ikonenlämpchen dort anzuzünden. Fëdor saß in seinem Zimmer und blickte, ohne zu lesen, in ein aufgeschlagenes Buch; Julija unterhielt sich kurz mit ihm, ließ auch bei ihm aufräumen und ging nach unten zu den Verkäufern. In der Mitte des Zimmers, in dem die Verkäufer zu Mittag aßen, stand eine hölzerne, ungestrichene Säule, die die Decke stützte, damit sie nicht einstürzte; die Decken waren hier niedrig, die Wände mit billigen Tapeten beklebt, es roch nach Kohlendunst und Küche. Wegen des Feiertages waren alle Verkäufer zu Haus und saßen in Erwartung des Mittagessens auf ihren Betten. Als Julija eintrat, sprangen sie von ihren Plätzen auf, antworteten schüchtern auf ihre Fragen und sahen sie mürrisch an wie Sträflinge.

»Herrgott, was für einen schlechten Raum ihr habt!« sagte sie und schlug die Hände über dem Kopf zusammen. »Ist es für euch hier nicht zu eng?«

»Eng, aber gemütlich«, antwortete Makeičev. »Wir sind mit Ihnen sehr zufrieden, und wir senden unsere Gebete empor zu Gott dem Barmherzigen.«

»Entsprechung des Lebens, nach Ambition der Persönlichkeit«, sagte Počatkin.

Makeičev merkte, daß Julija Počatkin nicht verstanden hatte, und er beeilte sich, ihr das zu erklären.

»Wir sind kleine Leute und müssen unserem Stand entsprechend leben.«

Julija besichtigte das Zimmer der Lehrjungen und die Küche, lernte die Haushälterin kennen und war sehr unzufrieden. Als sie nach Hause kam, sagte sie zu ihrem Mann:

»Wir müssen so schnell wie möglich in die Pjatnickaja-Straße umziehen und dort wohnen. Und du wirst jeden Tag zum Lager fahren.«

Dann saßen sie beide nebeneinander im Arbeitszimmer und schwiegen. Ihm war so schwer ums Herz, und er wollte weder in die Pjatnickaja-Straße noch in das Lager, aber er erriet, woran seine Frau dachte, und konnte ihr nicht widersprechen. Er streichelte ihre Wange und sagte:

»Ich habe so ein Gefühl, als ob unser Leben schon vorbei ist und für uns jetzt ein farbloses Vegetieren beginnt. Als ich erfuhr, daß Bruder Fëdor hoffnungslos krank ist, habe ich geweint. Wir haben gemeinsam unsere Jugend verlebt, ich habe ihn einmal von ganzem Herzen geliebt, und jetzt ist die Katastrophe da; und ich glaube, wenn ich ihn verliere, breche ich endgültig mit meiner Vergangenheit. Aber wenn du jetzt sagst, wir müssen unbedingt in die Pjatnickaja-Straße, in dieses Gefängnis umziehn, dann will mir scheinen, auch ich habe keine Zukunft mehr.«

Er stand auf und ging zum Fenster.

»Wie dem auch sei, man muß den Gedanken an Glück fahrenlassen«, sagte er, auf die Straße blickend. »Es gibt kein Glück. Ich habe nie Glück gehabt, und wahrscheinlich gibt es das auch gar nicht. Einmal im Leben war ich überaus glücklich, als ich nachts unter deinem Schirm saß. Erinnerst du dich, du hattest eines Tages bei meiner Schwester Nina deinen Schirm vergessen?« sagte er, zu seiner Frau gewandt. »Damals war ich verliebt in dich, und ich entsinne mich, wie ich die ganze Nacht unter diesem Schirm saß und mich so glücklich fühlte.«

Neben den Bücherschränken stand im Arbeitszimmer eine Mahagonikommode mit Bronzebeschlägen, in der Laptev verschiedene unnötige Gegenstände aufbewahrte, darunter auch den Schirm. Er holte ihn heraus und reichte ihn seiner Frau.

»Da ist er.«

Julija blickte einen Augenblick auf den Schirm, erkannte ihn und lächelte traurig.

»Ich entsinne mich«, sagte sie. »Als du mir deine Liebeserklärung machtest, hieltest du ihn in den Händen.« Da sie merkte, daß er gehen wollte, sagte sie: »Wenn du kannst, komm bitte recht früh zurück. Ohne dich ist mir langweilig.«

Dann ging sie in ihr Zimmer und schaute lange den Schirm an.

XVII

Trotz des riesigen Warenumsatzes und der komplizierten Geschäftsführung gab es im Lager keinen Buchhalter, und aus den Büchern, die ein Büroangestellter führte, konnte man nichts ersehen. Jeden Tag kamen Kommissionäre ins Lager, Deutsche und Engländer, mit denen die Verkäufer über Politik und Religion sprachen; es kam auch ein trunksüchtiger Adliger, ein kranker, beklagenswerter Mensch, der im Büro die ausländische Korrespondenz übersetzte; die Verkäufer nannten ihn Krimskrams und gaben ihm Tee mit Salz zu trinken. Und überhaupt dieser ganze Handel schien Laptev recht absonderlich.

Jeden Tag war er im Lager, und er versuchte, dort eine neue Ordnung einzuführen; er verbot, die Lehrjungen zu prügeln und die Käufer zu verspotten, geriet außer sich, wenn die Verkäufer, fröhlich lachend, irgendwohin in die Provinz durch Lagern unbrauchbar gewordene Ware lieferten und sie als das Neueste und Modernste priesen. Er war jetzt im Lager die Hauptperson, aber nach wie vor wußte er nicht, wie hoch sein Vermögen war, ob die Geschäfte gut gingen, wieviel Gehalt die älteren Verkäufer erhielten und so weiter. Počatkin und Makeičev hielten ihn für zu jung und unerfahren, verheimlichten ihm vieles und flüsterten jeden Abend geheimnisvoll mit dem blinden Alten.

Einmal, es war Anfang Juni, gingen Laptev und Počatkin in das Restaurant von Bubnov, um zu frühstücken und bei dieser Gelegenheit auch über das Geschäft zu reden. Počatkin war schon lange bei Laptevs tätig; mit acht Jahren hatte er bei ihnen angefangen. Man vertraute ihm vollkommen, er gehörte gleichsam zur Familie, und wenn er beim Verlassen des Lagers das ganze Geld aus der Kasse nahm und es in seine Taschen stopfte, erweckte das nicht den geringsten Verdacht. Er war der Oberste im Lager und im Haus und auch in der Kirche, wo er anstelle des Alten die Pflichten des Kirchenältesten ausübte. Die Verkäufer und die Lehrjungen gaben ihm wegen der grausamen Behandlung der Angestellten den Spitznamen Maljuta Skuratov.

Als sie in das Gasthaus kamen, winkte er dem Kellner und sagte:

»Brüderchen, bring uns mal ein halbes Wunderding mit vierundzwanzig Unannehmlichkeiten.«

Gleich darauf brachte der Kellner auf einem Tablett eine halbe Flasche Vodka und einige Teller mit verschiedenen Vorspeisen.

»Paß auf, mein Lieber«, sagte Počatkin zu ihm, »bring uns mal eine Portion Obermeister der Verleumdung und üblen Nachrede mit Kartoffelpüree.«

Der Kellner verstand ihn nicht, wurde verlegen und wollte etwas erwidern, aber Počatkin blickte ihn streng an und sagte:

»Ausgenommen!«

Der Kellner dachte angestrengt nach und ging dann zu seinen Kollegen, um sich zu beraten; schließlich kam er darauf und brachte eine Portion Zunge. Nachdem sie zwei Gläschen Vodka getrunken und etwas gegessen hatten, fragte Laptev:

»Sagen Sie, Ivan Vasiljič, stimmt es, daß unsere Geschäfte in den letzten Jahren zurückgegangen sind?«

»Keineswegs.«

»Sagen Sie mir offen, ohne etwas zu verbergen, was für Einnahmen hatten und haben wir und wie hoch ist unser Vermögen? Man kann doch nicht im dunkeln tappen. Vor kurzem haben wir im Lager eine Inventur gemacht, aber entschuldigen Sie, ich traue dieser Inventur nicht; Sie glauben, vor mir etwas verheimlichen zu müssen, die Wahrheit sagen Sie nur dem Vater. Von Jugend an sind Sie an diese Politik gewöhnt und können sie nicht mehr entbehren. Aber wozu das? Also, ich bitte Sie, seien Sie aufrichtig. Wie ist unsere geschäftliche Lage?«

»Alles hängt von der Kreditbewegung ab«, antwortete Počatkin nach kurzem Nachdenken.

»Was verstehen Sie unter Kreditbewegungen?«

Počatkin begann zu erklären, aber Laptev verstand nichts und schickte nach Makeičev. Der erschien unverzüglich, nahm einen Imbiß, nachdem er gebetet hatte, und sprach dann mit seinem soliden Bariton zuallererst davon, daß die Verkäufer Tag und Nacht für ihre Wohltäter zu Gott beten müßten.

»Sehr gut, aber erlauben Sie, ich möchte nicht für Ihren Wohltäter gelten«, sagte Laptev.

»Jeder Mensch muß daran denken, was er ist, und sich

seines Standes bewußt sein. Sie sind von Gottes Gnaden unser Vater und Wohltäter, und wir sind Ihre Sklaven.«

»Das alles habe ich gründlich satt!« rief Laptev böse. »Bitte, seien Sie jetzt mein Wohltäter, erklären Sie mir, wie unsere Geschäfte stehen. Halten Sie mich bitte nicht für einen dummen Jungen, sonst schließe ich schon morgen das Lager. Mein Vater ist blind, mein Bruder steckt im Irrenhaus, meine Nichten sind noch jung; ich hasse dieses Geschäft, ich möchte mich gern zurückziehen, aber Sie wissen doch selbst, es gibt keinen, der für mich einspringen könnte. Lassen Sie um Gottes willen von dieser Politik!«

Man ging ins Lager, um Inventur zu machen. Dann rechnete man abends zu Hause ab, dabei half auch der Alte; während er den Sohn in seine geschäftlichen Geheimnisse einweihte, sprach er in einem Ton, als betreibe er keinen Handel, sondern Zauberei. Es stellte sich heraus, daß die Einnahmen jährlich ungefähr um zehn Prozent stiegen und das Vermögen der Laptevs, rechnete man nur das Geld und die Wertpapiere, sechs Millionen Rubel betrug.

Als Laptev nach der Inventur kurz nach Mitternacht an die frische Luft kam, fühlte er sich noch im Banne dieser Zahlen. Es war eine stille, schwüle Mondnacht; die weißen Mauern der Häuser von Zamoskvorečjev, die schweren verschlossenen Tore, die Stille und die schwarzen Schatten erinnerten an eine Festung, es fehlte nur ein Posten mit Gewehr. Laptev ging in den Garten und setzte sich auf eine Bank an dem Zaun, der den Nachbarhof abtrennte, wo auch ein Gärtchen war. Der Faulbeerbaum stand in voller Blüte. Laptev fiel auf, daß dieser Faulbeerbaum in seiner Kindheit genauso knorrig und genauso groß gewesen war und sich seitdem gar nicht verändert hatte. Jede Ecke im Garten und auf dem Hof erinnerte ihn an längst vergangene Zeiten. Auch in seiner Kindheit hatte man wie jetzt durch die weit auseinanderstehenden Bäume den vom Mondschein überfluteten Hof gesehen; auch die Schatten wirkten noch geheimnisvoll und streng wie früher, in der

Mitte des Hofes lag genauso ein schwarzer Hund, und die Fenster bei den Verkäufern standen damals auch weit offen. Das waren traurige Erinnerungen.

Hinter dem Zaun, auf dem fremden Hof, hörte man leichte Schritte.

»Meine Teure, meine Liebe ...«, flüsterte eine Männerstimme gleich am Zaun, so daß Laptev sogar die Atemzüge hörte.

Man küßte sich. Laptev war davon überzeugt, die Millionen und das Geschäft, das ihm nicht lag, würden sein Leben ruinieren und aus ihm endgültig einen Sklaven machen; er stellte sich vor, wie er sich allmählich an diese Situation gewöhnte, sich nach und nach in die Rolle des Leiters der Handelsfirma hineinfand, abstumpfte, alterte und dann wie alle Bürger, elend, griesgrämig und der Umgebung Trauer einflößend, starb. Aber was hinderte ihn denn, die Millionen und das Geschäft hinzuwerfen und den Garten und den Hof zu verlassen, die ihm von Kindheit an so verhaßt waren?

Das Flüstern und die Küsse hinter dem Zaun erregten ihn. Er trat in die Mitte des Hofes, knöpfte das Hemd über der Brust auf, blickte zum Mond empor, und ihm schien, er brauche nur zu befehlen, daß man die Pforte aufschloß, dann würde er hinausgehen und niemals wiederkommen; im Vorgefühl der Freiheit krampfte sich sein Herz vor Freude zusammen, er lachte fröhlich und stellte sich vor, was das für ein wunderbares, poetisches, vielleicht sogar heiliges Leben sein könnte ...

Er stand aber noch immer da, ging nicht fort und fragte sich: Was hält mich hier? Und er war ärgerlich über sich selbst und über diesen schwarzen Hund, der auf den Steinen lag und nicht ins Feld oder in den Wald lief, wo er unabhängig und froh sein könnte. Aber den Hof zu verlassen, daran hinderte ihn und diesen Hund offenbar der gleiche Umstand: die Unfreiheit und das Sklavendasein, die ihnen zur Gewohnheit geworden waren.

Am folgenden Tag fuhr er gegen Mittag zu seiner Frau, und damit es nicht langweilig würde, lud er Jarcev ein. Julija Sergeevna lebte in der Sommerfrische in Butovo, und er war schon fünf Tage nicht bei ihr gewesen. Auf der Station angekommen, nahmen die Freunde in einer Kutsche Platz, und Jarcev sang den ganzen Weg und war entzückt von dem prachtvollen Wetter. Das Landhaus befand sich nicht weit von der Station in einem großen Park. Etwa zwanzig Schritte vom Tor, wo die Hauptallee begann, saß Julija Sergeevna in Erwartung der Gäste unter einer alten breitästigen Pappel. Sie trug ein leichtes, elegantes, mit Spitzen besetztes cremefarbenes Kleid; in den Händen hielt sie noch denselben alten und bekannten Schirm. Jarcev begrüßte sie und ging zum Landhaus, von wo man Sašas und Lidas Stimmen hörte; Laptev aber nahm neben ihr Platz, um von den Geschäften zu reden.

»Warum warst du so lange nicht hier?« fragte sie, ohne seine Hand loszulassen. »Jeden Tag habe ich hier gesessen und gewartet, ob du nicht kommst. Ich langweile mich ohne dich!«

Sie erhob sich, strich mit der Hand über sein Haar und betrachtete neugierig sein Gesicht, seine Schultern und den Hut.

»Du weißt, ich liebe dich«, sagte sie und errötete. »Du bist mir teuer. Nun bist du gekommen, ich sehe dich und ich bin glücklich, ich weiß nicht, wie. Unterhalten wir uns ein wenig. Erzähle mir etwas.«

Sie machte ihm eine Liebeserklärung, er aber fühlte sich, als sei er schon zehn Jahre mit ihr verheiratet, und wollte nur frühstücken. Sie umschlang seinen Hals und kitzelte dabei mit der Seide ihres Kleides seine Wange; vorsichtig schob er ihre Hand weg, stand auf und ging zum Landhaus, ohne ein Wort zu sagen. Ihm entgegen kamen die Mädchen.

Wie sie gewachsen sind! dachte er. Und was hat sich nicht alles in diesen drei Jahren geändert . . . Aber vielleicht muß man noch dreizehn oder dreißig Jahre leben . . . Was wird uns wohl die Zukunft bringen?

Er umarmte Saša und Lida, die an seinem Hals hingen, und sagte:

»Großvater läßt euch grüßen ... Onkel Fedja wird bald sterben. Onkel Kostja hat einen Brief aus Amerika geschickt und läßt euch ebenfalls grüßen. Die Ausstellung langweilt ihn, und er kommt bald zurück. Und Onkel Alëša hat Hunger.«

Dann saß er auf der Terrasse und sah, wie seine Frau langsam die Allee entlang zum Landhaus kam. Sie dachte an etwas, ihr Gesichtsausdruck war traurig und bezaubernd, in den Augen glänzten Tränen. Das war nicht mehr das schlanke, zarte und blasse Mädchen von früher, sondern eine reife, schöne, stattliche Frau. Und Laptev merkte, mit welcher Begeisterung ihr Jarcev entgegenblickte, wie ihr neues, herrliches Mienenspiel sich in seinem traurigen und entzückten Gesicht widerspiegelte. Es schien, als sehe er sie zum erstenmal. Und während des Frühstücks lächelte Jarcev freudig und schüchtern und blickte immerfort auf Julija, auf ihren schönen Hals. Laptev beobachtete ihn und dachte unwillkürlich daran, daß er vielleicht noch dreizehn oder dreißig Jahre leben müßte ... Was wird diese Zeit wohl bringen? Was wird uns in Zukunft erwarten?

Und er dachte: Kommt Zeit – kommt Rat.

Mein Leben

Die Erzählung eines Provinzbewohners

I

Der Direktor sagte zu mir: »Ich beschäftige Sie nur noch aus Achtung vor Ihrem verehrten Vater, sonst wären Sie bei mir schon längst geflogen.« Ich antwortete ihm: »Sie schmeicheln mir, Euer Exzellenz, wenn Sie annehmen, ich könnte fliegen.« Und dann hörte ich, wie er sagte: »Bringen Sie diesen Herrn raus, er fällt mir auf die Nerven.«

Zwei Tage später wurde ich entlassen. Seitdem ich als erwachsen gelte, habe ich zum großen Kummer meines Vaters, des Stadtarchitekten, neunmal die Stellung gewechselt. Ich war in verschiedenen Ämtern tätig, doch alle diese neun Stellungen ähnelten einander wie zwei Tropfen Wasser: ich mußte an einem Fleck sitzen, schreiben, mir dumme oder grobe Bemerkungen anhören und darauf warten, daß ich entlassen wurde.

Als ich zu meinem Vater kam, saß er mit geschlossenen Augen tief im Sessel. Sein eingefallenes, hageres Gesicht mit dem bläulichen Schimmer auf den rasierten Wangen (sein Gesicht glich dem eines alten katholischen Organisten) drückte Demut und Ergebenheit aus. Ohne auf meine Begrüßung zu antworten oder die Augen zu öffnen, sagte er:

»Wenn meine teure Frau, deine Mutter, noch lebte, so wäre dein Dasein für sie eine Quelle ständigen Schmerzes. In ihrem vorzeitigen Tod erblicke ich eine Vorsehung Gottes. Ich bitte dich, du Unglücklicher«, fuhr er fort und öffnete die Augen, »sage mir: Was soll ich mit dir tun?«

Früher, als ich jünger war, wußten meine Verwandten und Bekannten, was mit mir zu tun war: Die einen rieten mir, Einjährigfreiwilliger zu werden, die anderen, in einer Apotheke zu arbeiten, und die dritten, zum Telegrafenamt zu gehen, jetzt aber, da ich schon fünfundzwanzig war und sogar schon graue Haare an den Schläfen hatte, da ich Einjährig-freiwilliger gewesen war und auch Pharmazeut und Telegrafist, schienen alle irdischen Möglichkeiten erschöpft, und man gab mir schon keine Ratschläge mehr, sondern seufzte nur und schüttelte den Kopf.

»Was bildest du dir eigentlich ein?« fuhr der Vater fort. »In deinen Jahren haben die jungen Leute schon längst eine feste öffentliche Stellung, nun sieh dich aber einmal an: Ein Proletarier, ein Bettler, der seinem Vater auf der Tasche liegt!«

Und er begann seiner Gewohnheit nach darüber zu reden, daß die heutige Jugend wegen ihres Unglaubens, ihres Materialismus und ihrer übermäßigen Selbstherrlichkeit zum Untergang verurteilt sei und daß man alle Liebhaberaufführungen verbieten müsse, da sie die jungen Menschen von der Religion und von ihren Pflichten ablenkten.

»Morgen gehen wir zusammen zum Direktor, du wirst dich entschuldigen und versprechen, gewissenhaft deinen Dienst zu tun«, schloß er seine Ausführungen. »Du darfst nicht einen einzigen Tag ohne öffentliche Stellung sein.«

»Ich bitte Sie, hören Sie mich an«, sagte ich mißmutig, denn ich erwartete nichts Gutes von diesem Gespräch. »Das, was Sie eine öffentliche Stellung nennen, ist ein Privileg des Kapitals und der Bildung. Die Menschen, die nicht reich sind und keine Bildung haben, müssen sich ihr Brot durch körperliche Arbeit verdienen, und ich sehe nicht ein, weshalb ich eine Ausnahme sein soll.«

»Wenn du über körperliche Arbeit redest, so hört sich das immer dumm und gemein an!« sagte mein Vater gereizt. »Versteh doch endlich, du törichter Mensch, versteh doch, du Hohlkopf, daß außer der rohen Kraft des Körpers auch der Geist Gottes in dir ist, das heilige Feuer, das dich im höchsten Maße von einem Esel oder Reptil unterscheidet und dich der Gottheit nahebringt! Nach diesem Feuer haben Jahrtausende hindurch die besten der Menschen gestrebt. Dein Urgroßvater Poloznev war General und hat bei Borodino gekämpft, dein Großvater war Poet, Redner und Adelsmarschall, dein Onkel war Pädagoge, und schließlich ich, dein Vater, bin Architekt! Alle Poloznevs haben das heilige Feuer in sich gehütet, nur damit du es verlöschen läßt!«

»Man darf aber auch nicht ungerecht sein«, sagte ich. »Körperliche Arbeit leisten Millionen von Menschen.«

»Sollen sie doch! Zu etwas anderem sind sie nicht fähig! Körperliche Arbeit kann jeder verrichten, sogar ein ausgemachter Dummkopf oder Verbrecher, diese Arbeit ist ein Merkmal des Sklaven und Barbaren, das heilige Feuer aber ist nur wenigen zuteil geworden!«

Es hatte keinen Zweck mehr, dieses Gespräch fortzusetzen. Der Vater vergötterte sich selbst, und seiner Meinung nach überzeugte nur das, was er selbst sagte. Außerdem wußte ich sehr gut, daß der Hochmut, mit dem er sich über die körperliche Arbeit äußerte, nicht so sehr auf dem Gedanken vom heiligen Feuer als vielmehr auf der heimlichen Furcht beruhte, ich könnte unter die Arbeiter gehen und dadurch zum Mittelpunkt des Stadtgesprächs werden; die Hauptsache aber war die, daß alle meine Altersgenossen schon lange die Universität beendet hatten und gute Aufstiegsmöglichkeiten vor sich sahen, der Sohn des Kontorvorstehers der Stadtbank war zum Beispiel schon Kollegienassessor, aber ich, der einzige Sohn, war nichts! Es hatte keinen Zweck mehr, und es war auch unangenehm, das Gespräch fortzusetzen, trotzdem saß ich da und widersprach ihm zaghaft, in der Hoffnung, schließlich doch verstanden zu werden. Das ganze Problem war einfach und klar, es ging nur um die Art und Weise, wie ich mir mein Brot verdienen wollte, aber das Einfache dieses Problems wurde ignoriert, und statt dessen redete man in süßlich gewundenen Sätzen von Borodino, vom heiligen Feuer und vom Onkel, einem längst vergessenen Dichter, der einmal schlechte und unaufrichtige Gedichte geschrieben hatte, und mich nannte man grob einen Hohlkopf und törichten Menschen. Und wie sehr wünschte ich, daß man mich verstand! Trotz alledem liebe ich den Vater und die Schwester, von Kindheit an bin ich es gewohnt, vor ihnen Rechenschaft abzulegen, diese Gewohnheit ist mir so zur zweiten Natur geworden, daß ich sie wohl kaum jemals aufgeben werde; ob ich nun im Recht oder im Unrecht bin – ich habe immer Angst, ihnen weh zu tun, ich habe Angst, beim Vater könnte plötzlich vor Aufregung der dürre Hals rot anlaufen und er könnte einen Schlaganfall bekommen.

»In einem stickigen Zimmer zu sitzen«, redete ich monoton weiter, »etwas abzuschreiben und mit der Schreibmaschine zu wetteifern ist für einen Mann in meinem Alter beschämend und kränkend. Wie kann da von einem heiligen Feuer die Rede sein!«

»Es ist aber trotz allem geistige Arbeit«, sagte der Vater. »Doch genug davon, lassen wir dieses Gespräch, auf jeden Fall warne ich dich: Wenn du nicht wieder den Dienst aufnimmst und deine verachtungswürdigen Neigungen weiterhin verfolgst, dann kannst du nicht mehr mit meiner Liebe und der Liebe meiner Tochter rechnen. Dann kannst du nicht mehr mit deiner Erbschaft rechnen – ich schwöre es, so wahr mir Gott helfe!«

Völlig aufrichtig, um die ganze Reinheit meiner Absichten zu beweisen, die ja weiterhin mein Leben bestimmen sollten, sagte ich:

»Die Frage der Erbschaft ist für mich unwichtig. Ich verzichte im voraus darauf.«

Aus irgendeinem Grund und für mich völlig unerwartet kränkten diese Worte meinen Vater sehr. Er wurde puterrot.

»Wage nicht, so mit mir zu sprechen, du Dummkopf!« schrie er mit dünner, schriller Stimme. »Du Lump!« Und er gab mir mit gewohnter Handbewegung rasch und geschickt zwei Ohrfeigen. »Du vergißt dich!«

Früher, in der Kindheit, mußte ich, wenn mich der Vater

schlug, geradestehen, die Hände an die Hosennaht legen und ihm ins Gesicht sehen. Und als er mich jetzt schlug, wußte ich gar nicht, was ich tun sollte, mir war, als geschähe dies immer noch in meiner Kindheit, und ich nahm Haltung an und bemühte mich, meinem Vater in die Augen zu blicken. Mein Vater war alt und sehr mager, doch seine dünnen Muskeln schienen fest wie Lederriemen zu sein, denn seine Schläge taten sehr weh.

Ich stolperte in die Diele, und hier ergriff er seinen Regenschirm und schlug mich damit mehrere Male auf Kopf und Schultern; in diesem Augenblick öffnete meine Schwester die Salontür, um zu sehen, woher der Lärm kam, doch sie wandte sich sofort mit der Miene des Entsetzens und des Mitleids ab, ohne ein Wort zu meiner Verteidigung zu sagen.

Meine Absicht, nicht in die Kanzlei zurückzukehren, sondern ein neues, arbeitsreiches Leben zu beginnen, war unerschütterlich. Mir blieb nur noch eins, die Art meiner Tätigkeit auszuwählen, und das schien mir nicht besonders schwierig, denn ich meinte, daß ich sehr stark und ausdauernd und zu schwerster Arbeit fähig sei. Vor mir lag ein Leben voller Mühe, Hunger und Gestank; Roheit und Grobheit würden mich umgeben, ich würde ständig an meinen Lohn, an mein Brot denken müssen. Und vielleicht würde ich – wer weiß? –, wenn ich dann nach der Arbeit die Bolšaja Dvorjanskaja entlangging, des öfteren den Ingenieur Dolžikov beneiden, der sich von geistiger Arbeit ernährt, doch jetzt stimmte mich der Gedanke an all diese zukünftigen Schwierigkeiten nur froh. Einst hatte ich von geistiger Tätigkeit geträumt und mich bald als Lehrer, bald als Arzt, bald als Schriftsteller gesehen, doch die Träume waren eben nur Träume geblieben. Die Vorliebe für geistige Genüsse – zum Beispiel für Theater und Lektüre – war bei mir schon zur Leidenschaft geworden, ob ich aber jemals die Fähigkeit zu geistiger Arbeit besessen habe, das weiß ich nicht. Im Gymnasium empfand ich einen unüberwindlichen Abscheu vor dem Griechischen, so daß ich in der vierten Klasse abgehen mußte. Noch lange kamen Nachhilfelehrer zu mir, um mich für die Aufnahme in die fünfte Klasse vorzubereiten; danach war ich in verschiedenen Ämtern tätig, wo ich die meiste Zeit mit Nichtstun verbrachte, und mir wurde erklärt, das sei geistige Arbeit. Alles, was ich als Schüler und als Angestellter tat, erforderte keinerlei geistige Anstrengung, weder Talent noch persönliche Fähigkeiten noch schöpferischen Schwung: es war etwas rein Mechanisches; eine solche geistige Arbeit stelle ich noch unter die körperliche Arbeit, ich verachte sie und glaube nicht, daß sie auch nur eine Minute lang als Rechtfertigung für ein faules, sorgloses Leben gelten kann, sie ist nichts anderes als ein Betrug, als eine Abart des Müßigganges. Aller Wahrscheinlichkeit nach habe ich wirklich geistige Arbeit niemals kennengelernt.

Es wurde Abend. Wir wohnten in der Bolšaja Dvorjanskaja, das war die Hauptstraße der Stadt; abends erging sich dort unsere ganze beau monde, weil es keinen anständigen Stadtpark gab. Diese schöne Straße ersetzte zum Teil den Park, denn zu beiden Seiten standen Pappeln, die besonders nach einem Regen stark dufteten, und über die Zäune und Gartenmauern wuchsen die Äste der Akazien, der hohen Fliedersträucher, der Faulbeerbäume und Apfelbäume. Die Abenddämmerung im Mai, das zarte junge Grün mit seinen vielen Schattierungen, der Duft des Flieders, das Summen der Käfer, die Stille, die Wärme – wie neu und ungewöhnlich war das alles, obwohl sich doch der Frühling jedes Jahr wiederholt! Ich stand an der Gartenpforte und betrachtete die Spaziergänger. Mit den meisten von ihnen war ich aufgewachsen, wir hatten früher viele Streiche zusammen verübt, jetzt aber hätte ich sie durch meine Gegenwart in eine peinliche Lage bringen können, denn ich war arm, nicht nach der Mode gekleidet, und von meinen sehr engen Hosen und den großen schwerfälligen Stiefeln hieß es, sie sähen aus wie Makkaroni in Kähnen. Außerdem genoß ich in der Stadt einen schlechten

Ruf, weil ich keine öffentliche Stellung bekleidete, oft in billigen Gasthäusern Billard spielte und vielleicht auch, weil man mich zweimal, zwar ohne ersichtlichen Grund, zum Gendarmerieoffizier abgeführt hatte.

In dem großen Haus gegenüber, in dem der Ingenieur Dolžikov wohnte, wurde Klavier gespielt. Es fing an dunkel zu werden, am Himmel blitzten die Sterne auf. Da ging auch, Verbeugungen erwidernd, der Vater langsam vorbei, in seinem alten Zylinder mit der breiten, nach oben gebogenen Krempe; er führte die Schwester am Arm.

»Sieh!« sagte er zu meiner Schwester und wies mit demselben Schirm, mit dem er mich vor kurzem geschlagen hatte, zum Himmel hinauf. »Sieh dir den Himmel an! Die Sterne, sogar die allerkleinsten – das sind Welten für sich! Wie nichtig ist doch der Mensch im Vergleich mit dem All!«

Und er sagte das in einem Ton, als gebe es für ihn nichts Schmeichelhafteres und Angenehmeres, als so nichtig zu sein. Was für ein talentloser Mann war er doch! Leider war er der einzige Architekt in unserer Stadt, und so wurde, soweit ich mich erinnere, in den letzten fünfzehn bis zwanzig Jahren hier kein einziges vernünftiges Haus gebaut. Wenn er den Auftrag bekam, einen Plan zu entwerfen, zeichnete er gewöhnlich zuerst den Saal und den Salon; wie früher die Mädchen in den staatlichen Internaten die Tanzschritte nur dann richtig ausführen konnten, wenn sie mit dem Tanz in der Ofenecke anfingen, so konnte auch er seine künstlerische Vorstellung nur verwirklichen, wenn er von dem Saal und dem Salon ausging. Daran zeichnete er das Eßzimmer, das Kinderzimmer und das Arbeitszimmer, dann verband er die Zimmer mit Türen, und so wurden sie alle unvermeidlich zu Durchgangszimmern, von denen jedes zwei, ja sogar drei überflüssige Türen besaß. Seine künstlerische Vorstellung mußte unklar, sehr verworren und begrenzt sein, denn jedesmal – als fühle er, daß etwas fehle – nahm er zu allen möglichen Arten von Anbauten Zuflucht, von denen dann einer neben den anderen gesetzt wurde, und ich sehe noch heute die engen Vorräume vor mir, die schmalen Korridörchen, die krummen Treppchen, die in den Zwischenstock führten, der so niedrig war, daß man sich nicht aufrichten konnte, und der anstelle eines Fußbodens drei breite Stufen hatte, die den Bänken in einem Dampfbad glichen. Die Küche befand sich unvermeidlich im Keller, es war eine Art Gewölbe mit einem Ziegelfußboden. Die Vorderfront machte einen eigensinnigen, kalten Eindruck, die Linienführung war steif, zaghaft, das Dach niedrig, wie plattgedrückt, aber auf den dicken, geradezu aufgeplusterten Schornsteinen saßen unvermeidlich Maschendrahtkörbe mit schwarzen, kreischenden Wetterfahnen. Und aus einem unerklärlichen Grund erinnerten mich diese einander so ähnlichen, vom Vater erbauten Häuser an seinen Zylinder und seinen Nacken, der ebenso steif und eigensinnig wirkte. Im Laufe der Zeit gewöhnte man sich in der Stadt an die Talentlosigkeit meines Vaters, sie schlug feste Wurzeln und wurde zu unserem Stil.

Diesen Stil führte der Vater auch in das Leben meiner Schwester ein. Es fing schon damit an, daß er sie Kleopatra nannte (so wie er mich Misail nannte). Als sie noch ein kleines Mädchen war, machte er ihr angst, indem er an die Sterne, die alten Weisen und unsere Vorfahren erinnerte, er erklärte ihr des langen und breiten, was das Leben und was Pflicht bedeute, und jetzt, da sie schon sechsundzwanzig Jahre alt war, machte er es nicht anders, er gestattete ihr nur, mit ihm Arm in Arm zu gehen, und bildete sich ein, früher oder später müßte ein anständiger junger Mann erscheinen, der aus Hochachtung vor den persönlichen Qualitäten des Vaters mit dessen Tochter den Bund der Ehe eingehen würde. Und sie betete den Vater an, fürchtete ihn und glaubte an seinen ungewöhnlichen Verstand.

Es war ganz dunkel geworden, und die Straße leerte sich allmählich. Im Haus gegenüber verstummte die Musik, das Tor öffnete sich weit, und auf unsere Straße fuhr, holpernd und sanft mit den Glöckchen klingelnd, eine Trojka. Der Ingenieur unternahm mit seiner Tochter noch eine Spazierfahrt. Zeit zum Schlafen!

Ich hatte im Haus mein eigenes Zimmer, doch ich wohnte auf dem Hof in einem elenden Verschlag unter dem Dach des Backsteinschuppens, den man seinerzeit wahrscheinlich zur Aufbewahrung von Pferdegeschirr gebaut hatte, denn in die Wand waren große Haken getrieben – jetzt aber brauchte man ihn nicht mehr, und der Vater benutzte ihn schon seit dreißig Jahren als Aufbewahrungsort für seine Zeitungen, die er aus irgendeinem Grund halbjährlich zusammenheftete und an die er niemanden heranließ. Ich lebte hier, weil ich dann dem Vater und seinen Gästen nicht so oft unter die Augen kam und weil mir schien, daß die Worte meines Vaters, ich läge ihm auf der Tasche, schon nicht mehr so kränkend klängen, wenn ich nicht in einem richtigen Zimmer wohnte und nicht jeden Tag ins Haus zum Essen käme.

Meine Schwester erwartete mich. Sie hatte mir heimlich, ohne Wissen des Vaters, das Abendbrot gebracht – ein kleines Stückchen kaltes Kalbfleisch und einen Kanten Brot. Bei uns im Haus wurde immer wieder betont: »Man muß aufs Geld achten«, »Wer die Kopeke nicht ehrt, ist des Rubels nicht wert« und dergleichen mehr, und unter der Last dieser Abgeschmacktheiten bemühte sich die Schwester ständig, die Ausgaben zu verringern, und aus diesem Grund war bei uns das Essen so schlecht. Als sie den Teller auf den Tisch gestellt hatte, setzte sie sich auf mein Bett und begann zu weinen.

»Misail«, sagte sie, »was machst du nur mit uns?«

Sie bedeckte das Gesicht nicht, die Tränen tropften ihr auf Brust und Hände, und ihre Miene war traurig. Sie ließ sich auf mein Kopfkissen fallen und gab ihren Tränen freien Lauf, sie bebte am ganzen Körper und schluchzte.

»Du hast wieder deine Stellung aufgegeben . . .« sprach sie vor sich hin. »Oh, wie schrecklich das ist!«

»Aber versteh doch, Schwester, versteh doch . . .« sagte ich, und weil sie weinte, überkam mich Verzweiflung.

Zu allem Überfluß ging auch noch in meiner Lampe das Petroleum zu Ende, sie qualmte und war am Verlöschen, und die alten Haken an den Wänden sahen streng auf uns herab, und ihre Schatten tanzten.

»Hab doch Mitleid mit uns!« sagte die Schwester und erhob sich. »Der Vater macht sich entsetzliche Sorgen, und ich bin krank und werde noch wahnsinnig. Was soll nur aus dir werden?« fragte sie unter Tränen und streckte mir die Hände entgegen. »Ich bitte dich, ich flehe dich an, im Namen unserer seligen Mutter bitte ich dich – geh wieder zum Dienst!«

»Ich kann nicht, Kleopatra!« sagte ich, wobei ich fühlte, daß nicht mehr viel fehlte und ich nachgeben würde. »Ich kann nicht!«

»Warum nicht?« fuhr die Schwester fort. »Warum nicht? Wenn du dich nicht recht mit deinem Vorgesetzten verstehst, dann such dir doch eine andere Stelle. Warum könntest du zum Beispiel nicht zur Eisenbahn gehen? Ich habe eben mit Anjuta Blagovo gesprochen, sie hat mir versichert, daß man dich bei der Eisenbahn nehmen wird, sie hat mir sogar versprochen, sich für dich einzusetzen. Um Gottes willen, Misail, überleg dir das! Überleg dir das, ich flehe dich an!«

Wir sprachen noch ein wenig miteinander, und ich gab nach. Ich sagte, mir sei der Gedanke, beim Bau der Eisenbahn eine Anstellung zu finden, noch nie in den Kopf gekommen, und ich könnte es ja einmal versuchen.

Sie lächelte freudig unter Tränen, drückte mir die Hand und weinte trotzdem weiter, denn sie konnte einfach nicht aufhören, und ich ging in die Küche, um Petroleum zu holen.

II

Unter den Freunden von Liebhaberaufführungen, Konzerten und lebenden Bildern zu Wohltätigkeitszwecken nahmen die Ažogins in der Stadt den ersten Platz ein. Sie wohnten in ihrem eigenen Haus auf der Bolšaja Dvorjanskaja, stellten jedesmal den Raum zur Verfügung und nahmen auch alle Scherereien und Kosten auf sich. Diese reiche Gutsbesitzerfamilie besaß im Bezirk etwa dreitausend Desjatinen Land und einen herrlichen Gutshof, doch sie mochten das Landleben nicht und wohnten im Winter und auch im Sommer in der Stadt. Die Familie bestand aus der Mutter, einer großen, hageren, ausgesucht höflichen Dame, die kurzgeschnittenes Haar, ein lose fallendes Jäckchen und einen glatten Rock in der englischen Manier trug, und aus drei Töchtern, die man, wenn man von ihnen sprach, niemals beim Namen nannte – sie hießen einfach die Älteste, die Mittlere und die Jüngste. Alle drei hatten ein unschönes, spitzes Kinn, sie waren kurzsichtig, hager und wie die Mutter angezogen, sie lispelten auf eine unangenehme Weise und nahmen trotzdem unbedingt an jeder Aufführung teil, sie taten dauernd etwas zu einem wohltätigen Zweck, indem sie spielten, lasen oder sangen. Sie waren sehr ernst und lächelten niemals, sogar in Vaudevilles mit Gesang spielten sie ohne die geringste Fröhlichkeit und mit einem geschäftigen Ausdruck, als befaßten sie sich mit Buchhaltung.

Ich liebte unsere Aufführungen, besonders die Proben, die sehr oft stattfanden, ein wenig sinnlos und geräuschvoll waren und nach denen man uns immer zum Abendessen einlud. Mit der Auswahl der Stücke und der Verteilung der Rollen hatte ich nichts zu tun. Ich trug die Verantwortung für das, was hinter den Kulissen geschah. Ich malte die Bühnenbilder, schrieb die Rollen ab, soufflierte, schminkte und hatte auch für verschiedene Geräuscheffekte zu sorgen, wie Donnergrollen, Schlagen der Nachtigall und dergleichen mehr. Da ich keine öffentliche Stellung und keine anständige Kleidung besaß, hielt ich mich auf den Proben immer abseits, im Schatten der Kulissen, und schwieg schüchtern.

Die Bühnenbilder malte ich bei den Ažogins im Schuppen oder auf dem Hof. Mir half ein Maler, oder, wie er sich selbst nannte, Inhaber einer Malerwerkstatt, namens Andrej Ivanov, ein etwa fünfzigjähriger, großer, sehr hagerer und blasser Mann mit eingesunkener Brust, eingefallenen Schläfen und blauen Schatten unter den Augen, der sogar ein wenig furchterregend wirkte. Er litt an einer auszehrenden Krankheit, und jeden Herbst und jedes Frühjahr hieß es, er liege im Sterben, doch nach einer Weile erhob er sich und sagte verwundert:

»Ich bin wieder nicht gestorben!«

In der Stadt wurde er Rettich genannt, es hieß, dies sei sein richtiger Name. Er liebte das Theater ebenso wie ich, und kaum kam ihm das Gerücht zu Ohren, bei uns werde ein Stück vorbereitet, so ließ er sämtliche Arbeiten liegen und ging zu den Ažogins, um die Bühnenbilder zu malen.

Am Tage nach der Unterhaltung mit meiner Schwester arbeitete ich vom Morgen bis zum Abend bei den Ažogins. Die Probe war für sieben Uhr abends angesetzt; eine Stunde vor Beginn hatten sich schon alle Theaterliebhaber im Saal versammelt, und auf der Bühne gingen die Älteste, die Mittlere und die Jüngste umher und lasen aus ihren Heften. Rettich stand in einem langen rötlichen Mantel und mit einem Schal um den Hals da, lehnte seinen Kopf gegen die Wand und sah verklärt auf die Bühne. Mutter Ažogina trat bald zu dem einen, bald zu dem anderen Gast und sagte jedem etwas Angenehmes. Sie hatte die Angewohnheit, einem unverwandt ins Gesicht zu schauen und leise zu sprechen, als teile sie ein Geheimnis mit.

»Es muß doch wohl sehr schwer sein, Bühnenbilder zu malen«, sagte sie leise und trat zu mir heran. »Wir haben gerade mit Madame Muffke über Vorurteile gesprochen, und da sah ich Sie kommen. Mein Gott, ich habe mein ganzes Leben gegen Vorurteile gekämpft! Um die Dienstboten davon zu überzeugen, daß alle ihre Ängste unsinnig sind, zünde ich bei mir immer drei Kerzen an, und alle wichtigen Dinge beginne ich am dreizehnten.«

Die Tochter des Ingenieurs Dolžikov erschien, sie war eine schöne, üppige Blondine und, wie man bei uns sagte, nach der letzten Pariser Mode gekleidet. Sie spielte nicht mit, doch während der Proben wurde für sie ein Stuhl auf die Bühne gestellt, und die Aufführung des Stückes begann erst, wenn sie, strahlend und alle durch ihre Eleganz in Erstaunen versetzend, in der ersten Reihe Platz genommen hatte. Sie weilte oft in der Hauptstadt, deshalb durfte sie während der Proben Bemerkungen machen, und dies tat sie auch mit einem lieblichen, herablassenden Lächeln, und man merkte, daß sie unsere Vorstellungen für kindliche Spielerei hielt. Es hieß, sie habe am Konservatorium in Petersburg Gesang studiert und sogar einen ganzen Winter in einer Privatoper gesungen. Sie gefiel mir sehr, und während der Proben und auch während der Aufführung ließ ich kein Auge von ihr.

Ich hatte schon das Heft genommen, um mit dem Soufflieren zu beginnen, als plötzlich meine Schwester erschien. Ohne ihren weiten Mantel und ihren Hut abzulegen, trat sie zu mir heran und sagte:

»Ich bitte dich, komm mit.«

Ich ging mit. Hinter der Bühne stand Anjuta Blagovo, sie trug auch einen Hut mit einem kurzen dunklen Schleier. Sie war die Tochter des stellvertretenden Gerichtspräsidenten, der schon lange, fast seit der Gründung des Kreisgerichtes, in unserer Stadt amtierte. Da sie groß war und gut gebaut, mußte sie unbedingt bei lebenden Bildern mitwirken, und wenn sie irgendeine Fee oder die Ruhmesgöttin darstellte, so wurde ihr Gesicht feuerrot vor Scham. In den Stücken aber trat sie nicht auf, und zu den Proben kam sie nur für einen Augenblick, um etwas zu erledigen, und ging nicht in den

Saal. Auch jetzt war sie nur für einen Augenblick gekommen.

»Mein Vater hat für Sie ein Wort eingelegt«, sagte sie trocken, ohne mich anzusehen, und errötete. »Dolžikov hat Ihnen eine Anstellung bei der Eisenbahn versprochen. Gehen Sie morgen zu ihm, er wird zu Hause sein.«

Ich verbeugte mich und dankte für die Mühe.

»Und das könnten Sie jetzt sein lassen«, sagte sie und wies auf das Heft.

Sie und meine Schwester gingen zu Frau Ažogina und flüsterten ungefähr zwei Minuten lang mit ihr, wobei sie mir Blicke zuwarfen. Sie berieten sich über irgend etwas.

»Natürlich«, sagte Frau Ažogina leise, während sie zu mir trat und mir unverwandt ins Gesicht sah, »natürlich, wenn Sie das von einer ernsthaften Tätigkeit abhält,« – sie nahm mir das Heft aus der Hand – »so können Sie das auch einem anderen überlassen. Beunruhigen Sie sich nicht, mein Freund, und gehen Sie nur.«

Ich verabschiedete mich von ihr und ging ganz verwirrt hinaus. Während ich die Treppe hinunterstieg, sah ich, wie meine Schwester und Anjuta Blagovo das Haus verließen; sie sprachen sehr lebhaft miteinander, wahrscheinlich über meine Anstellung bei der Eisenbahn, und hatten es sehr eilig. Meine Schwester war früher nie bei den Proben gewesen, und jetzt quälte sie wahrscheinlich das Gewissen, weil sie fürchtete, der Vater könnte erfahren, daß sie ohne seine Erlaubnis bei den Ažogins war.

Am darauffolgenden Tag ging ich gegen ein Uhr zu Dolžikov. Ein Diener führte mich in ein sehr schönes Zimmer, das dem Ingenieur zugleich als Salon und auch als Arbeitszimmer diente. Hier wirkte alles sehr gepflegt, auserlesen und für einen an derartige Dinge nicht gewöhnten Menschen wie mich sogar seltsam. Teure Teppiche, riesige Sessel, Bronzefiguren, Bilder, Gold- und Plüschrahmen; überall an den Wänden hingen Fotografien, auf denen in zwangloser Haltung sehr schöne Frauen mit klugen, edlen Gesichtern abgebildet waren;

vom Salon führte eine Tür auf die Veranda und in den Garten, ich sah Flieder, einen zum Frühstück gedeckten Tisch, viele Flaschen und einen Strauß Rosen, es roch nach Frühling und nach einer teuren Zigarre, es roch nach Glück – alles schien davon zu sprechen, daß hier ein Mensch gelebt, gearbeitet und schließlich das Glück errungen hatte. Am Schreibtisch saß die Tochter des Ingenieurs und las die Zeitung.

»Sie wollen zu meinem Vater?« fragte sie. »Er duscht eben, er kommt gleich. Nehmen Sie doch bitte solange Platz.«

Ich setzte mich.

»Sie wohnen uns gegenüber, nicht wahr?« fragte sie wieder nach einer Weile.

»Ja.«

»Ich gucke jeden Tag aus Langeweile aus dem Fenster, Sie müssen schon entschuldigen«, fuhr sie fort und schaute in die Zeitung, »und da sehe ich oft Sie und Ihre Schwester. Sie hat immer so einen guten, so einen verinnerlichten Gesichtsausdruck.«

Dolžikov trat ein. Er trocknete sich mit einem Handtuch den Hals ab.

»Papa, Monsieur Poloznev«, sagte die Tochter.

»Ja, ja. Blagovo hat mir von Ihnen erzählt«, wandte er sich lebhaft an mich, ohne mir die Hand zu reichen. »Doch hören Sie, was kann ich Ihnen schon bieten? Was für Stellen habe ich schon? Ihr seid seltsame Menschen, meine Herren!« fuhr er laut fort, in einem Ton, als erteile er mir eine Rüge. »Da kommen jeden Tag zwanzig Leute von Ihnen zu mir, und alle denken, hier sei ein Ministerium! Ich habe eine Eisenbahnstrecke zu bauen, meine Herren, bei mir ist schwerste körperliche Arbeit zu leisten, ich brauche Mechaniker, Schlosser, Erdarbeiter, Tischler und Brunnenbauer, aber ihr könnt doch alle nur dasitzen und schreiben, nichts weiter! Ihr seid doch alle nur Schreiberlinge!«

Er strahlte die gleiche Atmosphäre des Glücks aus wie seine Teppiche und Sessel. Stattlich, gesund, mit roten Wangen und breiter Brust, frisch gewaschen, in einem Kattunhemd und in weiten Hosen, wirkte er wie ein Spielzeugkutscher aus Porzellan. Er trug einen runden, lockigen Bart, in dem kein einziges graues Haar schimmerte, die Nase war leicht gebogen, und die dunklen Augen blickten klar und unschuldig.

»Was können Sie?« fuhr er fort. »Nichts können Sie! Ich bin Ingenieur, mein Herr, ich bin ein wohlhabender Mann, doch ehe ich die Strecke hier bekam, habe ich lange schuften müssen. Ich habe als Maschinist gearbeitet, und in Belgien war ich zwei Jahre lang einfacher Wagenschmierer. Überlegen Sie doch selbst, Verehrtester, was für eine Arbeit kann ich Ihnen schon anbieten?«

»Natürlich, Sie haben recht ...« murmelte ich in großer Verlegenheit, sein klarer, unschuldiger Blick war mir unerträglich.

»Können Sie wenigstens mit einem Telegrafenapparat umgehen?« fragte er, als er ein wenig nachgedacht hatte.

»Ja, ich habe im Telegrafenamt gearbeitet.«

»Hm ... Na, wir werden sehen. Gehen Sie erst einmal nach Dubečnja. Dort habe ich schon jemanden sitzen, aber der taugt nicht viel.«

»Und worin werden meine Pflichten bestehen?« fragte ich.

»Das werden wir sehen. Gehen Sie nur erst einmal hin, ich werde dann schon das Weitere anordnen. Nur eins bitte ich mir aus – nicht zu trinken und mich nicht mit irgendwelchen Bitten zu belästigen. Sonst werfe ich Sie hinaus.«

Er wandte sich von mir ab und nickte mir nicht einmal zu. Ich verbeugte mich vor ihm und seiner Tochter, die in der Zeitung las, und ging hinaus. Mir war so schwer ums Herz, daß ich, als meine Schwester fragte, wie mich der Ingenieur empfangen habe, kein einziges Wort hervorbringen konnte.

Um nach Dubečnja zu gehen, erhob ich mich früh am Morgen bei Sonnenaufgang. In unserer Bolšaja Dvorjanskaja war keine Menschenseele zu sehen, alle schliefen noch, und meine Schritte hallten einsam und dumpf. Die mit Tau bedeckten

Pappeln verströmten einen zarten Duft. Mir war traurig zumute, ich wollte die Stadt nicht verlassen. Ich liebte meine Heimatstadt. Sie erschien mir so schön und so vertraut. Ich liebte ihr Grün, die stillen, sonnigen Morgen und das Läuten unserer Glocken; doch die Menschen, mit denen ich in dieser Stadt lebte, ödeten mich an, sie waren mir fremd und kamen mir manchmal widerlich vor. Ich mochte sie nicht und verstand sie nicht.

Ich begriff nicht, wofür und wovon all diese fünfundsechzigtausend Menschen lebten. Ich wußte, daß Kimry sich von der Stiefelfabrikation ernährt, daß Tula Samovare und Waffen herstellt, daß Odessa eine Hafenstadt ist, doch was unsere Stadt ist und was sie herstellt – das wußte ich nicht. Die Leute von der Bolšaja Dvorjanskaja und noch zwei anderen besseren Straßen lebten von ihrem Kapital und von dem Gehalt, das sie als Beamte vom Staat erhielten; doch wovon die übrigen acht Straßen lebten, die sich etwa drei Verst lang parallel zur Bolšaja Dvorjanskaja hinzogen und dann hinter den Hügeln verschwanden – das blieb mir immer ein unlösbares Rätsel. Und wie diese Menschen lebten – man schämt sich, es zu sagen! Es gab weder einen Park noch ein Theater noch ein anständiges Orchester; die Stadt- und die Klubbibliothek wurden nur von halbwüchsigen Juden besucht, so daß die Zeitschriften und die neuen Bücher monatelang unaufgeschnitten blieben; reiche und intelligente Menschen schliefen in stickigen, engen Schlafkammern auf verwanzten hölzernen Betten, die Kinder hausten in abstoßend schmutzigen Räumen, die sich Kinderzimmer nannten, und die Diener, sogar die alten und geachteten, schliefen in der Küche auf dem Fußboden und deckten sich mit Lumpen zu. Zu den Fischfasten roch es in den Häusern nach Boršč und zu den Fleischfasten nach in Sonnenblumenöl gebratenem Stör. Man aß schlecht zubereitetes Essen und trank ungesundes Wasser. Im Stadtrat, beim Gouverneur, beim Bischof und in allen Häusern redete man schon seit vielen Jahren davon, daß es bei uns in der Stadt kein gutes und billiges Wasser gibt und daß man unbedingt bei der Staatskasse eine Anleihe von zweihunderttausend Rubel für den Bau einer Wasserleitung aufnehmen müßte; sehr reiche Leute, von denen es bei uns in der Stadt etwa drei Dutzend gab und die manchmal beim Kartenspiel ganze Güter verloren, tranken ebenfalls das schlechte Wasser und redeten ihr ganzes Leben lang voller Enthusiasmus von dieser Anleihe – und das konnte ich nicht verstehen; mir schien es einfacher, diese zweihunderttausend aus der eigenen Tasche zu bezahlen.

In der ganzen Stadt kannte ich keinen einzigen ehrlichen Menschen. Mein Vater ließ sich bestechen und bildete sich ein, dies geschehe aus Hochachtung vor seinen seelischen Qualitäten; die Gymnasiasten gingen – damit sie versetzt wurden – zu ihren Lehrern in Pension und mußten viel Geld dafür bezahlen; die Frau des Stadtkommandanten erhielt während der Musterung Bestechungsgelder von den Rekruten, sie gestattete sogar, daß man sie freihielt, und einmal konnte sie sich in der Kirche nicht mehr von den Knien erheben, so betrunken war sie; während der Musterung nahmen auch die Ärzte Bestechungsgelder, und der Stadtarzt und der Veterinär erhoben von den Fleischerläden und den Schenken Sondersteuern, in der Kreisschule wurde mit Zeugnissen gehandelt, die einem bestimmte Vorteile verschafften; die Pröpste nahmen von den ihnen unterstellten Kirchendienern Geldgeschenke an; in der städtischen Behörde, im Gewerbeamt, im Gesundheitsamt und in allen übrigen Ämtern wurde dem Besucher hinterhergeschrien: »Und wo bleibt der Dank?« – und der Besucher kehrte zurück und gab dreißig oder vierzig Kopeken. Diejenigen aber, die sich nicht bestechen ließen, wie zum Beispiel die Gerichtsbeamten, die waren hochmütig, reichten einem nur zwei Finger zum Gruß, zeichneten sich durch Kälte und Beschränktheit ihrer Überlegungen aus, spielten viel Karten, tranken viel, heirateten reiche Bräute und übten zweifellos einen schädlichen, zersetzenden Einfluß auf ihre Umwelt aus. Nur die Mädchen verbreiteten eine Atmosphäre sittlicher Reinheit; die meisten fühlten in sich einen Drang nach Höherem und besaßen ehrliche, reine Herzen, doch sie verstanden das Leben nicht und glaubten, Bestechungsgelder würden nur aus Hochachtung vor seelischen Qualitäten gegeben, und wenn sie geheiratet hatten, alterten sie rasch, verloren den Mut und versanken dann hoffnungslos im Morast eines ekelhaften, spießbürgerlichen Lebens.

III

In unserer Gegend wurde eine Eisenbahn gebaut. Am Vorabend von Feiertagen streiften ganze Scharen von zerlumpten Kerlen durch die Stadt, sie wurden die Eisenbahnleute genannt, und alle hatten Angst vor ihnen. Nicht selten sah ich, wie man solch einen Kerl mit blutig geschlagenem Gesicht und ohne Mütze zur Polizei führte, und hinterdrein trug man als Beweisstück einen Samovar oder vor kurzem gewaschene, noch feuchte Wäsche. Die Eisenbahnleute versammelten sich gewöhnlich vor den Schenken und auf den Märkten; sie tranken und aßen, fluchten unflätig und veranstalteten, wenn eine Frau von etwas zweifelhaftem Ruf vorüberging, ein durchdringendes Pfeifkonzert. Um diese verhungerten Lumpen zu vergnügen, flößten unsere Ladenbesitzer den Hunden und Katzen Schnaps ein oder banden einem Hund einen leeren Petroleumkanister an den Schwanz, dann pfiffen sie, und der Hund rannte, vor Angst winselnd, mit dem scheppernden Kanister die Straße entlang, ihm schien, ein Ungeheuer verfolgte ihn: er lief weit aus der Stadt aufs Feld hinaus und rannte dort umher, bis ihn die Kräfte verließen. Es gab bei uns in der Stadt mehrere Hunde, die ständig zitterten und den Schwanz einzogen und von denen es hieß, sie hätten diese Art von Belustigung nicht ausgehalten und den Verstand verloren.

Der Bahnhof wurde fünf Verst vor der Stadt gebaut. Man sagte, die Ingenieure hätten für das Heranführen des Schienenweges an die Stadt um ein Bestechungsgeld von fünfzigtausend Rubel gebeten, die Stadtverwaltung sei jedoch nur mit vierzig einverstanden gewesen. Wegen der fehlenden zehntausend Rubel hatten sie sich nicht einigen können, und jetzt bereuten es die Städter, denn nun mußte eine Chaussee zum Bahnhof gebaut werden, die ihnen laut Kostenanschlag teuer zu stehen kam. Auf der ganzen Strecke waren schon die Schwellen und Schienen gelegt, es verkehrten bereits Dienstzüge, die Baumaterial und Arbeiter beförderten; nur wegen der Brücken, die Dolžikov baute, hatte es Verzögerungen gegeben, und hier und da waren die Bahnstationen noch nicht fertig.

Dubečnja – so hieß unsere erste Station – lag ungefähr siebzehn Verst von der Stadt entfernt. Ich ging zu Fuß. Hell leuchtete das junge Grün der Wintersaat und des Sommergetreides in der Morgensonne. Die Gegend war eben und stimmte fröhlich, in der Ferne hoben sich klar der Bahnhof, einige Hügel und die entlegenen Gutshöfe ab ... Wie schön war es hier im Freien! Wie sehr verlangte es mich danach, das Gefühl der Freiheit auszukosten, auch wenn es nur für diesen einen Morgen gewesen wäre, um nicht daran denken zu müssen, was in der Stadt vor sich ging, um nicht daran denken zu müssen, was man selbst brauchte und daß man Hunger hatte! Nichts stört mich in meiner Lebensfreude mehr als dieses bohrende Hungergefühl, wenn sich meine besten Gedanken auf seltsame Weise mit der Vorstellung von Buchweizengrütze, Koteletts und gebratenem Fleisch vermischen. Da stehe ich allein im Feld und sehe einer Lerche zu, die hoch am Himmel an ein und derselben Stelle schwebt und wie in einem Anfall von Hysterie ihr Lied schmettert, und denke dabei: Wie schön wäre es, jetzt ein Butterbrot zu essen! Oder ich setze mich am Wegrand nieder und schließe die Augen, um mich auszuruhen, um den Lauten dieses wunderbaren

Maientages zu lauschen, und da fällt mir ein, wie herrlich eine heiße Kartoffel riecht. Für meine Größe und meinen stämmigen Körperbau habe ich schon immer zuwenig zu essen bekommen, und deshalb empfand ich am Tage nichts als Hunger, und aus diesem Grund verstand ich vielleicht auch so gut, warum so viele Menschen nur wegen des Brotes arbeiten und nur vom Essen reden können.

In Dubečnja wurde das Stationsgebäude innen verputzt und an dem hölzernen Obergeschoß des Wasserturms gebaut. Es war heiß und roch nach Kalk, die Arbeiter schlenderten träge zwischen Haufen von Sägespänen und Schutt umher; neben seinem Büdchen schlief der Weichenwärter, und die Sonne brannte ihm gerade ins Gesicht. Nirgends stand ein Baum. Die Telegrafendrähte summten leise; auf ihnen hockten hier und da Habichte und ruhten sich aus. Ich schlenderte ebenfalls zwischen den Schutthaufen umher, wußte nicht, was ich tun sollte, und erinnerte mich, wie der Ingenieur auf meine Frage, worin meine Pflichten bestehen würden, geantwortet hatte: »Das werden wir dann sehen«. Doch was konnte hier in dieser Wüste schon zu sehen sein? Die Bauarbeiter sprachen von einem Polier und von einem gewissen Fedot Vasiljev, ich verstand sie nicht, und allmählich überkam mich Schwermut – eine physische Schwermut, bei der man deutlich Hände, Füße und seinen ganzen Körper spürt und nicht weiß, was man machen soll und wohin damit.

Nachdem ich mindestens zwei Stunden umhergeschlendert war, bemerkte ich, daß sich die Telegrafenmasten rechts der Bahnlinie immer mehr von der Station entfernten und nach anderthalb bis zwei Verst an einer weißen Steinmauer endeten. Die Arbeiter sagten, dort sei das Kontor, und schließlich begriff ich, daß ich dorthin gehen mußte.

Es war ein sehr altes, längst verlassenes Gutshaus. Die Mauer aus weißem porösem Stein war ganz verwittert und fiel schon an manchen Stellen ein, das Dach des Seitengebäudes, das mit seiner fensterlosen Außenwand an das Feld angrenzte, war rostig und hier und da mit glänzenden Blechstücken geflickt. Durch das Tor sah man einen geräumigen, mit Unkraut bewachsenen Hof und ein altes Herrenhaus mit Jalousien vor den Fenstern und einem hohen Dach, das rot vor Rost war. Rechts und links vom Haus standen zwei gleiche Seitengebäude, die Fenster des einen waren mit Brettern vernagelt, vor dem anderen, dessen Fenster geöffnet waren, hing an der Leine Wäsche und weideten Kälber. Der letzte Telegrafenmast stand auf dem Hof, und der Draht führte zu einem Fenster des Seitengebäudes, das mit seiner fensterlosen Außenwand an das Feld grenzte. Die Tür stand offen, und ich trat ein. Am Tisch mit dem Morseapparat saß ein Herr mit einem dunklen Lockenkopf und in einer Leinenjacke, er sah mich finster und scheel an, lächelte dann aber sofort und sagte:

»Guten Tag, kleiner Nutzen!«

Das war Ivan Čeprakov, mein ehemaliger Freund vom Gymnasium, der in der zweiten Klasse ausgeschlossen worden war, weil er geraucht hatte. Wir hatten früher im Herbst zusammen Stieglitze, Zeisige und Grünfinken gefangen und sie, während unsere Eltern noch schliefen, frühmorgens auf dem Markt verkauft. Wir lauerten den Starenschwärmen auf und schossen mit Schrot in sie hinein, dann sammelten wir die verletzten Tiere auf; einige starben unter schrecklichen Qualen (ich erinnere mich noch heute, wie sie bei mir nachts im Käfig stöhnten), doch die anderen, die sich wieder erholten, verkauften wir, und dabei schworen wir frech, daß es alles Männchen wären. Einmal hatte ich auf dem Markt nur noch einen Star übrigbehalten, lange bot ich ihn immer wieder den Käufern an, bis ich ihn schließlich für eine Kopeke loswurde.

»Trotz allem ein kleiner Nutzen!« sagte ich, um mich zu trösten, während ich die Kopeke einsteckte, und seit dieser Zeit nannten mich die Straßenjungen und die Gymnasiasten kleiner Nutzen. Ja, sogar jetzt kam es noch vor, daß mich kleine Jungen und Ladenbesitzer damit hänselten, obwohl außer mir niemand mehr wußte, wie ich zu diesem Spitznamen gekommen war.

Čeprakov war schmächtig, engbrüstig, hager und langbeinig. Der Schlips hing ihm wie ein Strick um den Hals, eine Weste besaß er erst gar nicht, und die Stiefel mit den schiefgetretenen Absätzen waren schlechter als meine. Er zwinkerte kaum mit den Augen, hatte einen entschlossenen Gesichtsausdruck, so als wollte er schnell noch etwas ergreifen, und war immer sehr geschäftig.

»Warte doch mal«, sagte er geschäftig. »Hör doch mal! Was wollte ich denn eigentlich sagen?«

Wir kamen ins Gespräch. Ich erfuhr, daß das Gut, auf dem ich mich jetzt befand, noch vor kurzem den Čeprakovs gehört hatte und erst seit vorigem Herbst in den Besitz des Ingenieurs Dolžikov übergegangen war, der annahm, es sei vorteilhafter, sein Geld in Ländereien anzulegen statt in Wertpapieren, und der in unserer Gegend schon drei recht schöne Güter zusammen mit den Hypotheken gekauft hatte. Čeprakovs Mutter hatte beim Verkauf das Recht erwirkt, noch zwei Jahre in einem der Seitengebäude wohnen zu dürfen, und sich außerdem eine Stelle für ihren Sohn im Kontor ausbedungen.

»Warum sollte er sich auch kein Land kaufen!« sagte Čeprakov. »Wie er den Lieferanten das Fell über die Ohren zieht! Allen zieht er das Fell über die Ohren!«

Dann nahm er mich zum Mittagessen mit, denn er hatte in seiner geschäftigen Art beschlossen, daß ich mit ihm im Seitengebäude wohnen und bei seiner Mutter essen würde.

»Sie ist zwar ein Geizkragen«, sagte er, »aber sie wird nicht viel von dir verlangen.«

In den kleinen Zimmern, die seine Mutter bewohnte, war es sehr eng; alle, auch die Diele und das Vorzimmer, waren mit Möbeln vollgestellt, die man nach dem Verkauf des Gutes aus dem Herrenhaus herübergebracht hatte – es waren alles altmodische Mahagonimöbel. Frau Čeprakova, eine sehr korpulente, bejahrte Dame mit chinesischen Schlitzaugen, saß in einem großen Sessel am Fenster und strickte einen Strumpf. Sie empfing mich sehr förmlich.

»Mamachen, das ist Poloznev«, stellte mich Čeprakov vor. »Er wird hier arbeiten.«

»Sie sind von Adel?« fragte sie mit einer seltsamen, unangenehmen Stimme. Mir schien, als brutzele Fett in ihrem Hals.

»Ja«, sagte ich.

»Nehmen Sie Platz.«

Das Mittagessen war schlecht. Es gab nur Pastete mit bitterem Quark und Milchsuppe. Elena Nikiforovna, die Hausherrin, zwinkerte die ganze Zeit höchst seltsam bald mit dem einen und bald mit dem anderen Auge. Sie redete, sie aß, doch ihre ganze Figur drückte schon etwas Lebloses aus, man spürte förmlich den Leichengeruch. Das Leben in ihr glomm kaum noch, ebenso wie das Bewußtsein, daß sie eine Gutsherrin war, die einmal Leibeigene besessen hatte, daß sie Generalin war, die die Dienerschaft mit Exzellenz anzureden hatte; und wenn diese traurigen Überreste von Leben für einen Augenblick in ihr aufflackerten, sagte sie zu dem Sohn:

»Jean, du hältst das Messer nicht richtig!«

Oder sie sagte, schwer atmend und mit der Geziertheit einer Hausfrau, die den Gast unterhalten möchte, zu mir:

»Wissen Sie, wir haben nämlich unser Gut verkauft. Natürlich, es tut uns leid, wir sind an das Leben hier gewöhnt, aber Dolžikov hat versprochen, Jean zum Stationsvorsteher von Dubečnja zu machen, und so werden wir doch hierbleiben können und auf der Bahnstation wohnen, und das ist ja beinahe das gleiche wie auf dem Gut. Der Ingenieur ist so nett! Finden Sie nicht auch, daß er sehr hübsch ist?«

Noch vor gar nicht langer Zeit hatten die Čeprakovs im Überfluß gelebt, doch nach dem Tode des Generals hatte sich alles geändert. Elena Nikiforovna bekam Streit mit den

Nachbarn, sie begann Prozesse zu führen, und sie zahlte den Verwaltern und Gutsarbeitern die Löhne nicht voll aus; sie lebte in ständiger Angst, man könnte sie bestehlen – und schon nach einem Jahrzehnt war Dubečnja nicht mehr wiederzuerkennen.

Hinter dem großen Haus befand sich ein alter Garten, der schon völlig verwildert und von hohem Unkraut und Gestrüpp überwuchert war. Ich ging über die Terrasse, die schön und noch nicht baufällig war, sah durch die Glastür, erblickte ein Zimmer mit Parkettboden, wahrscheinlich war es der Salon, gewahrte ein Klavier und an den Wänden Stiche in breiten Mahagonirahmen – und weiter nichts. Von den ehemaligen Blumenbeeten zeugten nur noch die Päonien und der Mohn, die ihre weißen und grellroten Köpfe aus dem Gras erhoben, an den Parkwegen wuchsen junge Ahornbäume und Ulmen; sie reckten sich empor, störten einander und waren schon von den Kühen abgefressen worden. Das Dickicht schien undurchdringlich, doch das war nur in der Nähe des Hauses so, wo noch Pappeln, Kiefern und alte zusammengewachsene Linden standen, die von den früheren Alleen übriggeblieben waren, weiter hinten aber hatte man alles zum Heumachen freigeschlagen, dort war es schon nicht mehr schwül, es flogen einem keine Spinnweben in Mund und Augen, und es wehte ein leichter Wind. Je weiter man ging, desto lichter wurde die Gegend, auf den Wiesen wuchsen Kirschbäume, Pflaumenbäume, weitverzweigte, durch ihre Stützen und die Gangräne verunstaltete Apfelbäume und so hohe Birnbäume, daß man gar nicht glauben wollte, daß es Birnbäume waren. Diesen Teil des Gartens hatten die Händlerinnen aus unserer Stadt gepachtet; ein verrückter Bauer, der in einer Laubhütte lebte, bewachte und beschützte ihn vor Dieben und Staren.

Der Garten wurde immer lichter und ging dann in Weideland über, das sich bis hinunter zum Fluß erstreckte, dessen Ufer von grünem Schilf und Weidensträuchern bewachsen waren. Hinter dem Mühlendamm lag ein tiefer, fischreicher Wehrteich, ärgerlich rauschte die kleine Mühle mit dem Strohdach, und unermüdlich quakten die Frösche. Auf der spiegelglatten Wasserfläche bildeten sich ab und zu Ringe, und hin und wieder erzitterten die Wasserlilien, wenn ein munterer Fisch sie streifte. Auf der anderen Seite des Flusses befand sich das Dörfchen Dubečnja. Der stille, hellblaue Wehrteich lockte und verhieß Kühle und Ruhe. Und jetzt gehörte das alles – der Wehrteich, die Mühle und die anheimelnden Ufer – dem Ingenieur!

So begann mein neuer Dienst. Ich nahm Telegramme entgegen und gab sie weiter, führte verschiedene Listen und schrieb Rechnungen, Klagen und Berichte ins reine, die uns von den des Schreibens unkundigen Polieren und Meistern ins Kontor geschickt wurden. Doch den größten Teil des Tages tat ich nichts und ging nur in Erwartung der Telegramme im Zimmer auf und ab, oder ich setzte einen kleinen Jungen in das Seitengebäude und ging im Garten spazieren, bis der Kleine angelaufen kam, um mir zu sagen, daß der Apparat ticke. Zu Mittag aß ich bei Frau Čeprakova. Fleisch gab es sehr selten, das Essen bestand immer nur aus Milchgerichten und mittwochs und freitags aus einer Fastenspeise; an diesen Tagen wurde alles auf rosafarbenen Tellern serviert, die Fastenteller hießen. Frau Čeprakova zwinkerte mir immer zu – das war nun einmal eine Angewohnheit von ihr –, und ich fühlte mich in ihrer Gegenwart jedesmal peinlich berührt.

Da die Arbeit in dem Seitengebäude kaum für einen Menschen reichte, tat Čeprakov überhaupt nichts, er schlief nur oder ging mit einer Flinte zum Teich, um Enten zu schießen. Abends betrank er sich im Dorf oder auf der Station, und ehe er schlafen ging, guckte er in den Spiegel und rief:

»Guten Tag, Ivan Čeprakov!«

Wenn er betrunken war, sah er sehr blaß aus, rieb sich

dauernd die Hände und lachte wiehernd: Hihihi! Aus Übermut zog er sich nackt aus und lief so auf dem Feld herum. Er aß Fliegen und erklärte, sie schmeckten säuerlich.

IV

Eines Tages kam Čeprakov nach dem Mittagessen keuchend ins Seitengebäude gelaufen und sagte:

»Geh raus, deine Schwester ist da.«

Ich ging hinaus. Wahrhaftig, an der Freitreppe des Herrenhauses stand eine Droschke aus der Stadt. Meine Schwester war gekommen und mit ihr Anjuta Blagovo und noch ein Herr in Militäruniform. Als ich näher trat, erkannte ich den Herrn – es war Anjutas Bruder, ein Mediziner.

»Wir sind zu einem Picknick zu Ihnen gekommen«, sagte er. »Es ist Ihnen doch recht?«

Meine Schwester und Anjuta wollten mich fragen, wie ich hier so lebe, doch beide schwiegen und sahen mich nur an. Ich schwieg ebenfalls. Sie begriffen, daß es mir hier nicht gefiel, und meiner Schwester kamen die Tränen, Anjuta Blagovo wurde rot. Dann gingen wir in den Garten. Der Mediziner schritt vorneweg und sagte immer wieder begeistert:

»Ist das eine schöne Luft hier, Herrgott im Himmel, ist das eine schöne Luft hier!«

Dem Äußeren nach war er noch ein richtiger Student. Er sprach und ging wie ein Student, und der Blick seiner grauen Augen war ebenso lebhaft, einfach und offen wie bei einem guten Studenten. Neben seiner großen und schönen Schwester wirkte er schwächlich und dünn; sein Bärtchen war ebenfalls dünn und auch seine Stimme – ein dünnes Tenörchen, das übrigens nicht unangenehm klang. Er diente in irgendeinem Regiment, war auf Urlaub zu den Seinigen gekommen und sagte, er wolle im Herbst nach Petersburg fahren und dort sein Doktorexamen machen. Er hatte schon eine eigene Familie – eine Frau und drei Kinder; er hatte früh, schon im vierten Semester, geheiratet, und jetzt erzählte man sich in der Stadt, daß die Ehe unglücklich sei und er bereits nicht mehr mit seiner Frau lebe.

»Wie spät ist es jetzt?« fragte meine Schwester beunruhigt. »Wir müssen rechtzeitig wieder zu Hause sein. Papa hat mir nur erlaubt, bis sechs Uhr bei meinem Bruder zu bleiben.«

»Ach, Ihr Papa!« seufzte der Doktor.

Ich machte den Samovar fertig. Wir nahmen den Tee vor der Terrasse des Herrenhauses auf einem Teppich ein, der Doktor trank im Knien aus einer Schale und sagte, er fühle sich wie im siebenten Himmel. Dann holte Čeprakov den Schlüssel, öffnete die Glastür, und wir gingen ins Haus. Hier war es dämmrig und geheimnisvoll, es roch nach Pilzen, und unsere Schritte hallten dumpf, als wäre ein Keller unter dem Fußboden. Der Doktor berührte im Stehen die Tasten des Klaviers, und ein schwacher, zitternder, heiserer, jedoch noch harmonischer Akkord ertönte; er versuchte etwas zu singen und stimmte eine Romanze an, wenn eine Taste stumm blieb, runzelte er die Stirn und schlug ungeduldig mit dem Fuß den Takt. Meine Schwester dachte schon nicht mehr ans Nachhausefahren, sondern ging aufgeregt im Zimmer auf und ab und sagte:

»Ich bin so froh! Ich kann gar nicht sagen, wie froh ich bin!«

Aus ihrer Stimme klang Verwunderung, als schiene es ihr ganz unwahrscheinlich, daß auch ihr froh zumute sein könne. Zum erstenmal im Leben sah ich sie so fröhlich. Sie schien sogar plötzlich viel hübscher. Ihr Profil war nicht schön, Nase und Mund ragten etwas vor und erweckten den Anschein, als puste sie immerzu, doch sie hatte herrliche dunkle Augen, einen blassen, sehr zarten Teint und einen rührenden Gesichtsausdruck voller Güte und Trauer, und wenn sie sprach, wirkte sie lieblich, sogar schön. Wir beide, ich und sie, ähnelten unserer Mutter, wir waren breitschultrig, stark und ausdauernd, doch die Blässe meiner Schwester hatte etwas Krankhaftes, sie hustete oft, und in ihren Augen bemerkte ich manchmal einen Ausdruck wie bei Menschen, die ernsthaft krank sind, aber dies aus irgendeinem Grund verbergen. Ihre augenblickliche Fröhlichkeit wirkte kindlich und naiv, als sei die Freude, die während unserer Kindheit durch die strenge Erziehung unterdrückt und erstickt worden war, plötzlich in ihrem Innern erwacht und breche nun hervor.

Doch als der Abend kam und die Pferde vorfuhren, wurde meine Schwester still und scheu und setzte sich mit einer Miene in die Droschke, als sei das eine Anklagebank.

Nun waren sie alle davongefahren, und der Lärm verstummte ... Ich erinnerte mich plötzlich, daß Anjuta Blagovo die ganze Zeit über mit mir kein einziges Wort gesprochen hatte.

Ein erstaunliches Mädchen! dachte ich. Ein erstaunliches Mädchen!

Die Petrifasten begannen, und wir bekamen jeden Tag Fastenspeise zu essen. Von der Untätigkeit und der Unsicherheit meiner Lage überkam mich eine physische Schwermut, und so schlenderte ich, unzufrieden mit mir selbst, träge und hungrig, auf dem Gut umher und wartete nur auf die entsprechende Stimmung, um fortzugehen.

Eines Abends, kurz vor Anbruch der Dämmerung, als Rettich bei uns im Seitengebäude saß, erschien ganz unerwartet, braungebrannt und mit grauem Staub bedeckt, Dolžikov. Er war drei Tage auf seinem Bauabschnitt gewesen, mit der Lokomotive nach Dubečnja gefahren und zu Fuß von der Station zu uns gelaufen. Während er auf die Kutsche wartete, die aus der Stadt kommen sollte, machte er mit seinem Verwalter einen Rundgang durch das Gut, erteilte mit lauter Stimme Befehle und saß dann eine ganze Stunde in unserem Seitengebäude und schrieb Briefe; in seiner Gegenwart kamen an ihn gerichtete Telegramme an, und er morste auf dem Apparat gleich selbst die Antwort. Wir drei standen schweigend und stramm da.

»Was für eine Unordnung!« sagte er nach einem geringschätzigen Blick auf die Liste. »In vierzehn Tagen verlege ich das Kontor in die Station, und was ich dann mit Ihnen machen soll, meine Herren, das weiß ich nicht.«

»Ich gebe mir alle Mühe, Euer Hochwohlgeboren«, sagte Čeprakov eilig.

»Was ihr euch für Mühe gebt, das sehe ich. Ihr versteht nur, das Gehalt einzustecken«, fuhr der Ingenieur fort und sah mich an. »Ihr hofft immer auf Protektion und wollt möglichst rasch und leicht faire la carrière. Nun, ich halte nichts von Protektion. Für mich hat sich auch keiner eingesetzt. Ehe ich eine Strecke bekam, bin ich Maschinist gewesen und habe in Belgien als einfacher Wagenschmierer gearbeitet. Und was machst du hier, Pantelej?« fragte er, an Rettich gewandt. »Du säufst wohl mit ihnen?«

Aus irgendeinem Grund nannte er alle einfachen Leute Pantelej, und solche Menschen wie mich und Čeprakov verachtete er und schimpfte sie hinter ihrem Rücken Säufer, Vieh und Pack. Den kleinen Angestellten gegenüber war er überhaupt grausam, und wenn er sie bestrafte oder aus dem Dienst jagte, so tat er das kalt und ohne Erklärung.

Schließlich fuhren die Pferde vor. Zum Abschied versprach er, uns alle in vierzehn Tagen zu entlassen, nannte den Verwalter einen Dummkopf, streckte sich behaglich in der Kutsche aus und fuhr ab zur Stadt.

»Andrej Ivanyč«, sagte ich zu Rettich, »stellen Sie mich bei Ihnen als Arbeiter ein.«

»Nun, mir soll's recht sein!«

Und so gingen wir gemeinsam auf die Stadt zu. Als die Bahnstation und das Gut weit hinter uns lagen, fragte ich:

»Andrej Ivanyč, weshalb sind Sie nach Dubečnja gekommen?«

»Erstens arbeiten meine Jungen hier auf der Strecke, und

zweitens bin ich zur Generalin gegangen, um ihr die Zinsen zu bringen. Im vergangenen Jahr hatte ich mir bei ihr einen halben Hunderter geborgt, und jetzt zahle ich ihr jeden Monat einen Rubel.«

Der Maler blieb stehen und packte mich beim Anzugknopf.

»Misail Alekseič, Sie unser Engel«, fuhr er fort, »ich verstehe das so, wenn ein einfacher Mann oder auch ein Herr nur die kleinsten Zinsen bekommt, so ist er schon ein Verbrecher. In einem solchen Menschen kann es nichts Gutes geben.«

Der dürre, bleiche, furchterregende Rettich schloß die Augen, wiegte den Kopf und sagte im Ton eines Philosophen:

»Die Blattlaus frißt das Gras, der Rost – das Eisen, doch die Lüge – die Seele. Herr, errette uns Sünder!«

V

Rettich war unpraktisch und teilte die Arbeit schlecht ein, er übernahm mehr Aufträge, als er ausführen konnte, und beim Abrechnen regte er sich auf, verlor den Kopf und hatte deshalb fast immer das Nachsehen. Er malte, setzte Fensterscheiben ein, tapezierte und übernahm sogar Dachdeckerarbeiten, und ich erinnere mich, daß er einmal wegen eines winzigen Auftrags drei Tage nach Dachdeckern umherlaufen mußte. Er war ein vorzüglicher Meister, manchmal verdiente er bis zu zehn Rubel am Tag, und hätte er nicht den Ehrgeiz gehabt, um jeden Preis als der Erste zu gelten und Unternehmer zu sein, er würde wahrscheinlich gar nicht so wenig verdient haben.

Er selbst wurde für die jeweilige abgeschlossene Arbeit bezahlt, doch mir und den anderen Burschen zahlte er einen Tagelohn von siebzig Kopeken bis zu einem Rubel. Während das Wetter warm und trocken war, machten wir verschiedene Außenarbeiten, hauptsächlich strichen wir Dächer. Da ich diese Arbeit nicht gewohnt war, brannten mir die Füße, als ginge ich über eine glühende Herdplatte, zog ich aber Filzstiefel an, schwitzten sie wieder. Doch das war nur die erste Zeit so, dann hatte ich mich daran gewöhnt, und alles ging wie geschmiert. Ich lebte jetzt unter Menschen, für die Arbeit etwas Notwendiges und Unvermeidliches bedeutete, die wie Lastpferde schufteten und dabei oft nicht die sittliche Bedeutung der Arbeit empfanden und sogar im Gespräch nicht einmal das Wort Arbeit verwendeten; unter ihnen fühlte ich mich auch als Lastpferd, ich wurde von der Notwendigkeit und der Unvermeidlichkeit dessen, was ich tat, immer mehr durchdrungen, und das erleichterte mir das Leben, weil es mich von allen Zweifeln befreite.

In der ersten Zeit interessierte mich alles, alles war mir neu, als hätte ich erst jetzt das Licht der Welt erblickt. Ich konnte auf der blanken Erde schlafen, ich konnte barfuß laufen – und das ist außerordentlich angenehm; ich konnte unter die einfachen Leute gehen, ohne jemanden verlegen zu machen, und wenn auf der Straße ein Droschkengaul gestürzt war, dann lief auch ich hin und half ihm wieder auf die Beine und brauchte dabei keine Angst zu haben, mir meine Kleidung zu beschmutzen. Doch die Hauptsache war, ich lebte auf eigene Kosten und fiel niemandem zur Last!

Das Dächerstreichen, vor allem mit unserem eigenen Firnis und unserer eigenen Farbe, galt als ein sehr vorteilhaftes Geschäft, und deshalb wurde diese grobe und langweilige Arbeit nicht einmal von solch guten Meistern wie Rettich verachtet. In kurzen Hosen stieg er gleich einem Storch mit seinen dürren lila Beinen auf dem Dach herum, und ich hörte, wie er, während er pinselte, schwer aufseufzte und sagte:

»Wehe, wehe uns Sündern!«

Auf den Dächern bewegte er sich so frei wie auf der Erde. Obwohl er krank war und bleich wie ein Toter, besaß er eine ungewöhnliche Gewandtheit; Kuppeln und Kirchturmspitzen strich er wie ein Junger ohne Gerüst, nur mit Hilfe von

Leitern und Seilen, und es war ein wenig unheimlich, wenn er sich hier in dieser Höhe, fern von der Erde, zu voller Größe aufrichtete und feierlich, ohne sich an jemand Bestimmten zu wenden, erklärte:

»Die Blattlaus frißt das Gras, der Rost – das Eisen, doch die Lüge – die Seele!«

Oder er antwortete laut auf irgendwelche Gedanken, die ihm durch den Kopf gingen:

»Möglich ist alles! Möglich ist alles!«

Wenn ich von der Arbeit heimkehrte, dann riefen mir alle diejenigen, die vor den Türen auf den Bänken saßen, alle diese Ladengehilfen, Lehrjungen und deren Herren, verschiedene höhnische und bösartige Bemerkungen nach, und in der ersten Zeit regte mich das auf, es schien mir einfach ungeheuerlich.

»Kleiner Nutzen!« klang es von allen Seiten. »Der Herr Malermeister Ocker!«

Doch niemand benahm sich so unbarmherzig mir gegenüber wie gerade jene, die selbst noch vor kurzem einfache Leute gewesen waren und sich ihr Brot im Schweiße ihres Angesichts mit körperlicher Arbeit verdient hatten. Als ich auf dem Markt einmal an einer Eisenwarenhandlung vorbeiging, wurde ich scheinbar aus Versehen von Kopf bis Fuß mit Wasser begossen, und einmal warf man mir sogar einen Knüppel nach. Ein Fischhändler jedoch, ein grauhaariger Alter, vertrat mir den Weg und sagte, indem er mich haßerfüllt ansah:

»Nicht du bist zu bedauern, du Dummkopf! Dein Vater ist zu bedauern!«

Wenn mich aber meine Bekannten trafen, dann wußten sie vor Verlegenheit nicht, was sie tun sollten. Die einen sahen in mir einen Sonderling und Spaßvogel, die anderen bemitleideten mich, und die dritten wußten nicht, wie sie sich mir gegenüber verhalten sollten, und sie zu verstehen war schwer. Eines Tages traf ich in einer der Gassen nahe unserer Bolšaja

Dvorjanskaja Anjuta Blagovo. Ich ging zur Arbeit und trug zwei lange Pinsel und einen Eimer mit Farbe. Als Anjuta mich erkannte, errötete sie sofort.

»Ich bitte Sie, grüßen Sie mich nicht mehr auf der Straße . . .« sagte sie nervös, in strengem Ton und mit zitternder Stimme, ohne mir die Hand zu geben, und in ihren Augen glänzten plötzlich Tränen. »Wenn das alles Ihrer Meinung nach unbedingt sein muß, dann habe ich nichts dagegen . . . nein, ich habe nichts dagegen, doch ich bitte Sie – gehen Sie mir aus dem Weg!«

Ich wohnte schon nicht mehr in der Bolšaja Dvorjanskaja, sondern in der Vorstadt Makaricha bei meiner alten Kinderfrau Karpovna, einer guten, doch schwermütigen Alten, die immer von bösen Vorahnungen geplagt wurde, Angst vor Träumen hatte und sogar die Bienen und Wespen, die in ihr Zimmer geflogen kamen, als ein schlimmes Vorzeichen ansah. Auch die Tatsache, daß ich ein Arbeiter geworden war, schien ihrer Meinung nach nichts Gutes zu bedeuten.

»Jetzt ist's aus und vorbei mit dir!« sagte sie traurig und wiegte den Kopf. »Aus und vorbei!«

In ihrem Häuschen wohnte noch ihr Stiefsohn, Prokofij, ein Fleischer – ein riesiger, tapsiger Bursche von ungefähr dreißig Jahren mit rotem Haar und borstigem Schnurrbart. Wenn er mich im Flur traf, machte er mir schweigend und ehrerbietig Platz, doch wenn er betrunken war, salutierte er militärisch, wobei er alle fünf Finger an die Stirn legte. Wenn er sein Abendbrot aß, hörte ich durch die dünne Zwischenwand, wie er seufzte und sich räusperte, während er ein Glas nach dem anderen trank.

»Mamachen!« rief er mit halblauter Stimme.

»Ja?« ließ sich die Karpovna vernehmen, die ihren Sohn abgöttisch liebte. »Was ist denn, mein Söhnchen?«

»Ich kann mich Ihnen gefällig erweisen. Mamachen. Ich werde Sie in diesem irdischen Jammertal bis in Ihr hohes Alter hinein ernähren, und wenn Sie sterben, lasse ich Sie auf eigene Kosten begraben. Was ich einmal verspreche – das halte ich auch.«

Ich stand jeden Tag vor Sonnenaufgang auf und legte mich früh schlafen. Wir Maler aßen sehr viel und schliefen tief und fest, nur hatten wir nachts aus irgendeinem Grund immer sehr starkes Herzklopfen. Mit meinen Arbeitskollegen stritt ich mich nie. Obwohl das Geschimpfe und die verzweifelten Flüche und Verwünschungen, wie zum Beispiel »blind sollst du werden« oder »die Pest soll dich holen«, den ganzen Tag über nicht aufhörten, vertrugen wir uns recht gut. Die Burschen glaubten insgeheim, ich sei ein strenggläubiger Sektierer, und spotteten gutmütig über mich, sie sagten, der leibliche Vater hätte sich sogar von mir losgesagt, und erzählten, daß sie selbst nur selten ein Gotteshaus beträten und daß viele von ihnen schon länger als zehn Jahre nicht zur Beichte gegangen seien; diese Sittenlosigkeit rechtfertigten sie damit, daß ein Maler unter den Menschen dasselbe sei wie die Dohle unter den Vögeln.

Die Burschen respektierten mich und behandelten mich mit Achtung; anscheinend gefiel ihnen, daß ich nicht trank, nicht rauchte und ein ruhiges, solides Leben führte. Es berührte sie nur unangenehm, daß ich mich nicht am Stehlen von Firnis beteiligte und auch nicht zusammen mit ihnen zu den Auftraggebern ging und um Trinkgelder bettelte. Der Firnis- und Farbdiebstahl war bei den Malern eine Art Gewohnheitsrecht und galt nicht als Betrug, und es war bemerkenswert, daß selbst ein so gerechter Mann wie Rettich immer ein wenig Zinkweiß und Firnis mitgehen ließ, wenn er eine Arbeit beendet hatte. Der Trinkgelderbettelei schämten sich nicht einmal ehrwürdige Greise, die in Makaricha eigene Häuser besaßen, und es war niederdrückend und beschämend, wenn ein ganzer Haufen von Burschen irgendein nichtswürdiges Geschöpf zum Beginn oder zur Vollendung einer Arbeit beglückwünschten und sich dann, nachdem sie ein Zehnkopekenstück erhalten hatten, devot bedankten.

Den Auftraggebern gegenüber benahmen sie sich wie schlaue Höflinge, und ich fühlte mich fast jeden Tag an Shakespeares Polonius erinnert.

»Wahrscheinlich gibt es noch Regen«, sagte der Auftraggeber mit einem Blick zum Himmel.

»Natürlich, es gibt bestimmt Regen!« pflichteten ihm die Maler bei.

»Allerdings, die Wolken da sind keine Regenwolken. Wahrscheinlich gibt es doch keinen Regen.«

»Natürlich, Euer Hochwohlgeboren! Es gibt bestimmt keinen Regen.«

Untereinander verhielten sie sich den Auftraggebern gegenüber im allgemeinen ironisch, und wenn sie zum Beispiel einen Herrn mit einer Zeitung in der Hand auf einem Balkon sitzen sahen, höhnten sie:

»Da liest er die Zeitung, aber zu essen hat er sicherlich nichts.«

Zu meinen Angehörigen ging ich nicht. Wenn ich von der Arbeit kam, fand ich öfters Zettelchen von meiner Schwester vor, in denen sie kurz und aufgeregt vom Vater berichtete: Bald war er während des Essens besonders nachdenklich gewesen und hatte nichts gegessen, bald hatten ihm die Beine den Dienst versagt, bald hatte er sich wieder eingeschlossen und war lange nicht herausgekommen. Solche Berichte regten mich auf, ich konnte nicht schlafen, und es geschah sogar, daß ich nachts an unserem Haus auf der Bolšaja Dvorjanskaja vorüberging, auf die dunklen Fenster starrte und zu erraten versuchte, ob zu Hause auch alles in Ordnung sei. Sonntags kam meine Schwester zu mir, doch sie tat es heimlich, so als besuche sie nicht mich, sondern die Kinderfrau. Und wenn sie bei mir eintrat, war sie immer blaß, hatte verweinte Augen und begann sofort zu schluchzen.

»Unser Vater wird das nicht überleben!« sagte sie. »Wenn ihm etwas zustoßen sollte – was Gott verhüten möge –, dann wird dich dein ganzes Leben lang das Gewissen plagen. Das wäre doch furchtbar, Misail! Beim Namen unserer Mutter flehe ich dich an: Bessere dich!«

»Meine liebe Schwester«, sagte ich, »wie kann ich mich denn bessern, wenn ich überzeugt bin, nach meinem Gewissen zu handeln? Versteh mich doch!«

»Ich weiß, du handelst nach deinem Gewissen, doch vielleicht könnte man das auch auf andere Weise tun, so daß niemand gekränkt wird.«

»Ach, mein Gott!« seufzte die Alte hinter der Tür. »Jetzt ist's aus und vorbei mit dir! Das gibt noch ein Unglück, meine Lieben, das gibt ein Unglück!«

VI

An einem Sonntag erschien ganz unerwartet Doktor Blagovo bei mir. Über seinem Seidenhemd trug er einen Militärrock und an den Füßen hohe Lackstiefel.

»Ich komme zu Ihnen!« begann er und drückte mir kräftig wie ein Student die Hand. »Jeden Tag höre ich von Ihnen, und ich wollte schon immer einmal kommen, um mich, wie man so sagt, mit Ihnen auszusprechen. In der Stadt herrscht eine entsetzliche Langeweile, es gibt keine Menschenseele, mit der man ein Wort reden könnte. Wie heiß das ist, Herrgott im Himmel!« fuhr er fort, zog den Rock aus und stand jetzt im Seidenhemd da. »Mein Lieber, erlauben Sie mir, mich ein wenig mit Ihnen zu unterhalten!«

Ich langweilte mich selber, und außerdem wollte ich schon lange wieder einmal unter Leuten sein, die keine Maler waren. Ich freute mich aufrichtig über sein Kommen.

»Als erstes möchte ich Ihnen sagen«, fuhr er fort und setzte sich dabei auf mein Bett, »daß ich aus tiefstem Herzen mit Ihnen fühle und Sie wegen des Lebens, das Sie führen, außerordentlich achte. Hier in der Stadt versteht man Sie nicht, es ist auch niemand da, der Sie verstehen könnte, denn hier –

Sie wissen es ja selbst – gibt es mit ganz wenigen Ausnahmen nur die Gogolschen Schweinerüssel. Doch ich habe Sie schon damals bei dem Picknick gleich erkannt. Sie haben ein edles Herz, Sie sind ein ehrlicher, erhabener Mensch! Ich achte Sie und halte es für eine große Ehre, Ihnen die Hand drücken zu dürfen!« fuhr er begeistert fort. »Um sein Leben so einschneidend und plötzlich zu verändern, wie Sie es taten, muß man komplizierte seelische Prozesse durchgemacht haben, und um dieses Leben jetzt weiterzuführen und ständig bei Ihren Überzeugungen zu bleiben, müssen Sie tagtäglich angestrengt sowohl mit dem Verstand als auch mit dem Herzen arbeiten. Doch nun sagen Sie mir zu Beginn unserer Unterhaltung, ob Sie es nicht für klüger halten würden, all diese Willenskraft, diese Anstrengung, diesen ganzen Aufwand etwas anderem zu widmen, zum Beispiel dem Streben, mit der Zeit ein großer Gelehrter oder Künstler zu werden und auf diese Weise ein Leben aufzubauen, das mehr in die Tiefe ginge, umfassender und in jeder Hinsicht produktiver wäre?«

So begann unsere Unterhaltung, und als die Rede auf die physische Arbeit kam, äußerte ich folgenden Gedanken: Die Starken müßten aufhören, die Schwachen zu unterdrücken, die Minderheit dürfte für die Mehrheit nicht mehr eine Art Parasit oder Pumpe sein und unablässig die besten Säfte aus ihr heraussaugen – um das zu erreichen, müßten alle ohne Unterschied, die Starken wie die Schwachen, die Reichen sowie die Armen, am Existenzkampf teilnehmen, und zwar jeder für sich allein, und um das zu verwirklichen, gebe es kein besseres Nivellierungsmittel als die physische Arbeit in Form einer allgemeinen, für alle verbindlichen Pflicht.

»Das hieße also Ihrer Meinung nach, daß alle ohne Ausnahme physische Arbeit verrichten sollten?« fragte der Doktor.

»Ja.«

»Aber finden Sie nicht, daß, würden alle, darunter auch die besten Leute, die größten Denker und Gelehrten, jeder für sich allein, am Existenzkampf teilnehmen und die Zeit mit

Steineklopfen und Dächerstreichen verbringen – daß dies für den Fortschritt eine ernsthafte, drohende Gefahr werden könnte?«

»Warum eine Gefahr?« fragte ich. »Der Fortschritt besteht doch in Werken der Liebe, in der Erfüllung des sittlichen Gesetzes. Wenn Sie niemanden unterdrücken, niemandem zur Last fallen – was brauchen Sie dann noch für einen Fortschritt?«

»Aber ich bitte Sie!« fuhr Blagovo plötzlich auf und erhob sich. »Aber ich bitte Sie! Wenn sich die Schnecke in ihrem Schneckenhaus mit persönlicher Selbstvervollkommnung befaßt und am sittlichen Gesetz herumpolkt, dann nennen Sie das Fortschritt?«

»Aber warum denn – herumpolken?« fragte ich beleidigt. »Wenn Sie Ihre Nächsten nicht mehr zwingen, Sie zu ernähren, zu bekleiden, zu fahren und vor Feinden zu beschützen – ist das in einem Leben, das ganz auf Sklaverei beruht, etwa kein Fortschritt? Meiner Ansicht nach ist das der echteste Fortschritt, den es gibt, und wahrscheinlich der einzig mögliche und notwendige für uns Menschen.«

»Die Grenzen des allgemein menschlichen, universellen Fortschritts liegen im Unendlichen, und von einem ›möglichen‹ Fortschritt zu sprechen, der von unseren Bedürfnissen oder zeitgebundenen Ansichten begrenzt wäre, ist, Sie entschuldigen, sogar sonderbar.«

»Wenn die Grenzen des Fortschritts, wie Sie sagen, im Unendlichen liegen, dann sind demnach seine Ziele unbestimmt«, sagte ich. »Das hieße also leben und nicht wissen, wofür!«

»Das macht doch nichts! Doch dieses ›nicht wissen‹ ist längst nicht so langweilig wie Ihr ›wissen‹. Ich gehe eine Treppe hinauf, die sich Fortschritt, Zivilisation und Kultur nennt, und ich gehe und gehe, ohne genau zu wissen, wohin ich gelange, doch schon allein für diese wunderbare Treppe lohnt es sich zu leben. Sie dagegen wissen, wofür Sie leben – nämlich dafür, daß die einen die anderen nicht mehr unterdrücken und daß der Künstler und derjenige, der ihm die Farbe reibt, das gleiche Mittagessen bekommen. Doch das ist die kleinbürgerliche graue Küchenseite des Daseins, und nur dafür zu leben – stößt Sie denn das nicht ab? Wenn die einen Insekten die anderen unterdrücken, dann sollen sie sich doch, in drei Teufels Namen, gegenseitig auffressen! Nicht an sie sollten wir denken – sie sterben und verfaulen ja doch, sosehr man sie auch vor der Sklaverei beschützen würde –, wir sollten an das große X denken, das die ganze Menschheit einmal in ferner Zukunft erwarten wird.«

Blagovo stritt hitzig mit mir, doch gleichzeitig war zu merken, daß ihn ein völlig anderer Gedanke beunruhigte.

»Ihre Schwester kommt wahrscheinlich nicht«, sagte er und sah auf die Uhr. »Gestern war sie bei uns und sagte, sie würde zu Ihnen gehen. Sie reden immerzu von Sklaverei«, fuhr er fort, »doch das ist eine Frage für sich, und alle diese Fragen werden von der Menschheit nach und nach, ganz von allein gelöst.«

Wir kamen auf die Entwicklung zu sprechen. Ich sagte, daß die Frage des guten oder bösen Handelns jeder für sich allein lösen müsse, daß man nicht darauf warten könne, bis sich die Menschheit im Laufe ihrer allmählichen Entwicklung der Lösung dieses Problems nähert. Außerdem sei die Entwicklung ein zweischneidiges Schwert. Neben dem Prozeß der allmählichen Entfaltung humaner Ideen könne man auch ein allmähliches Anwachsen ganz anderer Ideen beobachten. Die Leibeigenschaft sei zwar aufgehoben, doch dafür wachse der Kapitalismus. Und während die Befreiungsideen in höchster Blüte stünden – genau wie zu Zeiten des Chans Batu –, ernähre, kleide und beschütze die Mehrheit weiterhin die Minderheit und bleibe dabei selbst hungrig, unbekleidet und schutzlos. Solch eine Ordnung der Dinge vertrage sich ausgezeichnet mit allen möglichen geistigen Tendenzen und Strömungen, denn auch die Kunst der Versklavung werde allmählich kultiviert. Wir ließen also unsere Lakaien schon nicht mehr im Pferdestall auspeitschen, sondern verliehen der Sklaverei verfeinerte Formen, jedenfalls seien wir in der Lage, sie in jedem speziellen Fall zu verteidigen. Bei uns seien Ideen eine Sache für sich, meinte ich, doch wenn wir jetzt, am Ende des neunzehnten Jahrhunderts, den Arbeitern unsere unangenehmsten physiologischen Verrichtungen aufbürden könnten, so würden wir das tun und dann natürlich zu unserer Rechtfertigung sagen, daß, falls die besten Leute, die größten Denker und Gelehrten ihre unschätzbare Zeit mit diesen Verrichtungen verbringen, dem Fortschritt eine ernste Gefahr drohe.

Doch dann kam meine Schwester. Als sie den Doktor erblickte, wurde sie ganz verwirrt und sprach sofort davon, daß sie nach Hause, zu ihrem Vater müsse.

»Kleopatra Alekseevna«, sagte Blagovo ernst und preßte beide Hände an das Herz, »was geschieht Ihrem Vater schon, wenn Sie bei mir und Ihrem Bruder ein halbes Stündchen verbringen?«

Da er aufrichtig war, verstand er es, seine Empfindungen auf andere zu übertragen. Meine Schwester dachte einen Augenblick nach, lachte dann und wurde plötzlich fröhlich, ganz unerwartet, wie damals beim Picknick. Wir gingen ins Freie, setzten, nachdem wir uns im Gras niedergelassen hatten, unser Gespräch fort und sahen auf die Häuser der Stadt, deren nach Westen blickende Fenster in der untergehenden Sonne wie leuchtendes Gold glänzten.

Danach kam, jedesmal wenn mich meine Schwester besuchte, auch Blagovo zu mir, und beide begrüßten sich mit einer Miene, als ob sie sich rein zufällig träfen. Meine Schwester hörte zu, wie der Doktor und ich diskutierten, und auf ihrem Gesicht malte sich freudige Begeisterung, Ergriffenheit und Wißbegierde, und mir schien, vor ihren Augen erstand allmählich eine neue Welt, an die sie früher nicht einmal im Traum gedacht hatte und die sie jetzt zu enträtseln versuchte. In Abwesenheit des Doktors war sie still und traurig, und wenn sie jetzt einmal auf meinem Bett saß und weinte, dann geschah das aus anderen Gründen, die sie nicht erwähnte.

Im August trug uns Rettich auf, zur Bahnstrecke zu gehen. Ungefähr zwei Tage bevor man uns aus der Stadt ›trieb‹, kam mein Vater zu mir. Er nahm Platz, wischte sich bedächtig und ohne mich anzusehen sein rotes Gesicht ab, zog dann den städtischen ›Vestnik‹ aus der Tasche und las mir, jedes Wort betonend, langsam vor, daß mein Altersgenosse, der Sohn des Leiters einer Filiale der Staatsbank, zum Abteilungsleiter im Steueramt ernannt worden sei.

»Und jetzt sieh dich einmal an«, sagte er und faltete die Zeitung zusammen, »ein Bettler, ein Lump, ein Taugenichts bist du! Sogar Kleinbürger und Bauern erwerben eine Bildung, um Menschen zu werden, doch du, ein Poloznev, der hochgeehrte und adlige Vorfahren besitzt, strebst nach dem tiefsten Schmutz! Aber ich bin nicht hierhergekommen, um mit dir zu reden, dich habe ich längst abgeschrieben«, fuhr er mit dumpfer Stimme fort und erhob sich. »Ich bin gekommen, um zu erfahren, wo deine Schwester ist, du Taugenichts! Sie hat nach dem Mittagessen das Haus verlassen, und jetzt ist es bald acht, und sie ist immer noch nicht da. Sie geht in der letzten Zeit oft weg, ohne mir ein Wort zu sagen, sie ist nicht mehr so ehrerbietig – und darin sehe ich wieder deinen bösen, niederträchtigen Einfluß. Wo ist sie?«

In der Hand hielt er den mir wohlbekannten Schirm, und ich wurde schon unsicher, stellte mich stramm wie ein Schüler auf und wartete, daß der Vater mich schlagen würde, doch er hatte den Blick bemerkt, den ich auf den Schirm warf, und das hielt ihn wahrscheinlich zurück.

»Lebe, wie du willst!« sagte er. »Ich entziehe dir meinen Segen!«

»Ach, du lieber Gott«, murmelte die Kinderfrau hinter der Tür. »Jetzt ist's mit dir Armen aus und vorbei! Ach, ich hab's schon immer geahnt, schon immer!«

Ich arbeitete an der Bahnstrecke. Den ganzen August über

regnete es unaufhörlich, es war feucht und kalt, das Getreide auf den Feldern konnte nicht eingefahren werden, und auf den großen Gütern, wo man mit Maschinen mähte, lag der Weizen nicht in Garben, sondern in Haufen da, und ich erinnere mich, wie diese traurigen Haufen von Tag zu Tag dunkler wurden und wie die Körner zu keimen begannen. Die Arbeit war schwer, der Regen verdarb alles, was wir fertigbrachten. Es war uns nicht erlaubt, in den Stationsgebäuden zu wohnen und zu schlafen, und so hausten wir in den schmutzigen, feuchten Erdhütten, in denen im Sommer die Eisenbahnleute wohnten, und nachts konnte ich nicht schlafen, weil es so kalt war und weil mir immer Asseln über Gesicht und Hände krochen. Und wenn wir bei den Brücken arbeiteten, kamen abends in hellen Haufen die Eisenbahnleute, nur um die Maler zu verprügeln – für sie war das eine Art Sport. Sie schlugen uns, stahlen uns die Pinsel, und um uns zu reizen und zu einer Prügelei herauszufordern, verdarben sie unsere Arbeit und strichen zum Beispiel die Wärterhäuschen grün an. Um das Unglück vollzumachen, begann Rettich äußerst unregelmäßig den Lohn auszuzahlen. Alle Malerarbeiten auf diesem Bahnabschnitt waren einem einzigen Unternehmer übergeben worden, der übertrug sie einem anderen und der wiederum unserem Rettich, allerdings verlangte er dafür zwanzig Prozent der Einnahmen. Die Arbeit war an sich schon nicht einträglich, und nun noch der Regen, wir konnten nicht arbeiten, aber Rettich war verpflichtet, seinen Burschen täglich den Lohn auszuzahlen. Die hungrigen Maler hätten ihn beinahe verprügelt, sie schimpften ihn einen Betrüger, Blutsauger und Judas. Doch er, der Arme, seufzte nur, hob die Hände voller Verzweiflung zum Himmel empor und ging immer wieder zu Frau Čeprakova, um sich Geld zu borgen.

VII

Der regnerische, schmutzige, trübe Herbst war gekommen, die Zeit der Arbeitslosigkeit begann, und so saß ich oft drei Tage hintereinander ohne Beschäftigung zu Hause oder übernahm andere Arbeiten, die nichts mit dem Malerhandwerk zu tun hatten – ich karrte zum Beispiel Erde beim Straßenbau und erhielt dafür zwanzig Kopeken am Tag. Doktor Blagovo war nach Petersburg gefahren. Meine Schwester kam nicht mehr zu mir. Rettich lag krank zu Hause und erwartete jeden Tag den Tod.

Meine Stimmung war ebenfalls herbstlich. Vielleicht kam es daher, daß ich jetzt als Arbeiter unser Leben in der Stadt nur von der Kehrseite sah, fast jeden Tag mußte ich neue Entdekkungen machen, die mich beinahe an den Rand der Verzweiflung brachten. Mitbürger, über die ich früher keinerlei Meinung hatte oder die, äußerlich gesehen, einen durchaus anständigen Eindruck machten, erwiesen sich nun als niedrige, grausame Menschen, die zu jeder Gemeinheit fähig waren. Wir einfachen Leute wurden betrogen und übers Ohr gehauen, man zwang uns, stundenlang in kalten Fluren oder in der Küche zu warten, man beleidigte uns und behandelte uns äußerst grob. In diesem Herbst tapezierte ich in unserem Klub einen Lesesaal und zwei Zimmer; für eine Bahn bekam ich sieben Kopeken, doch verlangte man von mir, ich sollte für zwölf quittieren, und als ich das ablehnte, sagte ein vornehmer, würdiger Herr mit Goldbrille, wahrscheinlich einer der Klubvorsteher:

»Wenn du Kerl hier noch viel herumredest, schlage ich dir die Fresse ein.«

Und als ihm der Diener zuflüsterte, ich sei der Sohn des Architekten Poloznev, wurde er verlegen und lief rot an, doch er hatte sich gleich wieder in der Gewalt und sagte:

»Hol ihn doch der Teufel!«

In den Läden drehte man uns Arbeitern stinkendes Fleisch,

muffiges Mehl und schon einmal aufgegossenen Tee an; in der Kirche stieß uns die Polizei beiseite, in den Krankenhäusern bestahlen uns die Heilgehilfen und Pflegerinnen, und wenn wir ihnen unserer Armut wegen keine Trinkgelder geben konnten, bekamen wir aus Rache das Essen auf schmutzigen Tellern; auf der Post hielt sich der niedrigste Beamte dazu berechtigt, uns wie Tiere zu behandeln und uns grob und boshaft anzuschreien: »Warte! Was drängelst du!« Sogar die Hofhunde verhielten sich uns gegenüber unfreundlich und stürzten sich mit besonderer Wut auf uns. Doch die Hauptsache, das, was mich am meisten in meiner neuen Lage verblüffte, war das völlige Fehlen von Gerechtigkeit, eben das, was man im Volk »er kennt keinen Gott« nennt. Es gab kaum einen Tag ohne Schurkerei. Uns betrogen sowohl die Händler, die uns den Firnis verkauften, als auch die Unternehmer, als auch die Burschen und die Auftraggeber. Es versteht sich von selbst, daß von irgendwelchen Rechten unsererseits nicht die Rede sein konnte; das Geld, das wir durch unsere Arbeit verdient hatten, mußten wir uns wie eine milde Gabe erbitten, wobei wir mit der Mütze in der Hand am Hintereingang standen.

Ich tapezierte im Klub eines der Zimmer neben dem Lesesaal. Als ich abends schon nach Hause gehen wollte, betrat die Tochter des Ingenieurs Dolžikov mit einem Bücherpaket das Zimmer.

Ich verbeugte mich vor ihr.

»Ah, guten Tag!« sagte sie – sie hatte mich sofort erkannt – und streckte mir die Hand entgegen. »Ich freue mich sehr, Sie zu sehen.«

Sie lächelte und betrachtete neugierig und befremdet meinen Malerkittel, den Eimer mit dem Kleister und die Tapete, die ausgebreitet auf dem Fußboden lag; ich wurde verlegen, und auch sie fühlte sich peinlich berührt.

»Entschuldigen Sie, daß ich Sie so betrachte«, sagte sie. »Man hat mir schon viel von Ihnen erzählt. Besonders Doktor

Blagovo hat immer von Ihnen geschwärmt – er ist förmlich verliebt in Sie. Ich habe auch schon Ihre Schwester kennengelernt, ein reizendes, sympathisches Mädchen, aber ich konnte sie einfach nicht davon überzeugen, daß an Ihrer Wandlung nichts Furchtbares ist. Im Gegenteil, Sie sind jetzt der interessanteste Mensch in der Stadt.«

Sie blickte wieder auf den Eimer mit dem Kleister und auf die Tapete und fuhr fort:

»Ich hatte Doktor Blagovo gebeten, mich mit Ihnen näher bekannt zu machen, doch anscheinend hat er das vergessen oder es nicht mehr geschafft. Wie dem auch sei, wir kennen uns ja nun, und wenn Sie ohne alle Umstände einmal zu mir kämen, dann wäre ich Ihnen sehr verbunden. Ich möchte so gern einmal mit jemandem sprechen! Ich bin ein einfacher Mensch«, sagte sie und reichte mir die Hand, »und ich hoffe, Sie werden sich bei mir nicht beengt fühlen. Der Vater ist nicht da, er ist in Petersburg.«

Sie ging in den Lesesaal, und ihre Kleider raschelten; ich aber konnte, als ich wieder bei mir zu Hause war, lange nicht einschlafen.

In diesem traurigen Herbst schickte mir irgendeine gute Seele, die augenscheinlich mein Leben zumindest ein wenig erleichtern wollte, manchmal Tee und Zitronen, manchmal Gebäck und manchmal sogar ein gebratenes Haselhuhn. Die Karpovna sagte, dies bringe ein Soldat, doch wer ihn schicke, wisse sie nicht. Der Soldat erkundigte sich jedesmal, ob ich gesund sei, ob ich jeden Tag äße und ob ich warme Kleidung besäße. Als die Fröste einsetzten, wurde bei mir in meiner Abwesenheit auf die gleiche Weise von dem Soldaten ein weicher gestrickter Schal abgegeben, von dem ein zarter, kaum merklicher Parfümduft ausging, und ich erriet, wer meine gute Fee war. Der Schal roch nach Maiglöckchen, dem Lieblingsparfüm von Anjuta Blagovo.

Zum Winter gab es mehr Arbeit, und mir wurde wieder fröhlicher ums Herz. Rettich war wieder auferstanden, und wir arbeiteten gemeinsam in der Friedhofskirche, wo wir die Ikonenwand für eine neue Vergoldung abspachteln mußten. Das war eine ruhige und saubere Arbeit, die, wie man bei uns sagte, nur so flutschte. Man konnte an einem Tag viel verdienen, und die Zeit verging schnell und unmerklich. Es wurde weder geschimpft noch gelacht noch laut gesprochen. Der Ort selbst verpflichtete zu Ruhe und anständigem Betragen und brachte einen auf stille, ernste Gedanken. In unsere Arbeit versunken, standen oder saßen wir unbeweglich wie die Statuen; es herrschte Totenstille, wie es sich für einen Friedhof geziemt, und wenn ein Instrument herunterfiel oder die Flamme in der Lampe knisterte, dann hallten diese Töne laut und lange wider, und wir blickten uns ängstlich um. Nach langer Stille vernahmen wir plötzlich ein Summen, als ob Bienen umherflögen: in der Vorhalle wurde ohne Eile und mit halblauter Stimme das Totenamt für ein Kleinkind gelesen. Oder der Kunstmaler, der in der Kuppel eine Taube malte und rundherum Sterne, begann leise zu pfeifen, merkte es plötzlich und hörte sofort auf. Oder Rettich beantwortete einen seiner Gedanken mit dem Seufzer: »Möglich ist alles! Möglich ist alles!« Oder über unseren Köpfen ertönte ein träges, monotones Läuten, und die Maler meinten, es würde wohl ein Reicher zu Grabe getragen.

In dieser Stille und in dem Dämmerlicht der Kirche verbrachte ich meine Tage, und an den langen Abenden spielte ich Billard oder ging ins Theater auf die Galerie, wozu ich meinen neuen Anzug aus billigem Stoff trug, den ich mir von meinem selbstverdienten Geld gekauft hatte. Bei den Ažogins hatten schon die Aufführungen und Konzerte begonnen; die Kulissen malte jetzt nur noch Rettich. Er erzählte mir den Inhalt der Stücke und der lebenden Bilder, die er bei den Ažogins gesehen hatte, und ich hörte ihm neiderfüllt zu. Es zog mich sehr zu den Proben, doch ich konnte mich nicht entschließen, zu den Ažogins zu gehen.

Eine Woche vor Weihnachten kam Doktor Blagovo zurück.

Und wieder diskutierten wir miteinander und spielten zusammen Billard. Während des Spiels zog er seinen Rock aus, öffnete das Hemd auf der Brust und bemühte sich überhaupt, den Eindruck eines verwegenen Zechers zu machen. Er trank nur wenig, dafür aber sehr geräuschvoll, und brachte es fertig, in einer so billigen Kneipe, wie die ›Volga‹ es war, an einem Abend zwanzig Rubel auszugeben.

Meine Schwester kam jetzt wieder zu mir; jedesmal, wenn die beiden sich sahen, schienen sie sich zu wundern, doch ihren frohen und schuldbewußten Gesichtern war anzusehen, daß dieses Zusammentreffen kein Zufall war. Als der Doktor und ich eines Abends Billard spielten, sagte er zu mir:

»Hören Sie, warum besuchen Sie eigentlich nicht einmal die Dolžikova? Sie kennen Marija Viktorovna nicht, sie ist klug und eine wunderbare Frau, sie hat ein einfaches und gutes Herz.«

Ich erzählte ihm, wie mich der Ingenieur im Frühjahr empfangen hatte.

»Das hat überhaupt nichts zu sagen!« meinte der Doktor lachend. »Der Ingenieur steht auf dem einen Blatt, doch sie – auf einem ganz anderen. Wirklich, mein Lieber, beleidigen Sie sie nicht, gehen Sie doch einmal zu ihr. Gehn wir am besten gleich morgen abend zusammen zu ihr, wollen Sie?«

Er überredete mich. Am Abend des nächsten Tages zog ich meinen billigen Anzug an und begab mich ganz aufgeregt zur Dolžikova. Der Diener erschien mir schon nicht mehr so hochmütig und furchteinflößend, und die Möbel kamen mir nicht mehr so prunkvoll vor wie an jenem Morgen, da ich hier als Bittsteller vorgesprochen hatte. Marija Viktorovna erwartete mich, sie empfing mich wie einen alten Bekannten und drückte mir fest und freundschaftlich die Hand. Sie trug ein graues Tuchkleid mit weiten Ärmeln und eine Frisur, die man bei uns in der Stadt vor einem Jahr, als sie in Mode kam, ›Hundeohren‹ getauft hatte. Das Haar war an den Schläfen über die Ohren gekämmt, dadurch wirkte Marija Viktorovnas Gesicht breiter, und sie schien mir ihrem Vater sehr ähnlich, der ein breites, rotwangiges Gesicht hatte, das an einen Kutscher erinnerte. Sie war schön und elegant, doch nicht mehr jung, man konnte ihr gut dreißig Jahre geben, obwohl sie in Wirklichkeit nicht älter als fünfundzwanzig war.

»Der liebe Doktor, wie dankbar ich ihm bin!« sagte sie, während sie mir einen Platz anbot. »Wäre er nicht gewesen, Sie hätten nicht zu mir gefunden. Ich langweile mich zu Tode! Der Vater ist verreist und hat mich allein gelassen, und ich weiß einfach nicht, was ich in dieser Stadt anfangen soll!«

Dann fragte sie mich, wo ich jetzt arbeite, wieviel ich verdiene und wo ich wohne.

»Sie verbrauchen nur, was Sie selbst verdienen?« fragte sie.

»Ja.«

»Ein glücklicher Mensch sind Sie!« sagte sie seufzend. »Alles Böse im Leben – so glaube ich jedenfalls – kommt nur vom Nichtstun, von der Langeweile und von der inneren Leere, und das ist auch unvermeidlich, wenn man es sich angewöhnt hat, auf Kosten anderer zu leben. Denken Sie bitte nicht, das sei Koketterie von mir, ich sage Ihnen ganz aufrichtig: Es ist uninteressant und unangenehm, reich zu sein. Ihr erwerbt Freunde durch unrechtmäßigen Reichtum – so steht es geschrieben, denn einen rechtmäßigen Reichtum gibt es überhaupt nicht und kann es auch nicht geben.«

Sie betrachtete mit ernster, kühler Miene die Möbel, als wolle sie sie zählen, und fuhr dann fort:

»Komfort und Bequemlichkeit besitzen eine Zauberkraft, ganz allmählich ziehen sie sogar Leute mit starkem Willen in ihren Bann. Früher haben mein Vater und ich bescheiden und einfach gelebt, doch wie es jetzt ist, sehen Sie ja. Wo hat man das jemals gehört«, sagte sie und zuckte mit den Schultern, »wir verbrauchen bis zu zwanzigtausend im Jahr! In der Provinz!«

»Komfort und Bequemlichkeit gelten als unvermeidliche Privilegien des Kapitals und der Bildung«, sagte ich, »und mir scheint, man kann die Bequemlichkeit des Lebens mit jeder beliebigen, ja sogar mit der allerschwersten und schmutzigsten Arbeit vereinbaren. Ihr Vater ist reich, aber auch er hat, wie er sagt, als Maschinist und einfacher Wagenschmierer gearbeitet.«

Sie lächelte und wiegte zweifelnd den Kopf.

»Papa ißt manchmal auch Brotsuppe mit Kvas«, meinte sie. »Das ist eine Spielerei, eine Laune!«

In diesem Augenblick klingelte es, und sie erhob sich.

»Die Gebildeten und Reichen sollten arbeiten wie alle«, fuhr sie fort, »und wenn Komfort notwendig ist, dann müßte er für alle gleich sein. Es darf keinerlei Privilegien mehr geben. Nun, lassen wir das Philosophieren. Erzählen Sie mir lieber etwas Lustiges. Erzählen Sie mir etwas über die Maler. Was sind das für Menschen? Sind sie komisch?«

Der Doktor war gekommen. Ich begann von den Malern zu erzählen, doch ich war es nicht gewohnt, genierte mich und erzählte trocken und langweilig wie ein Ethnograph. Der Doktor gab auch einige Anekdoten aus dem Handwerkerleben zum besten. Er schwankte, schluchzte, ließ sich auf die Knie nieder, und als er einen Betrunkenen darstellte, legte er sich sogar der Länge nach auf den Fußboden. Das war eine echte schauspielerische Leistung, und Marija Viktorovna mußte bei seinem Anblick Tränen lachen. Dann spielte er Klavier und sang dazu mit angenehmer feiner Tenorstimme, und Marija Viktorovna stand neben ihm, wählte die Lieder aus und verbesserte ihn, wenn er Fehler machte.

»Ich habe gehört, daß Sie auch singen?« fragte ich.

»Auch!« entsetzte sich der Doktor. »Sie ist eine wunderbare Sängerin, eine Künstlerin, und Sie reden von ›auch‹! Das ist ja ein tolles Stück!«

»Ich habe mich früher ernsthaft damit befaßt«, antwortete sie auf meine Frage, »doch jetzt habe ich es aufgegeben.«

Sie saß auf einem niedrigen Bänkchen und erzählte uns von ihrem Leben in Petersburg, stellte bekannte Sänger dar, ahmte ihre Stimmen und ihre Singweise nach, zeichnete den Doktor und dann mich in ihr Album, sie zeichnete schlecht, doch die Bilder sahen uns ähnlich. Sie lachte, scherzte und schnitt entzückende Grimassen, und all das paßte besser zu ihr als die Gespräche über unrechtmäßigen Reichtum, und mir schien, sie hatte vorhin nicht ernsthaft mit mir über Reichtum und Komfort gesprochen, sondern nur jemanden nachgeahmt. Sie war eine ausgezeichnete Komikerin. Ich verglich sie in Gedanken mit anderen jungen Damen, und sogar die schöne, würdevolle Anjuta Blagovo hielt den Vergleich mit ihr nicht aus. Der Unterschied war ungeheuer, etwa wie zwischen einer schönen kultivierten Rose und einem wilden Heckenröschen.

Wir aßen zu dritt zu Abend. Der Doktor und Marija Viktorovna tranken Rotwein, Champagner und Kaffee mit Kognak. Sie stießen auf die Freundschaft an, auf die Klugheit und auf den Fortschritt, sie wurden nicht berauscht, sondern nur röter im Gesicht und lachten oft und grundlos, bis ihnen Tränen kamen. Um kein Spielverderber zu sein, trank ich auch von dem Rotwein.

»Talentierte, reich begabte Naturen«, sagte die Dolžikova, »wissen, wie sie zu leben haben, und gehen ihren eigenen Weg, doch die mittelmäßigen, wie zum Beispiel ich, wissen nichts und können nichts, ihnen bleibt nichts anderes übrig, als eine ernst zu nehmende gesellschaftliche Strömung zu finden und sich von ihr davontragen zu lassen.«

»Kann man denn etwas finden, was nicht da ist?« fragte der Doktor.

»Es ist nicht da, weil wir es nicht sehen.«

»Wirklich? Gesellschaftliche Strömungen – das ist eine Erfindung der neuen Literatur. Bei uns gibt es so etwas nicht.«

Ein Streit brach aus.

»Es hat bei uns keinerlei gesellschaftliche Strömungen gegeben, und es gibt auch keine«, rief der Doktor laut. »Was da die neue Literatur nicht alles erfindet! Sie hat sich sogar ausgedacht, es gäbe in den Dörfern intelligente Arbeiter, doch schauen Sie sich einmal in unseren Dörfern um – Sie werden höchstens einen Faulenzer im Jackett oder schwarzen Rock finden, der bei dem Wörtchen ›noch‹ vier Rechtschreibfehler macht. Ein kultiviertes Leben hat bei uns noch nicht angefangen. Es herrscht die gleiche Grausamkeit, die gleiche Kriecherei und die gleiche Gewissenlosigkeit wie vor fünfhundert Jahren. Strömungen, Anschauungen – ja, natürlich, doch sie sind so seicht, so miserabel und so eng mit gemeinen materiellen Interessen verknüpft, daß wohl kaum jemand etwas Ernstes dahinter vermuten dürfte! Wenn Sie glauben, eine tiefe gesellschaftliche Strömung gefunden zu haben, und Sie nun, dieser folgend, ihr Leben solchen dem heutigen Geschmack entsprechenden Aufgaben widmen wie der Befreiung der Insekten von der Sklaverei oder dem Verzicht auf den Genuß von Rinderkoteletts – dann gratuliere ich Ihnen, meine Gnädigste! Lernen müssen wir, lernen und nochmals lernen, doch mit den tiefen gesellschaftlichen Strömungen wollen wir lieber ein wenig warten. Wir sind noch nicht reif genug dafür, wir verstehen, ehrlich gesagt, noch nichts davon.«

»Sie verstehen nichts davon, aber ich verstehe etwas«, sagte Marija Viktorovna. »Sie sind heute, bei Gott, recht langweilig!«

»Unsere Aufgabe ist es, zu lernen und nochmals zu lernen, wir müssen möglichst viel Wissen aufspeichern, denn die ernst zu nehmenden gesellschaftlichen Strömungen sind dort, wo Wissen ist, und das Glück der künftigen Menschheit liegt nur im Wissen. Ich trinke auf die Wissenschaft!«

»Eins steht fest: Man muß sein Leben anders einrichten«, sagte Marija Viktorovna, nachdem sie eine Weile geschwiegen und nachgedacht hatte. »Das Leben, wie es bisher war, taugt nichts. Von diesem Leben wollen wir lieber gar nicht reden.«

Als wir weggingen, schlug es von der Kathedrale zwei Uhr.

»Hat es Ihnen gefallen?« fragte der Doktor. »Sie ist doch eine prachtvolle Frau, nicht wahr?«

Am ersten Weihnachtsfeiertag aßen wir bei Marija Viktorovna zu Mittag, und danach besuchten wir sie während der Feiertage fast täglich. Zu ihr kam niemand außer uns, und sie hatte recht, wenn sie sagte, sie habe außer mir und dem Doktor keinen Bekannten in der Stadt. Die meiste Zeit unterhielten wir uns, manchmal brachte der Doktor ein Buch oder eine Zeitschrift mit und las uns daraus vor. Im Grunde genommen war er der erste gebildete Mensch, dem ich in meinem Leben begegnete. Ich kann nicht beurteilen, ob er viel wußte, doch er behielt sein Wissen nicht für sich, denn er wollte, daß auch die anderen daran teilhätten. Wenn er von Dingen sprach, die die Medizin betrafen, ähnelte er keinem unserer städtischen Doktoren, sondern rief einen neuen, völlig anderen Eindruck hervor, und mir schien, er könnte, falls er nur wollte, ein wirklicher Gelehrter werden. Er war wohl der einzige Mensch, der in jener Zeit einen ernsthaften Einfluß auf mich ausübte. Während ich mich mit ihm traf oder die Bücher las, die er mir lieh, empfand ich immer mehr ein Verlangen nach Wissen, das meiner nicht anregenden Arbeit einen geistigen Inhalt geben könnte. Mir kam es bereits seltsam vor, daß ich früher zum Beispiel nicht wußte, daß die ganze Welt aus sechzig Elementen besteht, daß ich nicht wußte, woraus sich der Firnis und die Farben zusammensetzen, und ich begriff nicht, wie ich ohne diese Kenntnisse auskommen konnte. Meine Bekanntschaft mit dem Doktor hob mich auch in moralischer Hinsicht. Ich stritt oft mit ihm, und obwohl ich gewöhnlich bei meiner Meinung blieb, begann ich dank ihm allmählich zu merken, daß mir selbst längst nicht alles klar war, und so bemühte ich mich, möglichst endgültige Überzeugungen zu gewinnen, damit auch die Stimme meines Gewissens entschieden und ohne jede Verschwommenheit sei. Trotz alledem war dieser gebildete und beste Mann unserer Stadt bei weitem kein vollkommenes Wesen. In seinen Manieren, in seiner Angewohnheit, jedes Gespräch in einen Streit ausarten zu lassen, in seiner angenehmen Tenorstimme und sogar in seiner Freundlichkeit lag etwas Plumpes, Seminaristenhaftes, und wenn er den

Rock auszog und nur im Seidenhemd dastand oder dem Kellner in der Schenke ein Trinkgeld zuwarf, schien mir jedesmal, daß ihm bei aller Kultur immer noch etwas Tatarisches anhafte.

Am Dreikönigstag reiste er wieder nach Petersburg. Er fuhr morgens ab, und am Nachmittag kam meine Schwester zu mir. Sie legte weder ihren Pelz noch ihre Mütze ab, saß schweigend und sehr blaß da und starrte immerzu auf einen Punkt. Sie fröstelte, und man spürte, daß sie etwas auf dem Herzen hatte.

»Du hast dich bestimmt erkältet«, sagte ich.

Ihre Augen füllten sich mit Tränen, sie erhob sich und ging zur Karpovna, ohne mir zu antworten, als hätte ich sie beleidigt. Ein Weilchen später hörte ich sie im Ton bitteren Vorwurfs sagen:

»Wozu habe ich bis jetzt gelebt, Kinderfrau? Wozu? Sag – habe ich mir nicht meine eigene Jugend verdorben? In den besten Jahren seines Lebens nichts anderes zu kennen, als Ausgaben zu notieren, Tee einzugießen, Kopeken zu zählen, die Gäste zu unterhalten und zu glauben, dies sei das Höchste auf der Welt! Kinderfrau, so versteh doch, ich habe auch menschliche Ansprüche, ich will auch leben – aber aus mir hat man eine Art Beschließerin gemacht. Das ist doch furchtbar, furchtbar ist doch das!«

Sie schleuderte die Schlüssel zur Tür hin, und sie fielen klirrend in meinem Zimmer nieder. Es waren die Schlüssel vom Büfett, vom Küchenschrank, vom Keller und vom Teekasten – die gleichen Schlüssel, die seinerzeit meine Mutter getragen hatte.

»Ach, ach, du lieber Gott!« rief die Alte entsetzt. »Bei allen Heiligen!«

Als meine Schwester nach Hause ging, kam sie noch einmal zu mir herein, um die Schlüssel aufzuheben, und sagte:

»Verzeih. Mit mir geht in letzter Zeit etwas Seltsames vor.«

VIII

Als ich eines späten Abends von Marija Viktorovna nach Hause kam, fand ich bei mir im Zimmer den jungen Polizeiwachtmeister in seiner neuen Uniform vor; er saß an meinem Tisch und blätterte in einem Buch.

»Endlich!« sagte er, stand auf und reckte sich. »Ich komme schon das dritte Mal zu Ihnen. Der Gouverneur hat angeordnet, daß Sie morgen früh Punkt neun Uhr bei ihm zu erscheinen haben – auf jeden Fall!«

Ich mußte unterschreiben, daß ich der Anordnung Seiner Exzellenz pünktlich nachkommen würde, und dann ging er. Dieser späte Besuch des Polizeiwachtmeisters und die unerwartete Einladung, zum Gouverneur zu kommen, wirkten auf mich außerordentlich niederdrückend. Von frühester Kindheit an habe ich stets vor Gendarmen, Polizisten und Gerichtsbeamten Angst gehabt, und jetzt quälte mich die Unruhe, als hätte ich mir wirklich etwas zuschulden kommen lassen. Ich konnte einfach nicht einschlafen. Die Kinderfrau und Prokofij waren ebenfalls sehr aufgeregt und konnten nicht schlafen. Zu allem Überfluß hatte die Kinderfrau auch noch Ohrensausen, sie stöhnte und schluchzte mehrere Male vor Schmerz. Als Prokofij merkte, daß ich nicht schlief, kam er vorsichtig mit einem Lämpchen in mein Zimmer und setzte sich an den Tisch.

»Sie müßten ein bißchen Pfefferschnaps trinken«, sagte er nach kurzem Nachdenken. »Wenn man in diesem Jammertal ein bißchen trinkt, läßt sich alles ertragen. Würde ich meinem Mamachen ein bißchen Pfefferschnaps ins Ohr träufeln, ginge es ihr bestimmt gleich viel besser.«

Gegen drei Uhr machte er sich zum Schlachthof auf, um Fleisch zu holen. Ich wußte, daß ich bis zum Morgen nicht mehr einschlafen würde, und um mir die Zeit bis neun Uhr zu vertreiben, schloß ich mich ihm an. Wir gingen beim Schein einer Laterne, und der dreizehnjährige Lehrling Nikolka, der blaue Frostflecken im Gesicht hatte und dem Aussehen nach ein richtiger Räuber war, fuhr hinter uns in einem Schlitten und trieb mit heiserer Stimme das Pferd an.

»Man wird Sie beim Gouverneur sicherlich bestrafen«, sagte Prokofij unterwegs. »Es gibt eine Gouverneurswissenschaft, eine Archimandritenwissenschaft, eine Offizierswissenschaft und eine Doktorenwissenschaft, und überhaupt – jeder Stand hat seine Wissenschaft. Aber Sie handeln nicht nach der Wissenschaft Ihres Standes, und das wird man Ihnen nicht durchgehen lassen.«

Der Schlachthof lag hinter dem Friedhof, früher hatte ich ihn nur von ferne gesehen. Er bestand aus drei düsteren Schuppen, die von einem grauen Zaun umgeben waren, und wehte an heißen Tagen der Wind von dorther, trug er einen erstickenden Gestank herüber. Als ich jetzt in den Hof eintrat, konnte ich die Schuppen im Dunkeln nicht erkennen, ich stieß immerzu auf Pferde und leere und beladene Schlitten, die Menschen gingen mit Laternen in der Hand umher und fluchten abscheulich, und in der Luft dröhnte es nur so von Flüchen, Gehuste und Pferdegewieher.

Es roch nach Kadavern und Mist. Es taute, der Schnee hatte sich bereits mit dem Unrat vermengt, und im Dunkeln kam es mir vor, als ginge ich durch Blutpfützen.

Als wir den Schlitten voll Fleisch geladen hatten, begaben wir uns zu der Fleischbude auf dem Markt. Es begann zu tagen. Eine nach der anderen erschienen Köchinnen mit Körben und ältere Damen in Umhängen. Mit dem Beil in der Hand und in weißer, blutbespritzter Schürze stand Prokofij da, fluchte unflätig, bekreuzigte sich mit einem Blick auf die Kirche, schrie, daß es über den ganzen Markt hallte, er verkaufe das Fleisch zum Einkaufspreis und deshalb sogar mit Verlust. Er wog falsch und berechnete zuviel, und die Köchinnen sahen das, doch von seinem Schreien betäubt, protestierten sie nicht, sondern nannten ihn nur einen Henker. Wenn er sein Beil hob und es dann wieder herabsausen ließ, nahm er die malerischsten Posen ein und sagte jedesmal mit fürchterlichem Gesicht »Heck«, und ich hatte Angst, daß er vielleicht wirklich jemandem den Kopf oder die Hand abschlagen könnte.

Ich verbrachte den ganzen Morgen in der Fleischbude, und als ich schließlich zum Gouverneur ging, roch mein Pelz nach Fleisch und Blut. Meine seelische Verfassung entsprach der eines Mannes, dem man befohlen hat, mit einem Jagdspieß auf einen Bären loszugehen. Ich erinnere mich an eine hohe Treppe mit gestreiftem Läufer und an einen jungen Beamten in einem Frack mit hellen Knöpfen, der schweigend mit beiden Händen auf eine Tür wies und dann weglief, um mich anzumelden. Ich betrat einen Saal, der prunkvoll, doch kalt und geschmacklos eingerichtet war – besonders unangenehm fielen die hohen, schmalen Spiegel zwischen den Pfeilern auf und die grellgelben Portieren an den Fenstern. Man merkte, daß die Gouverneure wechselten, die Einrichtung aber immer dieselbe blieb. Der junge Beamte wies wieder mit beiden Händen auf eine Tür, und ich ging auf einen großen grünen Tisch zu, hinter dem ein General stand, der einen Vladimirorden am Hals trug.

»Herr Poloznev, ich hatte Sie zu mir gebeten.« Er hielt einen Brief in der Hand und verzog beim Sprechen den Mund so, daß er wie ein großes O aussah. »Ich hatte Sie zu mir gebeten, um Ihnen Folgendes mitzuteilen. Ihr verehrter Herr Vater hat sich schriftlich und mündlich an den Adelsmarschall unseres Gouvernements gewandt und ihn gebeten, Sie vorzuladen, um Ihnen vor Augen zu führen, daß Ihr Benehmen nicht zu vereinbaren ist mit dem adligen Stand, dem anzugehören Sie die Ehre haben. Seine Exzellenz Aleksandr Pavlovič nimmt zu Recht an, daß Ihr Benehmen ein schlechtes Beispiel geben könnte, und kommt zu dem Schluß, daß einzig und allein eine Belehrung nicht ausreichen dürfte, vielmehr eine ernste administrative Einmischung angezeigt sei. Seine Exzellenz teilt mir in diesem Brief seine Ansichten über Sie mit, die ich völlig teile.«

Er sagte dies leise, ehrerbietig und in aufrechter Haltung, als sei ich sein Vorgesetzter, und sah mich keineswegs streng an. Sein Gesicht war welk, verlebt und voller Falten, unter den Augen hingen Säcke, das Haar war gefärbt, und man konnte von seinem Äußeren überhaupt nicht auf sein Alter schließen und wußte nicht, zählte er vierzig oder sechzig Jahre.

»Ich hoffe«, fuhr er fort, »Sie werden den Takt des verehrten Aleksandr Pavlovič zu schätzen wissen, der sich nicht offiziell, sondern privat an mich gewandt hat. Auch ich habe Sie inoffiziell eingeladen und spreche jetzt mit Ihnen nicht als Gouverneur, sondern als ein aufrichtiger Verehrer Ihres Herrn Vaters. Ich bitte Sie also, entweder Ihr Benehmen zu ändern und zu den Pflichten zurückzukehren, die Ihrem Stand angemessen sind, oder, um niemandem ein schlechtes Beispiel zu geben, Ihren Wohnsitz an einem anderen Ort aufzuschlagen, wo man Sie nicht kennt und wo Sie tun und lassen können, was Sie wollen. Im entgegengesetzten Falle würde ich mich veranlaßt sehen, äußerste Maßnahmen zu ergreifen.«

Ungefähr eine halbe Minute stand er schweigend da, mit geöffnetem Mund, und sah mich an.

»Sie sind Vegetarier?«

»Nein, Euer Exzellenz, ich esse Fleisch.«

Er setzte sich und zog irgendein Aktenstück zu sich heran, ich verbeugte mich und ging hinaus.

Vor dem Mittagessen lohnte es sich nicht mehr, zur Arbeit zu gehen. Ich ging nach Hause, um zu schlafen, doch ein unangenehmes Gefühl, das der Schlachthof und das Gespräch mit dem Gouverneur hervorgerufen hatten, ließ mich nicht zur Ruhe kommen, und als es endlich Abend war, begab ich mich verstimmt und düster zu Marija Viktorovna. Ich erzählte ihr von meinem Besuch beim Gouverneur, sie sah mich verblüfft an, als glaube sie mir nicht, doch dann brach sie plötzlich in ein fröhliches, lautes Gelächter aus, wie es nur gutmütige, lachfreudige Menschen an sich haben.

»Wenn man das in Petersburg erzählen könnte!« wiederholte sie, sich vor Lachen kaum auf den Beinen haltend, immer wieder und beugte sich dabei über den Tisch. »Wenn man das doch in Petersburg erzählen könnte!«

IX

Jetzt sahen wir uns bereits oft, ungefähr zweimal am Tag. Sie fuhr fast jeden Tag nach dem Essen zum Friedhof hinaus und las dort, während sie auf mich wartete, die Inschriften auf den Kreuzen und Grabsteinen. Manchmal kam sie auch in die Kirche, stellte sich neben mich und schaute mir beim Arbeiten zu. Die Stille, die naive Arbeit der Maler und Vergolder, Rettichs philosophische Betrachtungen und auch die Tatsache, daß ich mich äußerlich nicht im geringsten von den anderen Handwerkern unterschied und genau wie sie in Hemdsärmeln und Weste und mit zerrissenen Schuhen an den Füßen arbeitete und auch, daß sie mich duzten – all das war ihr neu und rührte sie. Eines Tages rief der Kunstmaler, der die Taube unter der Kuppel malte, mir in ihrer Gegenwart zu:

»Misail, gib mir doch mal das Bleiweiß rauf!«

Ich brachte ihm das Bleiweiß, und als ich dann das schwankende Gerüst wieder herunterkletterte, war sie zu Tränen gerührt und sah mich lächelnd an.

»Wie lieb Sie sind!« sagte sie.

Noch von meiner Kindheit her habe ich in Erinnerung behalten, wie bei einer unserer reichsten Familien ein grüner Papagei ausgerissen war und wie dann dieser schöne Vogel noch einen ganzen Monat in der Stadt umherflog – träge von einem Garten zum anderen flatternd, einsam und obdachlos. Und Marija Viktorovna erinnerte mich an diesen Vogel.

»Außer dem Friedhof wüßte ich jetzt einfach keinen Ort, wohin ich sonst gehen könnte«, sagte sie lächelnd. »Die Stadt widert mich förmlich an. Bei den Ažogins wird gelesen, gesungen und gelispelt, ich kann sie in letzter Zeit nicht mehr ausstehen; Ihre Schwester ist menschenscheu, Mademoiselle Blagovo haßt mich aus irgendeinem Grund, und das Theater liebe ich nicht. Was kann ich also anderes tun?«

Wenn ich bei ihr war, roch ich nach Farbe und Terpentin, und meine Hände waren schwarz – aber das gefiel ihr. Sie wollte auch, daß ich nicht anders als in meiner gewöhnlichen Arbeitskleidung zu ihr käme, doch in ihrem Salon störte mich dieser Aufzug, ich wurde immer so verlegen, als trüge ich eine Uniform, und deshalb zog ich jedesmal, wenn ich zu ihr ging, meinen neuen billigen Anzug an. Und das gefiel ihr nicht.

»Geben Sie es nur zu, Sie beherrschen Ihre neue Rolle noch nicht ganz«, sagte sie eines Tages zu mir. »Die Arbeitskleidung beengt Sie, Sie fühlen sich nicht wohl darin. Sagen Sie, sollte dies bei Ihnen nicht daher kommen, daß Sie sich noch nicht ganz sicher sind und sich unzufrieden fühlen? Die Arbeit, die Sie sich ausgesucht haben, diese Malerei – befriedigt Sie die denn wirklich?« fragte sie lachend. »Ich weiß, ein Anstrich macht die Dinge schöner und haltbarer, doch all diese Dinge gehören den Städtern, den Reichen, und sie sind letzten Endes doch Luxus. Außerdem haben Sie selbst mehr als einmal gesagt, man müsse sich sein Brot durch eigener Hände Arbeit verdienen, Sie aber verdienen Geld und nicht Brot. Warum sollte man sich nicht an den buchstäblichen Sinn Ihrer Worte halten? Man müßte sich das Brot richtig verdienen, das heißt, man müßte pflügen, säen, dreschen oder etwas tun, das in unmittelbarer Beziehung zur Landwirtschaft steht, zum Beispiel Kühe hüten, Erde umgraben, Hütten zimmern ...«

Sie öffnete einen hübschen Schrank, der neben ihrem Schreibtisch stand, und sagte:

»All das habe ich Ihnen nur gesagt, weil ich Sie in mein Geheimnis einweihen will! Voilà! Das ist meine landwirtschaftliche Bibliothek. Hier steht alles über Feldbebauung, Gemüsegärten, Obstzucht, Viehhaltung und Imkerei. Ich lese das alles mit wahrem Heißhunger und habe die Theorie schon bis auf das I-Tüpfelchen studiert. Mein Traum, mein süßer Wunschtraum ist, sowie der März anfängt, fahre ich auf unser Gut nach Dubečnja. Herrlich ist es dort, einfach wunderbar! Habe ich nicht recht? Im ersten Jahr werde ich mir alles ansehen und mich an alles gewöhnen, doch im darauffolgenden Jahr werde ich anfangen zu arbeiten, selbst wenn es, wie man so sagt, mich das Leben kosten sollte. Der Vater hat versprochen, mir Dubečnja zu schenken, dort kann ich dann alles tun, wozu ich nur Lust habe.«

Sie war ganz rot geworden und so aufgeregt, daß ihr fast die Tränen kamen, sie lachte verlegen und träumte laut davon, wie sie in Dubečnja wohnen und wie interessant dieses Leben sein würde. Und ich beneidete sie. Bis zum März war es nicht mehr weit, die Tage wurden immer länger, an hellen, sonnigen Mittagen tropfte es schon von den Dächern, es roch nach Frühling; ich wäre selbst gern aufs Land gegangen.

Und als sie sagte, sie wolle nach Dubečnja ziehen, stellte ich mir lebhaft vor, wie ich allein in der Stadt zurückbleiben würde, und ich fühlte, wie ich anfing, sie um den Schrank mit den Büchern und um die Landwirtschaft zu beneiden. Ich verstand nichts von Landwirtschaft und mochte sie auch nicht, und ich wollte Marija Viktorovna schon klarmachen, die Landwirtschaft sei eine Beschäftigung für Sklaven, doch da erinnerte ich mich, daß mein Vater schon einmal etwas Ähnliches gesagt hatte, und ich schwieg.

Die große Fastenzeit begann. Aus Petersburg kehrte der Ingenieur Viktor Ivanyč zurück, an dessen Existenz ich kaum mehr gedacht hatte. Er kam ganz überraschend, ohne sich vorher telegrafisch anzumelden. Als ich wie gewöhnlich abends erschien, ging er, frisch gewaschen, das Haar geschnitten und um zehn Jahre verjüngt, im Salon auf und ab und erzählte etwas, seine Tochter kniete vor den Koffern, packte Schachteln, Fläschchen und Bücher aus und übergab alles dem Diener Pavel. Als ich den Ingenieur erblickte, trat ich unwillkürlich einen Schritt zurück, doch er streckte mir beide Hände entgegen und sagte lächelnd, wobei er seine weißen, kräftigen Kutscherzähne zeigte:

»Da ist er ja, da ist er ja! Ich freue mich sehr, Sie zu sehen, Herr Maler! Maša hat mir alles erzählt, sie hat ein richtiges Loblied auf Sie gesungen. Ich verstehe Sie voll und ganz und heiße alles gut!« fuhr er fort und hakte sich bei mir ein. »Es ist viel klüger und ehrlicher, ein anständiger Arbeiter zu sein, als staatseigenes Papier zu verschmieren und eine Kokarde an der Mütze zu tragen. Ich habe selbst in Belgien gearbeitet, hier, mit diesen meinen Händen, dann bin ich noch zwei Jahre Maschinist gewesen ...«

Er trug eine kurze Jacke und Hausschuhe, ging mit leicht schwankenden Schritten wie ein Gichtkranker im Zimmer umher und rieb sich die Hände. Er sang, summte leise vor sich hin und kroch ganz in sich zusammen, zufrieden, daß er jetzt endlich wieder zu Hause war und schon seine geliebte Dusche genommen hatte.

»Da gibt es nichts zu streiten«, sagte er beim Abendessen, »da gibt es einfach nichts zu streiten, ihr seid alle liebe, sympathische Menschen, doch sobald ihr euch, meine Herren, der physischen Arbeit zuwendet oder den Bauern befreien wollt, läuft bei euch letzten Endes alles auf Sektiererei hinaus. Sind Sie etwa kein Sektierer? Sie trinken keinen Vodka. Ist das denn etwas anderes als Sektiererei?«

Um ihm eine Freude zu machen, trank ich Vodka. Ich trank auch Wein. Wir kosteten von den verschiedenen Käse- und Wurstsorten, von den Pasteten, dem marinierten Gemüse und von allen möglichen Leckerbissen, die der Ingenieur mitgebracht hatte, auch von den Weinen, die in seiner Abwesenheit aus dem Ausland eingetroffen waren. Die Weine schmeckten ausgezeichnet. Aus irgendeinem Grund erhielt der Ingenieur Wein und Zigarren aus dem Ausland zollfrei. Kaviar und Störrücken schickte ihm jemand unentgeltlich, für die Wohnung zahlte er keine Miete, denn der Hauseigentümer lieferte das Petroleum für die Bahnstrecke, und überhaupt machten er und seine Tochter auf mich den Eindruck, als stünden alle Güter der Welt zu ihrer Verfügung und als bekämen sie sie alle völlig umsonst.

Ich besuchte sie weiterhin, allerdings nicht mehr ganz so gern. Der Ingenieur störte mich, in seiner Gegenwart fühlte ich mich befangen. Ich ertrug den Blick seiner klaren, unschuldigen Augen nicht, seine Erörterungen quälten mich und waren mir zuwider – mich quälte auch die Erinnerung daran, daß ich vor kurzem diesem wohlgenährten, rotwangigen Mann unterstellt war und er mich mit unbarmherziger Grobheit behandelt hatte. Er faßte mich jetzt allerdings um die Taille, klopfte mir freundschaftlich auf die Schulter und lobte meine Lebensweise, doch ich fühlte, er verachtete mich auch weiterhin wegen meiner Nichtigkeit und ertrug meine Gegenwart nur seiner Tochter zuliebe. Und ich getraute mich schon nicht mehr zu lachen und zu sagen, was mir in den Sinn kam, ich wurde schüchtern und war jeden Augenblick darauf gefaßt, daß er mich genau wie seinen Diener Pavel – Pantelej nannte. Wie empörte sich mein Stolz dagegen, der Stolz eines Provinzbewohners und Kleinbürgers! Ich, ein Proletarier, ein Maler, gehe jeden Tag zu reichen, mir fremden Leuten, die von der ganzen Stadt wie Ausländer behandelt werden, und trinke jeden Tag bei ihnen teure Weine und esse erlesene Speisen – damit wollte sich mein Gewissen nicht abfinden! Wenn ich zu ihnen ging, wich ich allen, die mir entgegenkamen aus und blickte finster vor mich hin, als sei ich wirklich ein Sektierer, und wenn ich dann vom Ingenieur wieder nach Hause ging, schämte ich mich meiner Sattheit.

Die Hauptsache aber war, ich fürchtete mich zu verlieben. Ob ich nun die Straße entlangging, ob ich arbeitete oder ob ich mit den Burschen sprach – die ganze Zeit mußte ich daran denken, daß ich abends zu Marija Viktorovna gehen würde, und dabei stellte ich mir ihre Stimme, ihr Lachen und ihren Gang vor. Ehe ich mich zu ihr begab, stand ich lange bei der

Kinderfrau vor dem schiefen Spiegel und band mir die Krawatte. Mein billiger Anzug kam mir abscheulich vor, ich litt darunter und verachtete mich gleichzeitig, weil ich so kleinlich war. Wenn sie mir aus einem anderen Zimmer zurief, sie sei noch nicht angezogen, und mich bat zu warten, dann hörte ich, wie sie sich anzog, und das versetzte mich in Erregung, mir war, als schwände mir der Boden unter den Füßen. Und wenn ich auf der Straße die Figur einer Frau sah, sei es auch nur von ferne, dann stellte ich sofort Vergleiche an, und mir schien jedesmal, daß alle unsere Frauen und Mädchen geschmacklos gekleidet und vulgär seien und sich nicht zu benehmen wüßten. Diese Vergleiche riefen in mir ein Gefühl des Stolzes hervor: Marija Viktorovna ist schöner als alle anderen! Und nachts träumte ich von ihr und mir.

Einmal hatten wir zum Abendessen mit dem Ingenieur einen ganzen Hummer gegessen. Als ich dann nach Hause ging, erinnerte ich mich, daß der Ingenieur beim Essen zweimal »mein Bester« zu mir gesagt hatte, und ich kam zu dem Schluß, daß man mich in diesem Haus verwöhnte wie einen großen, unglücklichen Köter, der seinem Herrn entlaufen ist, daß ich ihnen nur zum Zeitvertreib diente und sie mich wie einen Hund wieder davonjagen würden, wenn sie genug von mir hätten. Ich schämte mich und litt, ich war dem Weinen nahe, als hätte man mich beleidigt, und ich sah zum Himmel auf und schwor, allem ein Ende zu machen.

Am nächsten Tag ging ich nicht zu den Dolžikovs. Spätabends, als es schon ganz dunkel war und in Strömen goß, ging ich die Bolšaja Dvorjanskaja entlang und blickte zu den Fenstern hinauf. Bei den Ažogins schliefen sie schon, nur in einem der letzten Fenster war noch Licht zu sehen, dort stickte die alte Ažogina beim Schein von drei Kerzen und glaubte auf diese Weise gegen Vorurteile zu kämpfen. Bei uns war es dunkel, doch im Haus gegenüber, bei den Dolžikovs, waren die Fenster hell erleuchtet, aber wegen der Blumen und der Gardinen konnte man nichts erkennen. Ich ging immer auf der Straße auf und ab, und der kalte Märzregen durchnäßte mich. Ich hörte, wie mein Vater aus dem Klub zurückkehrte, er klopfte ans Tor, einen Augenblick später zeigte sich Licht am Fenster; ich erblickte meine Schwester, wie sie eilig mit der Lampe herbeilief und im Gehen ihr dichtes Haar ordnete. Dann wanderte der Vater im Salon aus einer Ecke in die andere und redete und rieb sich dabei die Hände, während meine Schwester unbeweglich im Sessel saß und ihren Gedanken nachhing, ohne ihm zuzuhören.

Doch jetzt mußten sie gegangen sein, das Licht war verloschen ... Ich drehte mich zu dem Haus des Ingenieurs um – auch hier war jetzt alles dunkel. In der Finsternis und dem Regen fühlte ich mich hoffnungslos verlassen und als ein Spielball des Schicksals, ich spürte, wie gering im Vergleich zu dieser meiner Verlassenheit und zu dem Leid, das ich im Augenblick empfand und das ich noch in meinem Leben durchmachen würde, meine Taten und Wünsche waren und all das, was ich bisher gedacht und gesagt hatte. Ach ja, die Taten und Gedanken lebender Wesen sind längst nicht so bedeutsam wie ihre Leiden! Und ohne mir richtig klarzumachen, was ich tat, zog ich aus aller Kraft an der Klingel am Tor der Dolžikovs, riß die Schnur ab und rannte wie ein kleiner Junge voller Angst die Straße entlang und dachte, daß gleich jemand herauskommen und mich erkennen würde. Als ich am Ende der Straße stehenblieb, um zu verschnaufen, hörte ich nur das Rauschen des Regens, und in der Ferne schlug der Wächter an sein Eisenbrett.

Eine ganze Woche lang ging ich nicht zu den Dolžikovs. Den billigen Anzug hatte ich verkauft. Malerarbeiten gab es nicht, ich hungerte wieder und verdiente – wie es sich gerade traf – täglich zehn bis zwanzig Kopeken mit schwerer, unangenehmer Arbeit. Bis zu den Knien im kalten Morast stehend, die Brust zum Bersten angespannt, versuchte ich meine Erinnerungen zu vergessen, und es schien, als wollte ich mich für all die Käsesorten und Konserven, mit denen mich der

Ingenieur bewirtet hatte, an mir selbst rächen. Doch sowie ich mich hungrig und naß in mein Bett legte, gaukelte mir meine sündige Phantasie die wundervollsten, verführerischsten Bilder vor, und voller Erstaunen mußte ich mir eingestehen, daß ich liebte, leidenschaftlich liebte; und ich fiel in einen festen, gesunden Schlaf, denn ich spürte, daß mein Körper durch dieses Sträflingsdasein nur noch stärker und jünger wurde.

An einem Abend begann es plötzlich zu schneien, und ein Nordwind blies, als wollte es wieder Winter werden. Als ich an diesem Abend von der Arbeit heimkehrte, fand ich Marija Viktorovna in meinem Zimmer. Sie saß in ihrem Pelz da und hatte beide Hände in den Muff gesteckt.

»Warum besuchen Sie mich nicht mehr?« fragte sie und hob ihre klugen, klaren Augen; ich wurde ganz verlegen vor Freude und stand so stramm vor ihr wie vor dem Vater, wenn er mich schlagen wollte. Sie sah mich an, und an ihren Augen merkte ich, daß sie den Grund meiner Verlegenheit begriff.

»Warum besuchen Sie mich nicht mehr?« wiederholte sie. »Da Sie mich nicht besuchen wollen, komme ich eben zu Ihnen.«

Sie stand auf und trat an mich heran.

»Verlassen Sie mich nicht«, sagte sie, und ihre Augen füllten sich mit Tränen. »Ich bin allein, ich bin ganz allein!«

Sie begann zu weinen und sagte schnell, wobei sie ihr Gesicht hinter dem Muff verbarg:

»Ich bin allein! Mir fällt es schwer, sehr schwer, allein zu leben, auf der ganzen Welt habe ich niemanden außer Ihnen. Bitte, verlassen Sie mich nicht!«

Während sie ihr Taschentuch suchte, um die Tränen zu trocknen, lächelte sie. Wir schwiegen eine Zeitlang, dann umarmte ich sie und küßte sie, und dabei kratzte ich mir die Wange an der Nadel blutig, mit der ihre Kappe festgesteckt war. Danach sprachen wir miteinander so, als stünden wir uns schon sehr, sehr lange nahe ...

X

Ungefähr zwei Tage darauf schickte sie mich nach Dubečnja, und ich freute mich unbeschreiblich darüber. Als ich zum Bahnhof ging und dann im Zug saß, lachte ich ohne allen Grund, und man sah mich an wie einen Betrunkenen. Es schneite, und morgens fror es noch, doch die Wege färbten sich schon dunkel, und Saatkrähen strichen glänzend darüber hin.

Zuerst hatte ich vorgehabt, die Wohnung für uns – für Maša und mich – in dem Seitengebäude einzurichten, das Frau Čeprakovas Wohnung gegenüberlag, doch wie es sich erwies, hatten sich dort seit langem Tauben und Enten eingenistet; um es zu säubern, hätte man eine Menge Nester zerstören müssen. So blieb uns, ob wir nun wollten oder nicht, nur das eine, in die unbequemen Zimmer des großen Hauses mit den Jalousien zu ziehen. Die Bauern nannten dieses Haus einen Palast, es hatte mehr als zwanzig Zimmer, doch an Möbeln gab es nur ein Klavier und ein Kinderstühlchen, das auf dem Dachboden lag, und selbst wenn Maša ihre ganzen Möbel aus der Stadt mitgebracht hätte, wäre es uns nicht gelungen, den Eindruck düsterer Kälte und Leere zu beseitigen. Ich wählte drei kleine Zimmer, deren Fenster zum Garten hinausgingen, und richtete sie vom frühen Morgen bis in die späte Nacht her. Ich setzte neue Fenster ein, tapezierte die Wände und verschmierte die Ritzen und Löcher im Fußboden. Das war eine leichte und angenehme Arbeit. Hin und wieder lief ich zum Fluß, um zu sehen, ob das Eis schon geborsten war, es schien mir immer, als wären die Stare da. Und nachts dachte ich an Maša und lauschte mit unbeschreiblicher Wonne und ergriffener Freude dem Lärmen der Ratten und dem Brausen und Rütteln des Windes, das sich anhörte, als würde unterm Dach ein alter Hausgeist vom Husten geplagt.

Der Schnee lag hoch, Ende März war noch sehr viel gefallen, doch er taute schnell, wie auf Geheiß eines Zauberers. Die

Frühjahrsgewässer rauschten wild vorüber, und Anfang April lärmten schon die Stare, und im Garten flatterten gelbe Schmetterlinge umher. Das Wetter war herrlich. Jeden Tag ging ich gegen Abend auf die Stadt zu, um Maša abzuholen, und was für ein Genuß war es, barfuß den allmählich trocken werdenden, noch weichen Weg entlangzugehen! Auf halbem Wege machte ich halt, setzte mich und blickte auf die Stadt, ich konnte mich nicht entschließen weiterzugehen. Ihr Anblick verwirrte mich. Ich dachte immer: Was werden wohl meine Bekannten sagen, wenn sie von meiner Liebe erfahren? Was wird mein Vater sagen? Besonders verwirrte mich der Gedanke, daß mein Leben so kompliziert geworden war, daß ich die Fähigkeit verloren hatte, es zu lenken, und daß es mich gleich einem Luftballon Gott weiß wohin trieb. Ich dachte schon nicht mehr daran, wie ich mich ernähren und wie ich leben sollte, sondern ich dachte – wahrhaftig ich weiß nicht mehr, woran ich eigentlich dachte.

Maša kam oft im Wagen gefahren, ich nahm dann neben ihr Platz, und wir fuhren nach Dubečnja, waren fröhlich und fühlten uns frei. Oder aber ich wartete bis Sonnenuntergang und kehrte dann unzufrieden und mürrisch heim, weil ich mir nicht erklären konnte, warum Maša nicht gekommen war, doch bei der Gutseinfahrt oder im Garten erblickte ich eine liebliche Gestalt – sie! Es stellte sich heraus, daß sie den Zug genommen hatte und von der Station zu Fuß hierher gegangen war. Was für eine Freude! In ihrem einfachen Wollkleid, mit einem Tuch um den Kopf und dem bescheidenen kleinen Schirm, aber geschnürt, schlank und mit teuren, ausländischen Stiefelchen an den Füßen, glich sie einer begabten Schauspielerin, die eine Kleinbürgerin darstellt. Wir sahen uns die Wirtschaft an und beschlossen, wer in welchem Zimmer wohnen werde und wo einmal die Alleen, der Gemüsegarten und die Imkerei sein würden. Wir besaßen schon Hühner, Enten und Gänse, die wir liebten, weil sie uns gehörten. Hafer, Klee, Wiesengras, Buchweizen und Gemüsesamen hatten wir schon zur Aussaat vorbereitet, und jedesmal betrachteten wir uns das alles und unterhielten uns lange darüber, wie die Ernte ausfallen würde, und alles, was Maša sagte, schien mir ungewöhnlich klug und schön zu sein. Es war die glücklichste Zeit meines Lebens.

Bald nach Ostern ließen wir uns in dem Dorf Kurilovka, das drei Verst von Dubečnja entfernt lag, in unserer Gemeindekirche trauen. Maša wollte, daß alles möglichst einfach sei. Auf ihren Wunsch waren Bauernburschen die Brautführer, nur der Küster sang, und wir kehrten auf einem kleinen, wackligen Wagen heim, den sie selbst lenkte. An Gästen aus der Stadt war nur meine Schwester Kleopatra gekommen, der Maša drei Tage vor der Hochzeit einen Brief geschrieben hatte. Meine Schwester trug ein weißes Kleid und Handschuhe. Während der Trauung weinte sie leise vor Rührung und Freude, der Ausdruck ihres Gesichtes war mütterlich und unendlich gütig. Unser Glück berauschte sie, sie lächelte, als atme sie süße, betäubende Dämpfe ein, und als ich sie während der Trauung ansah, begriff ich, daß es für sie nichts Höheres auf der Welt gab als die Liebe, die irdische Liebe, und daß sie heimlich und schüchtern, doch fortwährend und leidenschaftlich von ihr träumte. Sie umarmte Maša und küßte sie, und da sie nicht wußte, wie sie ihr Entzücken ausdrücken sollte, sagte sie von mir:

»Er ist gut! Er ist so gut!«

Ehe sie von uns wegfuhr, zog sie ihr Alltagskleid an und führte mich in den Garten, um mit mir unter vier Augen zu sprechen.

»Der Vater ist sehr ärgerlich, weil du ihm nichts geschrieben hast«, sagte sie, »du hättest ihn um seinen Segen bitten sollen. Doch im Grunde genommen ist er sehr zufrieden. Er sagt, diese Heirat würde dich in den Augen der ganzen Gesellschaft heben und du würdest dich dann unter Marija Viktorovnas Einfluß dem Leben gegenüber ernsthafter verhalten. Abends sprechen wir jetzt nur noch von dir, und gestern hat er sogar gesagt: ›Unser Misail‹. Darüber habe ich mich gefreut. Wahrscheinlich hat er irgend etwas vor, mir scheint, er will dir ein Beispiel von Großmut geben und als erster von Versöhnung sprechen. Ich halte es für durchaus möglich, daß er in den nächsten Tagen hierher zu euch kommt.«

Sie bekreuzigte sich mehrere Male eilig und sagte:

»Nun, beschütze dich Gott und werde glücklich. Anjuta Blagovo ist ein sehr kluges Mädchen, sie sagt, deine Heirat ist eine neue Prüfung, die dir Gott geschickt habe. Was soll man tun? Im Leben einer Familie gibt es nicht nur Freuden, sondern auch Leiden. Ohne sie geht es nun einmal nicht.«

Maša und ich begleiteten sie noch drei Verst; auf dem Rückweg gingen wir langsam und schweigend, als ruhten wir uns aus. Maša hielt mich bei der Hand, mir war leicht ums Herz, und ich wollte schon nicht mehr von Liebe sprechen. Nach der Trauung fühlten wir uns noch mehr miteinander verbunden, und uns schien, nichts könne uns mehr voneinander trennen.

»Deine Schwester ist ein sympathisches Geschöpf«, sagte Maša, »aber sie macht den Eindruck, als habe man sie lange gequält. Dein Vater muß ein entsetzlicher Mensch sein.«

Ich begann zu erzählen, wie ich und meine Schwester erzogen wurden und wie qualvoll und unsinnig unsere Kindheit verlief. Als sie erfuhr, daß mich mein Vater noch vor ganz kurzer Zeit geschlagen hatte, zuckte sie zusammen und schmiegte sich an mich.

»Erzähl nicht weiter«, sagte sie rasch, »das ist ja furchtbar.«

Jetzt trennte sie sich nicht mehr von mir. Wir wohnten in dem großen Haus in unseren drei Zimmern und schlossen abends fest die Tür zu, die in den leerstehenden Teil des Hauses führte – als ob dort jemand lebte, den wir nicht kannten und den wir fürchteten. Ich stand sehr früh auf, bei Sonnenaufgang, und widmete mich sofort irgendeiner Arbeit. Ich reparierte Wagen, legte im Garten Wege an, grub Beete um und strich das Hausdach. Als es Zeit wurde, den Hafer auszusäen, versuchte ich mich im Ackern, Eggen und Säen, ich tat das alles gewissenhaft und stand einem Landarbeiter in nichts nach. Ich war immer sehr müde, von dem Regen und dem scharfen, kalten Wind brannten mir noch lange Gesicht und Beine, und nachts sah ich im Traum gepflügtes Ackerland vor mir. Doch die Feldarbeit machte mir keinen Spaß. Ich verstand nichts von Landwirtschaft und mochte sie nicht, vielleicht kam das daher, weil meine Vorfahren keine Bauern waren und in meinen Adern reines Städterblut floß. Die Natur liebte ich innig, ich liebte auch die Felder, Wiesen und Gärten, doch der Bauer, der mit seinem Holzpflug die Erde zerfurchte, seinen dürren Klepper antrieb, zerlumpt und durchnäßt war und den Kopf vorstreckte, war für mich der Inbegriff einer rohen, wilden, unschönen Kraft, und wenn ich seine schwerfälligen Bewegungen sah, dachte ich jedesmal unwillkürlich an jenes längst vergangene, legendäre Zeitalter, in dem die Menschen noch nichts vom Gebrauch des Feuers gewußt hatten. Ein zorniger Stier, der neben der Kuhherde der Bauern herschritt, oder Pferde, die mit klappernden Hufen durch das Dorf galoppierten, jagten mir Furcht ein, und alles, was ein wenig groß, stark und wütend war – sei es ein gehörnter Hammel, ein Gänserich oder ein Kettenhund –, schien mir ein Ausdruck dieser rohen, wilden Kraft zu sein. Diese innere Furcht regte sich in mir vor allem bei schlechtem Wetter, wenn schwere Wolken über dem schwarzen, frisch gepflügten Feld hingen. Vor allem aber fehlte mir, wenn ich pflügte oder säte und zwei, drei Bauern am Feldrand standen und zusahen, wie ich das machte, das Bewußtsein der Unvermeidlichkeit und Notwendigkeit dieser Arbeit, und mir kam es vor, als mache ich das nur zum Spaß. So zog ich es vor, irgend etwas auf dem Hof zu machen, und nichts gefiel mir besser, als ein Dach zu streichen.

Ich ging durch den Garten und über die Wiese zu unserer Mühle. Sie war von Stepan gepachtet worden, einem Bauern aus Kurilovka, einem schönen Mann mit dunkler Gesichtsfarbe, dichtem schwarzem Bart und dem Aussehen eines Athleten. Die Arbeit eines Müllers liebte er nicht, er fand sie langweilig und unvorteilhaft und wohnte nur in der Mühle, um nicht zu Hause wohnen zu müssen. Er war Sattler, und in seiner Nähe roch es immer angenehm nach Pech und Leder. Das Reden liebte er ebenfalls nicht, er war träge, rührte sich kaum vom Fleck und sang immer leise »ulululu« vor sich hin, wenn er am Flußufer oder auf der Türschwelle saß. Manchmal kamen aus Kurilovka seine Frau und seine Schwiegermutter zu ihm, beide hatten weiße Gesichter und etwas Schmachtendes und Demütiges an sich. Sie verbeugten sich tief vor ihm und nannten ihn Sie und Stepan Petrovič. Und er beantwortete ihre Verbeugung weder mit einem Wort noch mit einer Geste, setzte sich abseits ans Flußufer und sang leise ›ulululu‹. Ein bis zwei Stunden vergingen in völligem Schweigen. Die Schwiegermutter und die Frau flüsterten schließlich miteinander, erhoben sich und blickten ihn eine Zeitlang an, in der Hoffnung, er würde sich vielleicht umwenden, dann verbeugten sie sich tief und sagten mit süßer, singender Stimme:

»Leben Sie wohl, Stepan Petrovič!«

Und damit gingen sie fort. Dann nahm Stepan das Bündel mit Kringeln oder das Hemd an sich, das sie ihm dagelassen hatten, seufzte auf, zwinkerte in die Richtung der Davongegangenen und sagte:

»Diese Frauen!«

Die Mühle arbeitete in zwei Gängen Tag und Nacht. Ich half Stepan, weil es mir Spaß machte, und wenn er einmal fortging, vertrat ich ihn gern.

XI

Nach den warmen, klaren Tagen begann das schlechte Wetter, den ganzen Mai über regnete es, und es war kalt und morastig. Das Rauschen der Mühlräder und des Regens verführten zu Faulheit und Schläfrigkeit. Der Fußboden zitterte, es roch nach Mehl, und auch das rief Schläfrigkeit hervor. Meine Frau erschien etwa zweimal am Tag in einem kurzen Halbpelz und in hohen Bauernstiefeln und sagte immer ein und dasselbe:

»Und das nennt sich nun Sommer! Das ist ja schlimmer als im Oktober!«

Wir tranken zusammen Tee, kochten Brei oder saßen stundenlang, ohne ein Wort zu sprechen, beisammen und warteten darauf, daß der Regen aufhörte. Als Stepan einmal auf den Jahrmarkt gegangen war, blieb Maša die ganze Nacht über in der Mühle. Als wir aufstanden, konnten wir nicht erkennen, wie spät es war, der ganze Himmel hing voller Regenwolken, nur in Dubečnja krähten schläfrig die Hähne, und die Wachtelkönige schrien auf der Wiese; es war noch sehr früh ... Ich ging mit meiner Frau zum Wehrteich hinab, und dort zogen wir die Reuse heraus, die Stepan am Abend zuvor in unserer Gegenwart aufgestellt hatte. Ein großer Barsch zappelte darin, und ein Krebs streckte, sich spreizend, seine Scheren nach oben.

»Laß sie frei«, sagte Maša. »Sollen auch sie glücklich sein.«

Weil wir sehr früh aufgestanden waren und dann nichts zu tun hatten, kam mir der Tag sehr lang vor, er erschien mir als der längste Tag meines Lebens. Gegen Abend kehrte Stepan zurück, und ich ging nach Hause, zum Gut.

»Heute ist dein Vater hier gewesen«, sagte mir Maša.

»Wo ist er denn?« fragte ich.

»Er ist wieder weggefahren. Ich habe ihn nicht empfangen.«

Als sie sah, daß ich dastand und kein Wort hervorbrachte und daß mir mein Vater leid tat, sagte sie:

»Man muß konsequent sein. Ich habe ihn nicht empfangen und ihm sagen lassen, daß er sich in Zukunft keine Sorgen mehr zu machen braucht und uns nicht mehr besuchen soll.«

Einen Augenblick später war ich schon zum Tor hinaus und ging auf die Stadt zu, um mich mit meinem Vater auszusprechen. Es war morastig, glitschig und kalt. Zum erstenmal seit meiner Hochzeit war mir traurig zumute, und durch mein von diesem langen, grauen Tag erschöpftes Hirn schoß der Gedanke, daß vielleicht das Leben, das ich führte, nicht richtig sei. Ich wurde müde, in mir machten sich allmählich Kleinmut und Trägheit breit, ich mochte nicht mehr gehen und nicht mehr nachdenken, ich wanderte noch ein Stück, gab dann plötzlich meine Absicht auf und kehrte um.

Mitten auf dem Hof stand der Ingenieur in einem Ledermantel mit Kapuze und sagte laut:

»Wo sind die Möbel? Hier waren herrliche Empiremöbel, Bilder, Vasen, und jetzt ist kein Krümchen mehr da! Ich habe doch das Gut zusammen mit allen Möbeln gekauft, zum Teufel!«

Neben ihm stand der Arbeiter der Generalin, Moisej, und knetete die Mütze in seinen Händen, er war ein magerer, pockennarbiger Bursche von etwa fünfundzwanzig Jahren mit kleinen, frechen Äuglein; seine eine Wange war dicker als die andere, als hätte er zu lange darauf gelegen.

»Euer Hochwohlgeboren geruhten das Gut ohne Möbel zu kaufen«, sagte er unentschlossen. »Ich erinnere mich noch daran.«

»Ruhe!« schrie der Ingenieur, lief rot an und begann am ganzen Körper zu zittern, und aus dem Garten schallte laut das Echo seines Ausrufs.

XII

Wenn ich irgend etwas im Garten oder auf dem Hof machte, stand Moisej daneben, die Hände auf dem Rücken, und sah mich träge und frech mit seinen kleinen Äuglein an. Und das regte mich immer derart auf, daß ich die Arbeit sein ließ und wegging.

Von Stepan erfuhren wir, daß dieser Moisej der Liebhaber der Generalin war. Ich bemerkte, daß sich die Leute zuerst an Moisej wandten, wenn sie zu ihr kamen, um sich Geld zu leihen, und einmal sah ich, wie ein Bauer, der ganz schwarz aussah und wahrscheinlich ein Köhler war, sich vor ihm bis zur Erde verneigte. Manchmal gab er auch nach einer kurzen, im Flüsterton geführten Unterhaltung selbst Geld heraus, ohne es der Herrin zu melden, woraus ich schloß, daß er hin und wieder selbständig, auf eigene Rechnung, operierte.

Er schoß im Garten unmittelbar vor unseren Fenstern, schleppte Eßwaren aus unserem Keller, benutzte, ohne zu fragen, die Pferde, und wir waren empört und glaubten nicht mehr, daß Dubečnja uns gehörte – Maša sagte oft mit bleichem Gesicht:

»Müssen wir denn wirklich mit diesen Scheusalen noch anderthalb Jahre zusammenleben?«

Der Sohn der Generalin, Ivan Čeprakov, war als Schaffner bei unserer Eisenbahn angestellt. Während des Winters war er sehr abgemagert und ganz schwach geworden, so daß er von einem Glas schon betrunken wurde und im Schatten zu frösteln begann. Die Schaffneruniform trug er nur widerwillig, er schämte sich ihrer, doch hielt er diesen Posten für vorteilhaft, weil er Kerzen stehlen und sie verkaufen konnte. Meine neue Lage erweckte in ihm ein gemischtes Gefühl, das sich aus Erstaunen, Neid und der unklaren Hoffnung zusammensetzte, auch ihm könnte etwas Ähnliches widerfahren. Er verfolgte Maša mit verzückten Blicken, fragte, was ich jetzt zu Mittag äße, und sein hageres, häßliches Gesicht bekam einen melancholischen, süßlichen Ausdruck, und er bewegte die Finger, als befühle er mein Glück.

»Hör mal, kleiner Nutzen«, sagte er geschäftig und zündete sich alle Augenblicke wieder die Zigarette an – da, wo er stand, war es immer schmutzig, denn für eine einzige Zigarette brauchte er Dutzende von Streichhölzern –, »hör mal, mein Leben ist jetzt einfach widerwärtig. Vor allen Dingen kann mich jetzt jeder Fähnrich anschreien: ›He, du da, Schaffner!‹ Ich muß mir im Zug viel anhören, Bruder, und da habe ich jetzt endlich begriffen, was das für ein scheußliches Leben ist! Meine Mutter hat mich zugrunde gerichtet! Ein Doktor hat mir einmal in einem Abteil gesagt: Wenn die Eltern lasterhaft sind, werden die Kinder Säufer oder Verbrecher. Daran liegt es nämlich!«

Einmal kam er stark schwankend auf unseren Hof. Seine Augen irrten abwesend umher, und er atmete schwer. Er lachte, weinte und redete wie im Fieber, und von seinen verworrenen Reden verstand ich nur die Worte: »Meine Mutter! Wo ist meine Mutter?«, die er wie ein weinendes Kind hervorstieß, das in einer Menschenmenge seine Mutter verloren hat. Ich führte ihn zu mir in den Garten und legte ihn dort unter einen Baum, und dann saßen Maša und ich den ganzen Tag und die ganze Nacht abwechselnd neben ihm. Ihm war übel, und Maša sah voller Abscheu in sein blasses, feuchtes Gesicht und sagte:

»Werden diese Scheusale wirklich noch anderthalb Jahre auf unserem Hof leben? Das wäre fürchterlich! Das wäre fürchterlich!«

Und wieviel Ärger machten uns die Bauern! Wieviel schwere Enttäuschungen bereiteten sie uns in der ersten Zeit, während der Frühlingsmonate, in denen wir so glücklich sein wollten! Meine Frau ließ eine Schule bauen. Ich hatte den Plan einer Schule für sechzig Jungen entworfen, und das Landamt hatte ihn bestätigt, jedoch den Rat gegeben, sie in dem großen Dorf Kurilovka zu errichten, das nur drei Verst von uns entfernt lag. Die jetzige Schule in Kurilovka, die von Kindern aus vier Dörfern besucht wurde, zu denen auch unser Dubečnja gehörte, war alt und eng, und auf dem verfaulten Fußboden konnte man nur mit größter Vorsicht gehen. Ende März wurde Maša auf eigenen Wunsch zur Protektorin dieser Schule ernannt, und Anfang April gab es dreimal Versammlungen, auf denen man versuchte, die Bauern davon zu überzeugen, daß ihre Schule alt und eng sei und unbedingt eine neue gebaut werden müsse. Ein Vertreter des Landamtes und ein Volksschulinspektor kamen und redeten ebenfalls auf die Bauern ein. Nach jeder Versammlung umringten uns die Bauern und baten um einen Eimer Schnaps; uns wurde heiß in der Menge, wir waren bald müde und kehrten unzufrieden und ein wenig verwirrt nach Hause zurück. Schließlich gaben die Bauern das Land für die Schule her und verpflichteten sich, das ganze Baumaterial mit ihren Pferden aus der Stadt herbeizuschaffen. Und sowie die Bauern mit der Sommeraussaat fertig waren, fuhren sie schon am ersten Sonntag aus Kurilovka und Dubečnja mit ihren Gespannen los, um Ziegelsteine für das Fundament zu holen. Sie brachen im Morgengrauen auf und kamen spät abends wieder, die Bauern waren betrunken und sagten, sie hätten sich fast zu Tode geschuftet.

Ausgerechnet den ganzen Mai über wollten Regen und Kälte nicht nachlassen. Die Wege wurden unbefahrbar und morastig. Die Gespanne fuhren, wenn sie aus der Stadt kamen, gewöhnlich auf unseren Hof – wie entsetzlich war das jedesmal! Ein Pferd tauchte in der Toreinfahrt auf, es hatte einen Hängebauch und gespreizte Vorderbeine; bevor es sich auf den Hof schleppte, senkte es den Kopf; auf einem auseinandergezogenen Leiterwagen kroch ein feuchter, glitschig aussehender, zwölf Aršin langer Balken in den Hof; neben ihm schritt, wegen des Regens vermummt, ein Bauer, er hatte die Rockschöße in den Gürtel gesteckt, sah nicht auf den Weg und wich den Pfützen nicht aus. Dann erschien eine Fuhre mit Brettern, dann eine mit einem Balken, dann eine . . . und allmählich füllte sich der Platz vor dem Haus mit Pferden, Balken und Brettern. Die Bauern und Bäuerinnen mit ihren vermummten Köpfen und geschürzten Röcken starrten böse auf unsere Fenster, lärmten herum und verlangten, die Herrin solle herauskommen; überall hörte man grobe Flüche. Etwas abseits stand Moisej, und uns kam es so vor, als bereite ihm unsere Schande Vergnügen.

»Wir fahren nicht mehr!« schrien die Bauern. »Wir sind halbtot! Soll sie doch selber fahren!«

Maša schickte bleich und verstört das Geld für einen halben Eimer Schnaps hinaus, denn sie glaubte, die Bauern würden gleich in ihr Haus gestürzt kommen. Danach legte sich der Lärm, und die langen Balken krochen einer nach dem anderen wieder vom Hof.

Als ich zu der Baustelle gehen wollte, wurde meine Frau ganz aufgeregt und sagte:

»Die Bauern sind wütend. Wenn sie dir nur nichts tun. Nein, warte lieber, ich fahre mit.«

Wir fuhren zusammen nach Kurilovka, und dort baten uns die Zimmerleute um ein Trinkgeld. Das Holzgerüst war schon fertig, es war an der Zeit, das Fundament zu legen, doch die Maurer kamen nicht, alles verzögerte sich, und die Zimmerleute murrten. Als aber endlich die Maurer erschienen, erwies es sich, daß kein Sand da war – man hatte einfach nicht daran gedacht, daß er gebraucht wurde. Die Bauern machten sich unsere ausweglose Lage zunutze und verlangten dreißig Kopeken für eine Fuhre, obwohl der Fluß, wo der Sand geholt wurde, nicht einmal eine viertel Verst von der Baustelle entfernt lag und mehr als fünfhundert Fuhren notwendig waren. Die Mißverständnisse, Schimpfereien und Betteleien nahmen kein Ende, meine Frau war empört, und der Maurerpolier Tit Petrov, ein siebzigjähriger Greis, nahm ihre Hand und sagte:

»Schau mal her! Schau doch mal her! Brauchst mir nur den

Sand zu bringen, dann stelle ich dir sofort zehn Mann, und in zwei Tagen ist alles fertig. Schau mal her!«

Der Sand wurde gebracht, doch es vergingen zwei Tage, und dann vier, und dann eine Woche, aber an der Stelle des zukünftigen Fundaments gähnte immer noch ein Graben.

»Es ist zum Wahnsinnigwerden!« regte sich meine Frau auf. »Was für ein Volk ist das nur! Was für ein Volk!«

In all diesem Durcheinander erschien bei uns der Ingenieur Viktor Ivanyč. Er brachte kleine Säcke mit Wein und Delikatessen mit, aß lange, legte sich dann auf der Terrasse schlafen und schnarchte dermaßen, daß die Arbeiter die Köpfe wiegten und sagten:

»Beachtlich, beachtlich!«

Maša freute sich nicht über seinen Besuch, sie traute ihm nicht, aber sie beriet sich trotzdem mit ihm. Als er nach dem Mittagsschlaf mißgelaunt aufstand, sich abfällig über unsere Wirtschaft äußerte und seinem Bedauern Ausdruck gab, Dubečnja gekauft zu haben, weil es ihm so viel Verluste eingebracht hatte, bekam Mašas Gesicht einen gequälten Ausdruck, sie klagte ihm ihre Not, und er gähnte und erklärte, man müsse den Bauern das Fell ordentlich über die Ohren ziehen.

Unsere Heirat und unser Leben nannte er eine Komödie und sagte, das sei nur eine Laune, eine Spielerei.

»Etwas Ähnliches hab ich schon einmal mit ihr erlebt«, erzählte er mir von Maša. »Sie bildete sich ein, sie sei eine Opernsängerin, und verließ mich, ich habe sie dann zwei Monate gesucht, und allein für Telegramme, mein Bester, habe ich tausend Rubel ausgegeben.«

Er nannte mich jetzt weder Sektierer noch Herr Malermeister, und zu meinem Arbeiterleben verhielt er sich nicht mehr so wohlwollend wie früher, sondern sagte:

»Sie sind ein sonderbarer Mensch! Ein anormaler Mensch sind Sie! Ich will nicht den Propheten spielen, aber mit Ihnen wird es einmal ein schlimmes Ende nehmen!«

Maša schlief nachts schlecht, und sie überlegte immer etwas, wenn sie am Fenster unseres Schlafzimmers saß. Beim Abendbrot gab es kein Lachen und auch kein drolliges Fratzenschneiden mehr. Ich litt, und wenn es regnete, bohrte sich jeder Tropfen wie ein Schrotkorn in mein Herz, ich wäre am liebsten vor Maša auf die Knie gefallen und hätte mich wegen des Wetters entschuldigt. Wenn auf dem Hof die Bauern herumlärmten, fühlte ich mich ebenfalls schuldig. Stundenlang saß ich an ein und derselben Stelle und dachte nur daran, was für ein prachtvoller, was für ein wunderbarer Mensch Maša sei. Ich liebte sie leidenschaftlich, und mich entzückte alles, was sie tat, und alles, was sie sagte. Sie hatte eine Vorliebe für stille Beschäftigungen im Arbeitszimmer, sie las oder studierte gern etwas. Sie kannte die Landwirtschaft nur aus Büchern, doch sie setzte uns alle mit ihrem Wissen in Erstaunen, die Ratschläge, die sie gab, waren immer gut, und jeder erfüllte seinen Zweck. Und wieviel Vornehmheit, Geschmack und Großzügigkeit besaß sie dabei, jene Großzügigkeit, die nur wohlerzogene Menschen kennen!

Für diese Frau mit ihrem gesunden, regen Verstand waren die unordentlichen Verhältnisse mit den kleinen Sorgen und Beschwernissen, unter denen wir jetzt lebten, etwas Qualvolles; ich sah dies und konnte selbst nachts nicht mehr schlafen, in meinem Kopf arbeitete es, und die Tränen würgten mich. Ich suchte verzweifelt nach einem Ausweg und wußte nicht, was ich tun sollte.

Ich ritt in die Stadt und brachte Maša Bücher, Zeitungen, Konfekt und Blumen mit, ich ging zusammen mit Stepan Fische fangen, watete stundenlang bei Regen im kalten Wasser herum, das mir oft bis an den Hals reichte, nur um eine Aalraupe zu fangen und damit mehr Abwechslung in unsere Mahlzeiten zu bringen; ich bat die Bauern demütig, nicht herumzulärmen, ich gab ihnen Vodka, bestach sie und versprach ihnen alles mögliche. Was für Dummheiten stellte ich nicht an!

Schließlich hörte der Regen auf, und die Erde wurde trocken. Wenn man in aller Frühe, etwa um vier Uhr aufstand und in den Garten hinausging, dann funkelte auf den Blumen der Tau, die Vögel zwitscherten, die Insekten summten, und am Himmel war kein einziges Wölkchen zu sehen. Garten, Wiese, Fluß – wie herrlich waren sie, aber dann kamen die Erinnerungen an die Bauern, an die Gespanne und an den Ingenieur! Maša und ich fuhren in einem kleinen Wagen auf die Felder hinaus, um uns den Hafer anzusehen. Sie lenkte, und ich saß hinter ihr; sie hatte die Schultern hochgezogen, und der Wind spielte in ihren Haaren.

»Rechts halten!« schrie sie den uns entgegenkommenden Wagen zu.

»Du bist wie ein richtiger Kutscher«, sagte ich einmal zu ihr.

»Das kann schon sein! Mein Großvater, der Vater des Ingenieurs, war doch Kutscher. Wußtest du das nicht?« fragte sie, drehte sich um und machte sofort das Geschrei und den Gesang eines Kutschers nach.

Gott sei Dank! dachte ich, während ich ihr zuhörte. Gott sei Dank!

Und wieder kamen die Erinnerungen an die Bauern, an die Gespanne und an den Ingenieur ...

XIII

Der Doktor Blagovo kam auf einem Fahrrad angefahren. Auch meine Schwester war häufig bei uns. Wieder unterhielten wir uns über die physische Arbeit, über den Fortschritt und über das geheimnisvolle X, das die Menschheit in ferner Zukunft erwartete. Der Doktor mochte unsere Landwirtschaft nicht, weil sie uns am Diskutieren hinderte, und er meinte, das Pflügen, Mähen und Kälberhüten sei eines freien Menschen unwürdig, und die Menschen würden all diese rohen Arten des Existenzkampfes mit der Zeit den Tieren und Maschinen übertragen und sich selbst ausschließlich wissenschaftlichen Forschungen widmen. Meine Schwester bat immerfort darum, sie doch früher nach Hause gehen zu lassen, und wenn sie einmal bis zum späten Abend blieb oder gar bei uns übernachtete, dann konnte sie sich überhaupt nicht mehr beruhigen.

»Mein Gott, was für ein Kind Sie noch sind!« sagte Maša vorwurfsvoll. »Das ist doch beinahe schon lächerlich.«

»Ja, es ist lächerlich«, pflichtete meine Schwester ihr bei, »ich sehe ein, daß es lächerlich ist, doch was soll ich machen, wenn ich einfach nicht die Kraft habe, mich zu überwinden? Ich bilde mir ein, ich tue etwas Schlechtes.«

Während der Heumahd schmerzte mir von der ungewohnten Arbeit der ganze Körper. Wenn ich abends mit den Meinen auf der Terrasse saß und mich mit ihnen unterhielt, schlief ich plötzlich ein, und dann wurde ich laut ausgelacht. Man weckte mich und setzte mich an den Abendbrottisch, ich kämpfte mit dem Schlaf und sah all die Lichter, Gesichter und Teller wie durch einen Schleier, hörte die Stimmen und verstand sie nicht. Aber sobald ich frühmorgens aufgestanden war, griff ich wieder zur Sense oder ging zur Baustelle und arbeitete den ganzen Tag.

Blieb ich an Feiertagen zu Haus, so merkte ich, daß meine Frau und die Schwester etwas vor mir verbargen und mich sogar mieden. Meine Frau war genauso zärtlich zu mir wie früher, aber sie beschäftigten irgendwelche Gedanken, die sie mir nicht mitteilte. Es bestand kein Zweifel, daß ihre Abneigung gegen die Bauern ständig wuchs, das Leben wurde für sie immer schwerer, sie beklagte sich bei mir jedoch nicht mehr darüber. Sie sprach jetzt viel lieber mit dem Doktor als mit mir, und ich begriff nicht, warum.

In unserem Gouvernement war es Sitte, daß während der Heumahd oder der Getreideernte die Landarbeiter abends auf den Herrenhof kamen und dort mit Schnaps bewirtet wurden – sogar junge Mädchen tranken ein Glas. Wir hielten uns nicht daran; die Mäher und die Weiber standen bis zum späten Abend auf unserem Hof herum und warteten auf Schnaps, und schließlich gingen sie schimpfend fort. Maša aber zog streng die Brauen zusammen und schwieg, oder sie sagte gereizt mit halblauter Stimme zum Doktor:

»Diese Wilden! Diese Petschenegen!«

Auf dem Dorf werden ebenso wie in der Schule Neulinge unfreundlich, ja fast feindlich aufgenommen. So erging es auch uns. In der ersten Zeit hielt man uns für dumme, einfältige Leute, die sich nur deshalb ein Gut gekauft hatten, weil sie nicht wußten, wohin mit dem Geld. Wir wurden ausgelacht. In unserem Wald und sogar in unserem Garten weideten die Bauern ihr Vieh, sie trieben unsere Kühe und Pferde zu sich ins Dorf und verlangten dann Schadenersatz von uns. Sie erschienen in Scharen auf unserem Hof und erklärten laut lärmend, wir hätten beim Mähen einen Zipfel Land von irgendeinem Byčeevka oder Semenicha, der uns nicht gehörte, nicht berücksichtigt, und da wir unsere Flurgrenzen noch nicht genau kannten, glaubten wir ihnen aufs Wort und zahlten die Strafgelder, später aber stellte sich immer heraus, daß wir auf unserem eigenen Grund und Boden gemäht hatten. In unserem Wald schälten die Bauern die Rinde von den Linden ab. Ein wohlhabender Bauer aus Dubečnja, der ohne Erlaubnis mit Schnaps handelte, bestach unsere Arbeiter und betrog uns dann zusammen mit ihnen auf die allergemeinste Weise: die neuen Räder an den Wagen ersetzte er durch alte, er stahl die Kummete und verkaufte sie wieder an uns und so weiter. Doch am niederträchtigsten von allem war, was in Kurilovka auf der Baustelle geschah. Dort stahlen die Bauernweiber nachts Bretter, Ziegelsteine, Kacheln und Eisen, der Dorfälteste führte darauf mit einigen Zeugen Haussuchungen durch, die Bauernversammlung belegte jedes der Weiber mit einer Strafe von zwei Rubel, und dann wurden diese Strafgelder von der ganzen Gemeinde vertrunken.

Wenn Maša davon erfuhr, sagte sie empört zu dem Doktor oder zu meiner Schwester:

»Was für Tiere! Das ist doch furchtbar! Furchtbar ist doch das!«

Mehr als einmal hörte ich, wie sie ihr Bedauern darüber ausdrückte, daß sie sich vorgenommen hatte, eine Schule zu bauen.

»So verstehen Sie doch«, sagte der Doktor und versuchte sie zu überzeugen, »so verstehen Sie doch, daß Sie, wenn Sie eine Schule bauen oder überhaupt Gutes tun, dies nicht für die Bauern, sondern im Namen der Kultur, im Namen der Zukunft tun. Und je schlimmer die Bauern sind, desto mehr Grund haben Sie, eine Schule zu bauen. So verstehen Sie doch!«

In seiner Stimme schwang aber Unsicherheit mit, und mir schien, daß er und Maša die Bauern haßten.

Maša ging oft zur Mühle und nahm meine Schwester mit, beide erklärten dann lachend, sie wollten sich Stepan anschauen, weil er so hübsch sei. Wie es sich zeigte, war Stepan nur im Umgang mit Männern schwerfällig und wortkarg, in der Gesellschaft von Frauen benahm er sich ungezwungen und redete ohne Pause. Als ich einmal zum Fluß gegangen war, um zu baden, belauschte ich unbeabsichtigt ihre Unterhaltung. Maša und Kleopatra saßen in weißen Kleidern am Ufer im Schatten einer Weide, und Stepan stand daneben, die Hände auf dem Rücken, und sagte:

»Sind denn diese Bauern noch Menschen? Das sind keine Menschen, sondern, Sie entschuldigen, Tiere, Scharlatane. Was für ein Leben führt der Bauer? Nur essen und trinken, zu Hause eine Wassersuppe, dafür aber in der Schenke sinnlos herumbrüllen, keine vernünftigen Gespräche, keine Lebensart, keine Umgangsformen – dumm wie Bohnenstroh! Er hockt im Dreck, die Frau hockt im Dreck, und die Kinder hocken im Dreck, was er gerade anhat, damit legt er sich schlafen, die Kartoffeln fischt er mit den Fingern aus der

Kohlsuppe, den Kvas trinkt er mit den Küchenschaben – wenn er sie wenigstens wegpusten wollte!«

»Das kommt von der Armut!« warf meine Schwester ein.

»Was heißt hier Armut! Das ist schon geradezu Not, aber Not und Not ist zweierlei, meine Gnädigste. Wenn ein Mensch im Gefängnis sitzt oder, sagen wir, blind ist oder keine Beine mehr hat, das ist wirklich schlimm, Gott behüte einen davor, aber wenn ein Mensch frei ist und über seinen Verstand, seine Augen und seine Hände verfügt, wenn er bei Kräften ist und seinen Gott hat – was will er mehr? Das ist nur Übermut, meine Gnädigste, Unwissenheit ist das und nicht Armut. Nehmen wir mal an, Sie als gute Herrin wollten ihm dank Ihrer Bildung, aus reiner Güte eine kleine Hilfe erweisen, er wird Ihr Geld in seiner Niedertracht versaufen oder womöglich, was noch schlimmer wäre, selbst einen Ausschank aufmachen und mit Ihrem Geld das Volk berauben. Sie geruhten zu sagen, das käme von der Armut. Aber lebt denn der reiche Bauer besser? Auch er lebt, Sie entschuldigen, wie ein Schwein. Ein Grobian, Schreihals und Flegel ist er, mehr breit als lang, und diese feste, rote Fresse – ausholen möchte man am liebsten und diesem Schurken eine kleben! Der Larion aus Dubečnja ist auch reich, doch die Linden in Ihrem Wald schält er bestimmt genauso eifrig wie ein Armer. Und fluchen kann er, und seine Kinder fluchen, und wenn er einen zuviel getrunken hat, dann stolpert er mit der Nase vorneweg in eine Pfütze und schläft sich dort aus. Sie taugen allesamt nichts, meine Gnädigste. Wenn man mit ihnen im Dorf zusammenlebt, so ist das die Hölle. Es hängt mir zum Hals heraus, dieses Dorf, und ich danke Gott, dem himmlischen Herrn, daß ich satt und bekleidet bin, meine Zeit bei den Dragonern abgedient habe, drei Jahre lang Dorfältester war und jetzt ein freier Kosak bin: Jetzt lebe ich, wo es mir paßt. Im Dorf will ich nicht wohnen, und niemand hat das Recht, mich dazu zu zwingen. Da heißt es, deine Frau ist doch dort. Du müßtest eigentlich zusammen mit deiner Frau in der Hütte wohnen, sagen sie.

Aber wieso denn? Ich habe mich doch nicht bei ihr verdungen!«

»Sagen Sie, Stepan, haben Sie aus Liebe geheiratet?« fragte Maša.

»Was gibt's bei uns auf dem Dorf schon für eine Liebe?« antwortete Stepan und lachte verächtlich. »Falls es Sie interessiert, meine Gnädigste, ich bin schon zum zweitenmal verheiratet. Ich bin nicht aus Kurilovka, sondern aus Zalegošč, nach Kurilovka bin ich nur als Schwiegersohn gekommen. Mein Vater wollte nämlich nicht das Land unter uns aufteilen – wir waren fünf Brüder, da machte ich eben einen Bückling und ging als Schwiegersohn in ein fremdes Dorf. Meine erste Frau ist jung gestorben.«

»Woran denn?«

»An ihrer Dummheit. Sie hat immer nur geweint und geweint, ohne jeden Grund, und da ist sie immer elender geworden. Sie hat so einen Kräutertee getrunken, um schöner zu werden, und damit hat sie sich bestimmt die Eingeweide kaputt gemacht. Und meine zweite Frau, die aus Kurilovka – was ist schon an der Besonderes dran? Eine Frau vom Lande, ein Bauernweib, weiter nichts. Als ich um ihre Hand anhielt, hat mich das noch irgendwie gereizt, ich dachte, sie ist jung, hat eine weiße Haut, und bei ihnen sieht es sauber aus. Ihre Mutter schien einer Sekte anzugehören, sie trank auch Kaffee, aber die Hauptsache war eben, bei ihnen sah es sauber aus. Ich habe also geheiratet, und am nächsten Tag setzten wir uns zum Essen an den Tisch, und da sagte ich zu der Schwiegermutter, sie soll mir einen Löffel geben, und sie gibt mir auch einen, doch da sehe ich, wie sie ihn mit dem Finger auswischt. Na, dachte ich, das ist ja eine feine Sauberkeit bei euch. Ein Jahr habe ich's bei ihnen ausgehalten, und dann bin ich gegangen. Ich müßte vielleicht eine aus der Stadt heiraten«, fuhr er fort, nachdem er ein Weilchen geschwiegen hatte. »Es heißt immer, die Frau soll dem Manne Gehilfin sein. Wozu brauche ich denn eine Gehilfin, ich helfe mir schon selbst, ich brauche eine, die sich mit mir unterhält, aber nicht so, nicht nur gackgackgack, sondern ausführlich und mit Gefühl. Was für ein Leben ist denn das ohne ein vernünftiges Gespräch!«

Stepan verstummte plötzlich und ließ dann sofort sein langweiliges, monotones ›ulululu‹ hören. Das bedeutete, daß er mich bemerkt hatte.

Maša ging oft zur Mühle, sie fand offensichtlich an den Gesprächen mit Stepan Gefallen; Stepan schimpfte so ehrlich und überzeugt auf die Bauern, und das zog sie an. Wenn sie von der Mühle zurückkam, schrie ihr der verrückte Bauer, der den Garten bewachte, jedesmal zu:

»Jungfer Palaška! Glück auf, Jungfer Palaška!« Und dann bellte er wie ein Hund: »Wau! Wau!«

Und sie blieb stehen und sah ihn aufmerksam an, als fände sie in dem Gebell des Verrückten eine Antwort auf ihre Gedanken, wahrscheinlich fühlte sie sich von ihm ebenso angezogen wie von Stepans Geschimpfe. Und zu Hause erwartete sie irgendeine unangenehme Nachricht, zum Beispiel, daß die Dorfgänse in unserem Garten in den Kohl gegangen waren oder Larion die Zügel gestohlen hatte, und dann zuckte sie mit den Schultern, stieß ein verächtliches Lachen aus und sagte:

»Was kann man von diesen Leuten auch schon verlangen!«

Sie war empört, in ihr kochte es, aber ich gewöhnte mich allmählich an die Bauern und fühlte mich immer mehr zu ihnen hingezogen. Die Mehrzahl von ihnen war nervös, gereizt und gekränkt, es waren Menschen mit einer stumpfen Phantasie, Unwissende mit einem armseligen, engen Horizont, die immer nur an die graue Erde dachten, an graue Tage und an das Schwarzbrot, die schlau waren, aber wie die Vögel nur den Kopf hinter dem Baum versteckten und die vor allem nicht rechnen konnten. Für zwanzig Rubel wollten sie kein Heu mähen, doch für einen halben Eimer Schnaps taten sie es, obwohl sie sich für zwanzig Rubel hätten vier Eimer kaufen können. Es gab in der Tat Schmutz, Trunksucht,

Dummheit und Betrug, doch man spürte dabei, daß das Leben der Bauern einen kräftigen und gesunden Kern hatte. Wie sehr auch der Bauer einem plumpen Tier ähneln mochte, wenn er hinter dem Pflug herschritt, und wie sehr er sich auch mit Schnaps betäubte, man spürte trotz alledem, wenn man ihn von nahem besah, daß etwas Notwendiges und sehr Wichtiges in ihm steckte, was zum Beispiel dem Doktor und Maša fehlte, nämlich der Glaube, daß die Hauptsache auf Erden die Wahrheit sei und daß seine wie des ganzen Volkes Rettung einzig und allein in der Wahrheit liege, weshalb er auch über alles in der Welt die Gerechtigkeit liebte. Ich sagte zu meiner Frau, daß sie die Flecken auf dem Glas sähe, aber nicht das Glas selbst, als Antwort darauf schwieg sie nur oder summte wie Stepan »ulululu«. Wenn diese gute, kluge Frau vor Empörung blaß wurde und mit einem Beben in der Stimme mit dem Doktor von der Trunksucht und den Betrügereien sprach, dann versetzte mich ihre Vergeßlichkeit in Verwunderung und Erstaunen. Wie konnte sie nur vergessen, daß ihr Vater, der Ingenieur, ebenfalls trank, sehr viel sogar, und daß das Geld, mit dem Dubečnja gekauft wurde, mit Hilfe einer ganzen Reihe von gemeinen, gewissenlosen Betrügereien erworben worden war? Wie konnte sie das nur vergessen?

XIV

Meine Schwester lebte ebenfalls ihr eigenes Leben, das sie sorgfältig vor mir verbarg. Oft flüsterte sie mit Maša. Wenn ich zu ihr trat, kroch sie förmlich in sich zusammen, ihr Blick bekam etwas Schuldbewußtes und Flehentliches, offensichtlich ging in ihr etwas vor, was sie ängstigte oder dessen sie sich schämte. Um mir nicht zufällig im Garten zu begegnen oder mit mir allein zu bleiben, hielt sie sich die ganze Zeit in Mašas Nähe auf, und so konnte ich nur selten mit ihr sprechen, höchstens beim Mittagessen.

Eines Abends, als ich von der Baustelle zurückkam, schritt ich leise durch den Garten. Es begann schon dunkel zu werden. Ohne mich zu sehen und meine Schritte zu hören, ging meine Schwester gleich einer Erscheinung völlig lautlos unter einem alten weitverzweigten Apfelbaum auf und ab. Sie trug ein schwarzes Kleid, ging sehr rasch immer auf ein und demselben Pfad hin und her und starrte dabei zu Boden. Ein Apfel fiel von dem Baum, sie erschrak bei diesem Geräusch, blieb stehen und preßte die Hände an die Schläfen. In diesem Augenblick trat ich auf sie zu.

In einer Aufwallung zärtlicher Liebe, die plötzlich mein Herz ergriff, und mit Tränen in den Augen – mir kamen aus irgendeinem Grund unsere Mutter und unsere Kindheit in den Sinn – faßte ich sie bei den Schultern und küßte sie.

»Was hast du?« fragte ich. »Du leidest, ich merke das schon lange. Sag mir doch, was du hast?«

»Ich habe Angst . . .«, sagte sie zitternd.

»Aber was hast du denn?« forschte ich. »Um Gottes willen, sei aufrichtig!«

»Ich werde es, ich werde aufrichtig sein, ich werde dir die ganze Wahrheit sagen. Es vor dir zu verbergen, fällt mir so schwer und ist etwas so Qualvolles! Misail, ich liebe«, fuhr sie flüsternd fort. »Ich liebe, ich liebe . . . Ich bin glücklich, doch warum habe ich nur solche Angst?«

Schritte ertönten, und zwischen den Bäumen erschien Doktor Blagovo im seidenen Hemd und in hohen Stiefeln. Offenbar hatten sie sich an diesem Apfelbaum verabredet. Als sie ihn erblickte, warf sie sich ihm mit einem gequälten Aufschrei entgegen, als sollte er ihr geraubt werden:

»Vladimir! Vladimir!«

Sie schmiegte sich an ihn und schaute ihm gierig ins Gesicht, und erst jetzt fiel mir auf, wie mager und blaß sie in letzter Zeit geworden war. Ganz besonders sah man das an ihrem Spitzenkrägelchen, das ich schon lange kannte und das jetzt lockerer als je zuvor um ihren schlanken, langen Hals lag.

Der Doktor wurde verlegen, faßte sich jedoch gleich wieder und sagte, während er ihr übers Haar strich:

»Aber, aber ... Warum regst du dich so auf? Du siehst doch, ich bin gekommen.«

Wir schwiegen und sahen uns schüchtern an. Dann gingen wir zu dritt weiter, und ich hörte, wie der Doktor zu mir sagte:

»Ein kulturelles Leben hat bei uns noch nicht angefangen. Die Alten trösten sich damit, daß, wenn es auch heute nichts dergleichen gebe, man wenigstens in den vierziger oder sechziger Jahren etwas Ähnliches gekannt habe. Doch das sind die Alten, wir aber sind jung, unser Gehirn ist noch nicht vom Marasmus senilis angegriffen, wir können uns nicht mit solchen Illusionen trösten. Der Anfang Rußlands fällt auf das Jahr 862, aber vom Anfang eines kulturellen Rußlands ist meiner Ansicht nach noch nichts zu merken.«

Doch mich berührten seine Überlegungen nicht. Es schien mir seltsam, und ich wollte es einfach nicht glauben, daß meine Schwester verliebt war, daß sie jetzt neben mir herging, einen Fremden bei der Hand hielt und ihn zärtlich ansah. Meine Schwester, dieses nervöse, verschreckte, eingeschüchterte und unfreie Wesen, liebte einen Mann, der schon verheiratet war und Kinder hatte! Irgend etwas tat mir leid, aber was, das konnte ich nicht recht sagen. Die Gegenwart des Doktors war mir schon unangenehm, und ich konnte mir einfach nicht vorstellen, was aus dieser Liebe einmal werden sollte.

XV

Maša und ich fuhren zur Einweihung der Schule nach Kurilovka.

»Der Herbst, der Herbst, der Herbst ...«, sagte Maša leise und blickte nach allen Seiten. »Der Sommer ist vergangen. Die Vögel sind fort, und nur die Weiden sind noch grün.«

Ja, der Sommer war vergangen. Die Tage waren klar und

warm, doch morgens war es frisch, die Hirten gingen schon im Schafpelz, und der Tau auf den Astern in unserem Garten wollte auch am Tag nicht trocknen. Immerzu erklangen wehmütige Töne, und man wußte nicht, war es ein Fensterladen, der in seinen rostigen Angeln quietschte, oder flogen Kraniche vorüber – und es wurde einem so leicht ums Herz, und man wollte so gern leben.

»Der Sommer ist vergangen«, sagte Maša. »Jetzt können wir Bilanz ziehen. Wir haben viel gearbeitet und viel nachgedacht, wir sind besser davon geworden – Ehre, wem Ehre gebührt! –, wir sind in unserer persönlichen Vervollkommnung weit vorangekommen. Doch haben diese Erfolge etwa einen merklichen Einfluß auf unsere Umgebung ausgeübt, haben sie irgend jemandem Nutzen gebracht? Nein. Die Unwissenheit, der Dreck und der Schmutz, die Trunksucht, die erstaunlich hohe Kindersterblichkeit – alles ist geblieben, wie es war, und daß du gepflügt und gesät hast und ich Geld ausgegeben und Bücher gelesen habe, hat niemandem geholfen. Offensichtlich haben wir nur für uns gearbeitet und nur für uns so tiefschürfende Überlegungen angestellt.«

Dergleichen Erwägungen verwirrten mich, und ich wußte nicht mehr, was ich denken sollte.

»Wir waren von Anfang bis Ende aufrichtig«, sagte ich, »und wer aufrichtig ist, der ist auch im Recht.«

»Wer bestreitet das? Wir sind im Recht gewesen, doch wir haben das, worin wir recht hatten, falsch verwirklicht. Vor allem unser Herangehen – war das etwa richtig? Du willst den Leuten nützlich sein, doch schon dadurch, daß du dir ein Gut kaufst, nimmst du dir von Anfang an jede Möglichkeit, etwas Nützliches für sie zu tun. Und wenn du dann noch wie ein Bauer arbeitest, dich so kleidest und auch so ißt wie er, dann erhebst du durch deine Autorität diese schwere, plumpe Kleidung, diese furchtbaren Hüte und diese dummen Bärte noch zu einem Gesetz für alle ... Nehmen wir andererseits an, daß du lange arbeitest, sehr lange, dein ganzes Leben lang, und daß sich am Ende doch einige praktische Resultate zeigen – aber was sind schon deine praktischen Resultate gegen solche Elementarkräfte wie die Unwissenheit einer Herde, wie Hunger, Kälte und Entartung? Ein Tropfen im Meer! Hier sind andere Kampfmaßnahmen nötig, und zwar starke, kühne und rasch wirkende. Wenn du wirklich nützlich sein willst, dann verlasse den engen Kreis gewöhnlicher Tätigkeit und versuche unmittelbar auf die Massen einzuwirken! Vor allem muß man seine Ideen laut und energisch verkünden. Warum hat die Kunst, zum Beispiel die Musik, so eine Lebenskraft, warum ist sie so volkstümlich und so mächtig? Weil der Musikant oder Sänger mit einemmal gleich auf Tausende einwirkt. Holde, holde Kunst!« fuhr sie fort und sah träumerisch zum Himmel auf. »Die Kunst verleiht uns Flügel und trägt uns weit, weit fort! Wer all des Schmutzes und aller kleinlichen Interessen überdrüssig ist, wer sich empört, entrüstet und sich beleidigt fühlt, der kann nur noch Ruhe und Befriedigung im Schönen finden.«

Als wir uns Kurilovka näherten, war das Wetter klar und heiter. Auf manchen Höfen wurde gedroschen, und es roch nach Roggenstroh. Hinter den Flechtzäunen leuchteten grellrot die Ebereschen, und alle Bäume ringsum, wohin man auch sah, waren golden oder rot. Vom Kirchturm läuteten die Glocken, die Heiligenbilder wurden zur Schule getragen, und man hörte, wie sie ›Heilige Beschützerin‹ sangen. Und wie durchsichtig die Luft war, wie hoch die Tauben flogen.

Im Klassenzimmer wurde ein Gottesdienst abgehalten. Dann überreichten die Bauern aus Kurilovka Maša eine Ikone und die aus Dubečnja eine große Brezel und ein vergoldetes Salzfäßchen. Maša brach in Tränen aus.

»Und wenn mal etwas Überflüssiges gesagt wurde oder Sie nicht immer ganz zufrieden waren, so verzeihen Sie uns«, sagte ein Alter und verneigte sich vor ihr und mir.

Als wir nach Hause fuhren, sah sich Maša nach der Schule um. Das grüne Dach, das ich gestrichen hatte und das jetzt in der Sonne glänzte, war noch lange zu sehen. Und ich fühlte, daß Mašas Blicke Abschiedsblicke waren.

XVI

Am Abend fuhr sie in die Stadt.

In letzter Zeit war sie oft in die Stadt gefahren und hatte auch dort übernachtet. In ihrer Abwesenheit konnte ich nicht arbeiten, ich ließ die Hände sinken, die ohne alle Kraft waren, und unser großer Hof erschien mir wie eine langweilige, abstoßende Wüste, der Garten rauschte wütend, und ohne sie waren das Haus, die Bäume und die Pferde für mich schon nicht mehr ›unsere‹.

Ich ging nicht aus dem Haus, sondern saß immer nur an ihrem Tisch neben dem Schrank mit den Büchern über Landwirtschaft, diesen ehemaligen, jetzt schon überflüssig gewordenen Lieblingen, die mich auch ganz verlegen anschauten. Stundenlang, bis es sieben, acht und neun schlug, bis vor den Fenstern die rabenschwarze Herbstnacht anbrach, betrachtete ich einen alten Handschuh von ihr oder eine Feder, mit der sie immer geschrieben hatte, oder auch ihre kleine Schere. Ich tat überhaupt nichts, und mir war völlig klar, daß, wenn ich früher gepflügt, gemäht und gehackt hatte, dann nur, weil sie es wollte. Und hätte sie von mir verlangt, einen tiefen Brunnen zu reinigen, in dem mir das Wasser bis zum Gürtel gegangen wäre, ich hätte mich in den Brunnen hinabgelassen, ohne lange zu überlegen, ob dies notwendig sei oder nicht. Und jetzt, da sie nicht mehr hier war, kam mir Dubečnja mit seinen zerfallenen Häusern, seiner Unordnung, seinen auf- und zuklappenden Fensterläden und seinen Tages- und Nachtdieben schon wie ein Chaos vor, in dem jedwede Arbeit zwecklos war. Und wozu sollte ich auch hier arbeiten, wozu all die Sorgen und Gedanken um die Zukunft, wo ich doch bereits fühlte, daß mir der Boden unter den Füßen schwand, daß meine Rolle hier in Dubečnja schon ausgespielt war, daß mich, kurz gesagt, das gleiche Schicksal erwartete wie auch die Bücher über Landwirtschaft? Oh, wie schwer war mir nachts ums Herz, in den Stunden der Einsamkeit, da ich jeden Augenblick ängstlich aufhorchte, als erwartete ich, jemand würde mir zurufen, ich müßte jetzt gehen. Mir tat es nicht um Dubečnja leid, sondern um meine Liebe, für die offenbar auch schon der Herbst angebrochen war. Was für ein ungeheures Glück ist es doch, zu lieben und geliebt zu werden, und wie entsetzlich ist es, zu fühlen, daß man von diesem hohen Turm in die Tiefe stürzt!

Maša kam gegen Abend des nächsten Tages aus der Stadt zurück. Sie war mit irgend etwas unzufrieden, doch sie verbarg es und fragte nur, warum ich die Winterrahmen eingesetzt hätte – es wäre ja in den Zimmern fast zum Ersticken. Ich nahm zwei Rahmen wieder heraus. Wir hatten keinen Hunger, doch wir setzten uns und aßen zu Abend.

»Geh und wasch dir die Hände«, sagte meine Frau. »Du riechst nach Kitt.«

Sie hatte aus der Stadt neue illustrierte Zeitschriften mitgebracht, und wir sahen sie uns nach dem Abendbrot an. Es waren auch Modebeilagen mit Schnittmustern darunter. Maša schaute sie flüchtig an und legte sie dann beiseite, um sie sich später in Ruhe anzusehen, doch ein Kleid mit einem weiten, glatten Glockenrock und großen Ärmeln erregte ihr Interesse, und sie betrachtete es einen Augenblick lang ernst und aufmerksam.

»Das ist gar nicht übel«, meinte sie.

»Ja, dieses Kleid würde dir gut stehen«, sagte ich. »Sehr gut sogar!«

Und während ich gerührt das Kleid betrachtete und meine Augen nicht von dem grauen Farbfleck losreißen konnte, nur weil er ihr gefiel, fuhr ich zärtlich fort:

»Ein wundervolles, ein reizendes Kleid! Meine schöne, meine herrliche Maša! Du meine liebe Maša!«

Und Tränen fielen auf das Bild.

»Meine herrliche Maša«, murmelte ich, »du meine liebe, du meine teure Maša . . .«

Sie ging schlafen, doch ich saß noch ungefähr eine Stunde da und betrachtete die Bilder.

»Du hast die Rahmen ganz umsonst herausgenommen«, rief sie aus dem Schlafzimmer. »Ich fürchte, es wird kalt. Hör nur, wie der Wind pfeift!«

Ich las noch ein wenig im ›Vermischten‹ über die Herstellung billiger Tinte und über den größten Brillanten der Welt. Wieder fiel mein Blick auf das Modebild mit dem Kleid, das ihr gefallen hatte, und ich stellte sie mir, diese glänzende, prachtvolle Erscheinung, diese großartige Kennerin der Musik, Malerei und Literatur, auf einem Ball vor, mit Fächer und nackten Schultern; wie klein und kläglich kam mir da meine Rolle vor!

Unser Zusammentreffen und unsere Ehe waren nur eine Episode gewesen, eine Episode, wie es noch viele im Leben dieser lebhaften und reichbegabten Frau geben würde. Das Beste der Welt stand ihr, wie ich bereits sagte, zu Diensten, sie erhielt es völlig umsonst, und sogar die Gedanken und die modernen Geistesströmungen dienten ihr zur Zerstreuung und gestalteten ihr Leben abwechslungsreicher, ich aber war nur der Kutscher, der sie von einem Genuß zum anderen fuhr. Jetzt braucht sie mich schon nicht mehr, sie wird davonflattern und mich allein zurücklassen.

Und gleichsam als Antwort auf meine Gedanken ertönte auf dem Hof ein verzweifelter Schrei.

»Hiiilfe!«

Es war eine dünne Weiberstimme, und als wollte sie der Wind noch necken, heulte er im Schornstein mit der gleichen dünnen Stimme. Eine halbe Minute verging, und wieder hörte man durch das Sausen des Windes – jedoch, wie mir schien, vom anderen Ende des Hofes – den Schrei.

»Hiiilfe!«

»Misail, hörst du?« fragte leise meine Frau. »Hörst du?«

Sie kam, nur im Hemd und mit offenem Haar, aus dem Schlafzimmer, lauschte und blickte auf das dunkle Fenster.

»Dort wird jemand gewürgt!« sagte sie. »Das hat gerade noch gefehlt!«

Ich nahm mein Gewehr und ging hinaus. Auf dem Hof war es dunkel, der Wind wehte so stark, daß ich mich kaum auf den Beinen halten konnte. Ich ging bis zum Tor und lauschte: Die Bäume rauschten, der Wind pfiff, und im Garten – wahrscheinlich bei dem verrückten Bauern – heulte träge ein Hund. Hinter dem Tor war es stockdunkel, und entlang der Bahnstrecke leuchtete kein einziges Licht. Plötzlich ertönte bei dem Seitengebäude, in dem voriges Jahr das Kontor untergebracht war, ein halberstickter Schrei.

»Hiiilfe!«

»Wer ist da?« rief ich.

Zwei Männer rangen miteinander. Der eine versuchte den anderen hinauszustoßen, doch der andere wehrte sich, und beide atmeten schwer.

»Laß los!« sagte der eine, und ich erkannte Ivan Čeprakov, er war es, der mit dünner Weiberstimme geschrien hatte. »Laß los, verfluchter Kerl, oder ich zerbeiße dir die Hände!«

In dem anderen erkannte ich Moisej. Ich trennte sie, konnte aber dabei nicht an mich halten und schlug Moisej zweimal ins Gesicht. Er fiel zu Boden, erhob sich wieder, und ich schlug ihn noch einmal.

»Er wollte mich erschlagen«, murmelte er. »Er hatte sich an die Kommode der Frau Mama herangemacht ... Ich möchte ihn zur Vorsicht im Seitengebäude einsperren.«

Čeprakov war betrunken, erkannte mich nicht und rang immerzu nach Atem und wollte von neuem um Hilfe schreien.

Ich ließ sie stehen und ging ins Haus zurück, meine Frau lag auf dem Bett, sie war schon angezogen. Ich erzählte ihr, was auf dem Hof geschehen war, und verheimlichte nicht einmal, daß ich Moisej geschlagen hatte.

»Das Leben auf dem Land ist furchtbar«, sagte sie. »Und wie lang ist doch diese Nacht, mein Gott.«

»Hiiilfe!« ertönte es nach einer Weile von neuem.

»Ich gehe und bringe sie zur Vernunft«, sagte ich.

»Nein, sollen sie sich dort nur die Gurgel durchschneiden«, sagte sie mit angewiderter Miene.

Sie sah zur Decke empor und lauschte, und ich saß neben ihr und wagte nicht, mit ihr zu reden, weil ich das Gefühl hatte, ich sei schuld daran, daß auf dem Hof um Hilfe geschrien wurde und die Nacht kein Ende nehmen wollte.

Wir schwiegen, und ich wartete voller Ungeduld auf das erste Tageslicht in den Fenstern. Maša sah aus, als wäre sie eben aus einer Ohnmacht erwacht und wundere sich nun, wie sie, eine kluge, wohlerzogene, elegante Frau, in diese traurige Provinzeinöde geraten war, unter eine Bande kleinlicher, nichtiger Leute, und wie sie sich so weit vergessen konnte, sich sogar in einen dieser Leute zu verlieben und länger als ein halbes Jahr seine Frau zu sein. Mir schien, sie sah zwischen mir, Moisej und Čeprakov schon keinen Unterschied mehr, für sie vereinigte sich alles in einem betrunkenen, wilden Hilfeschrei – ich, unsere Ehe, unsere Wirtschaft und das trostlose Herbstwetter; und wenn sie seufzte oder sich bewegte, um sich bequemer hinzulegen, dann las ich in ihrem Gesicht nur den einen Wunsch: Wenn es doch schon Morgen wäre!

Am Morgen fuhr sie ab.

Ich blieb noch drei Tage in Dubečnja und wartete auf ihre Rückkehr, dann schaffte ich alle unsere Sachen in ein Zimmer, schloß es ab und ging in die Stadt. Als ich beim Ingenieur klingelte, war es schon Abend, und auf der Bolšaja Dvorjanskaja brannten die Laternen. Pavel sagte mir, es sei niemand zu Hause: Viktor Ivanyč sei nach Petersburg gereist und Marija Viktorovna sicherlich auf einer Probe bei den Ažogins. Ich erinnere mich noch, wie aufgeregt ich war, als ich dann zu den Ažogins ging, wie mein Herz bald heftig klopfte, bald aussetzte, während ich die Treppen hinaufstieg und lange oben auf dem Treppenflur stand, weil ich es nicht wagte, diesen Musentempel zu betreten! Im Saal brannten auf dem Tischchen, auf dem Flügel und auf der Bühne immer je drei Kerzen, das erste Theaterstück sollte am dreizehnten aufgeführt werden, und auch die heutige Probe fand an einem Montag statt, an einem Unglückstag. Das war eben der Kampf gegen den Aberglauben! Alle Liebhaber der Bühnenkunst hatte sich schon eingefunden, und die Älteste, die Mittlere und die Jüngste gingen auf der Bühne auf und ab und lasen in ihren Rollenheften. Abseits von allen stand unbeweglich Rettich, er hatte sich mit der Schläfe gegen die Wand gelehnt, sah andächtig auf die Bühne und wartete auf den Beginn der Probe. Alles war wie früher!

Ich begab mich zur Dame des Hauses – ich mußte sie begrüßen –, doch plötzlich zischten alle und machten mir Zeichen, ich solle leiser auftreten. Es wurde still. Man klappte den Deckel des Flügels hoch, eine Dame, die mit kurzsichtig zusammengekniffenen Augen die Noten studierte, nahm davor Platz, und dann trat meine Maša an den Flügel, festlich gekleidet und schön, doch auf eine besondere, auf eine neue Art schön – sie glich nicht mehr der Maša, die im Frühjahr zu mir in die Mühle gekommen war. Sie sang:

»Weshalb nur liebe ich dich, helleuchtende Nacht?«

Zum erstenmal, seit wir uns kannten, hörte ich sie singen. Sie hatte eine wohltönende, volle, kräftige Stimme, und während sie sang, war mir, als würde ich eine reife, süße, duftende Honigmelone essen. Nun hatte sie geendet, man spendete ihr Beifall, und sie lächelte sehr zufrieden und kokett, blätterte in den Noten und zupfte an ihrem Kleid, wie ein Vogel, der schließlich doch dem Käfig entkommen ist und nun in der Freiheit sein Gefieder putzt. Die Haare waren hinter die Ohren gekämmt, und ihr Gesicht hatte einen unguten, verwegenen Ausdruck, als wollte sie allen eine Herausforderung ins Gesicht schleudern oder uns wie Pferde anschreien: ›Hussa, vorwärts, ihr Lieben!‹

In diesem Augenblick ähnelte sie wahrscheinlich sehr ihrem Großvater, dem Kutscher.

»Du bist auch hier?« fragte sie und gab mir die Hand. »Hast du gehört, wie ich gesungen habe? Nun, wie findest du mich?« Und ohne meine Antwort abzuwarten, fuhr sie fort: »Das paßt sehr gut, daß du hier bist. Heute nacht fahre ich für kurze Zeit nach Petersburg. Du läßt mich doch?«

Um Mitternacht begleitete ich sie zum Bahnhof. Sie umarmte mich zärtlich, wahrscheinlich aus Dankbarkeit, weil ich keine unnötigen Fragen stellte, und versprach, mir zu schreiben; ich drückte lange ihre Hände und küßte sie, wobei ich mit Mühe die Tränen zurückhielt und kein einziges Wort sprach.

Als sie dann abfuhr, stand ich da, sah den sich entfernenden Lichtern nach, streichelte sie in Gedanken und sagte leise:

»Meine liebe Maša, meine herrliche Maša ...«

Ich schlief in Makaricha bei der Karpovna, und am nächsten Morgen bezog ich schon zusammen mit Rettich die Möbel eines reichen Kaufmanns, der seine Tochter mit einem Arzt verheiratet hatte.

XVII

Am Sonntagnachmittag kam meine Schwester und trank mit mir Tee.

»Ich lese jetzt sehr viel«, sagte sie und zeigte mir die Bücher, die sie sich auf dem Weg zu mir in der Stadtbibliothek ausgeliehen hatte. »Ich bin deiner Frau und Vladimir sehr dankbar, sie haben in mir das Selbstvertrauen geweckt. Sie haben mich gerettet und erreicht, daß ich mich jetzt als Mensch fühle. Früher habe ich nachts vor allen möglichen Sorgen nicht schlafen können: Ach, wir haben in dieser Woche zuviel Zucker verbraucht! Ach, wenn nur nicht die Gurken versalzen sind! Jetzt schlafe ich auch nicht, aber nun bewegen mich ganz andere Gedanken. Mich quält, daß ich bisher ein so dummes und kleinliches Leben geführt habe. Ich verachte meine Vergangenheit und schäme mich ihrer, und den Vater betrachte ich jetzt als meinen Feind. Oh, wie dankbar ich deiner Frau bin! Und Vladimir erst! Er ist ein so wunderbarer Mensch! Sie haben mir beide die Augen geöffnet.«

»Das ist nicht gut, daß du nachts nicht schläfst«, sagte ich.

»Du denkst vielleicht, ich bin krank? Oh, nein. Vladimir hat mich abgehorcht und gesagt, ich sei völlig gesund. Doch nicht die Gesundheit ist die Hauptsache, nicht sie ist das Wichtigste . . . Sage mir: Bin ich im Recht?«

Sie brauchte moralische Unterstützung – das war offenbar. Maša war weggefahren, Doktor Blagovo lebte in Petersburg, und in der Stadt hatte sie außer mir niemanden mehr, der ihr sagen konnte, daß sie im Recht war. Sie sah mich aufmerksam an, bemüht, meine geheimen Gedanken zu erraten, und hing ich in ihrer Gegenwart eigenen Überlegungen nach oder schwieg, so bezog sie das auf sich und wurde traurig. Ich mußte deshalb die ganze Zeit über auf der Hut sein, und wenn sie mich fragte, ob sie im Recht sei, so beeilte ich mich, ihr zu antworten, sie sei im Recht und ich achte sie außerordentlich.

»Weißt du schon, daß ich bei den Ažogins eine Rolle bekommen habe?« fuhr sie fort. »Ich will auf der Bühne auftreten. Ich will leben, mit einem Wort, ich will aus dem vollen schöpfen. Ich habe keinerlei Talent, und die Rolle umfaßt auch nur zehn Zeilen, doch das ist unermeßlich viel höher und edler, als fünfmal am Tag Tee einzugießen und aufzupassen, ob die Köchin nicht ein Stück Zucker genascht hat. Vor allem soll der Vater endlich einmal sehen, daß auch ich zu einem Posten fähig bin.«

Nach dem Tee streckte sie sich auf meinem Bett aus und lag eine Weile mit geschlossenen Augen da, sie war sehr blaß.

»Diese Schwäche!« sagte sie und erhob sich wieder. »Vladimir sagte, in der Stadt seien alle Frauen und Mädchen vom

Nichtstun blutarm. Was für ein kluger Mann Vladimir doch ist! Er hat recht, er hat hundertmal recht, man muß arbeiten!«

Zwei Tage später kam sie mit ihrem Rollenheftchen zu den Ažogins zur Probe. Sie trug ein schwarzes Kleid und am Hals eine Korallenkette, außerdem eine Brosche, die von fern einem Blätterteigkuchen ähnelte, und an den Ohren große Ringe mit einem funkelnden Brillanten. Als ich sie erblickte, fühlte ich mich unangenehm berührt – mich verblüffte ihre Geschmacklosigkeit. Daß sie die Ohrringe und Brillanten zur unrechten Zeit angelegt hatte, merkten auch die anderen; ich sah auf vielen Gesichtern ein Lächeln und hörte, wie jemand lachend sagte:

»Die Kleopatra von Ägypten.«

Sie bemühte sich, mondän, ungezwungen und ruhig zu erscheinen, und wirkte dadurch gekünstelt und seltsam. Ihre Einfachheit und Anmut hatten sie verlassen.

»Ich habe soeben dem Vater mitgeteilt, daß ich zur Probe gehe«, begann sie, an mich herantretend, »und er hat geschrien, er würde mir seinen Segen entziehen, und hätte mich beinahe geschlagen. Stell dir vor, ich kann nicht einmal meine Rolle richtig«, sagte sie und schaute in das Heftchen. »Ich bleibe bestimmt stecken. Aber die Würfel sind gefallen«, fuhr sie in großer Aufregung fort, »die Würfel sind gefallen . . .«

Ihr schien, alle würden nur auf sie schauen und alle seien erstaunt über diesen wichtigen Schritt, zu dem sie sich entschlossen hatte, und alle würden etwas Besonderes von ihr erwarten, und es war unmöglich, sie zu überzeugen, daß solche kleinen und uninteressanten Leute wie ich und sie niemand beachtete.

Bis zum dritten Akt hatte sie nichts zu tun, und ihre Rolle – die einer ältlichen Besucherin aus der Provinz – bestand nur darin, an der Tür zu stehen, als horche sie, und dann einen kurzen Monolog zu sprechen. Bis zu ihrem Auftritt, also wenigstens anderthalb Stunden, während auf der Bühne hin und her gegangen, gelesen, Tee getrunken und gestritten wurde, wich sie nicht von meiner Seite, murmelte ständig ihren Text vor sich hin und zerknüllte nervös das Heftchen, und da sie sich einbildete, alle würden nur sie ansehen und ihren Auftritt erwarten, strich sie sich mit zitternder Hand immer wieder übers Haar und sagte zu mir:

»Ich bleibe bestimmt stecken ... Wenn du wüßtest, wie schwer mir ums Herz ist! Ich habe eine Angst, als würde jetzt gleich das Todesurteil an mir vollstreckt.«

Endlich war sie an der Reihe.

»Kleopatra Alekseevna – Ihr Einsatz!« sagte der Regisseur.

Sie trat mit einem Ausdruck des Entsetzens in die Mitte der Bühne, sie wirkte häßlich und eckig; eine halbe Minute lang stand sie wie im Starrkrampf, völlig reglos, nur die großen Ringe schaukelten an ihren Ohren.

»Beim erstenmal können Sie ruhig ablesen«, sagte jemand.

Mir war klar, daß sie zitterte und vor Zittern nicht sprechen oder das Heftchen aufschlagen konnte und daß sie gar nicht mehr an die Rolle dachte; ich wollte schon zu ihr gehen und ihr ein paar Worte sagen, als sie plötzlich mitten auf der Bühne auf die Knie sank und in lautes Schluchzen ausbrach.

Alles ringsum geriet in Aufregung und Bewegung, allein ich blieb, an die Kulisse gelehnt, stehen, bestürzt von dem Vorgefallenen und ohne zu begreifen und zu wissen, was ich tun sollte. Ich sah, wie man sie aufhob und wegführte. Ich sah, wie Anjuta Blagovo auf mich zukam, ich hatte sie vorher nicht im Saal bemerkt, sie schien förmlich aus dem Erdboden gewachsen zu sein. Sie trug Hut und Schleier und machte wie immer den Eindruck, als sei sie nur auf einen Augenblick hereingekommen.

»Ich habe ihr gesagt, sie soll nicht spielen«, sagte sie wütend, die Worte abgehackt betonend, und errötete dabei. »Das ist der reine Wahnsinn! Sie hätten sie davon abhalten müssen!«

Frau Ažogina, mager und flachbrüstig, in einem kurzen

Jäckchen mit kurzen Ärmeln und mit der Tabaktasche auf der Brust, trat rasch an mich heran.

»Mein Freund, das ist entsetzlich«, sagte sie, rang die Hände und sah mich ihrer Gewohnheit nach durchdringend an. »Das ist entsetzlich! Ihre Schwester ist in anderen Umständen ... sie ist schwanger! Bringen Sie sie fort, ich bitte Sie ...«

Sie atmete schwer vor Aufregung. Ein Stück von uns entfernt standen ihre drei Töchter – sie waren genauso dürr und flachbrüstig – und drängten sich ängstlich aneinander. Sie waren außer sich und bestürzt, als hätte man eben in ihrem Haus einen Verbrecher gefangen. Diese Schande – wie schrecklich das war! Und diese verehrte Familie kämpfte ihr ganzes Leben lang gegen Vorurteile; anscheinend nahm sie an, alle Vorurteile und Verirrungen der Menschheit bestünden nur in drei Kerzen, der Zahl dreizehn und dem Unglückstag Montag!

»Ich bitte Sie ... bitte ...«, wiederholte Frau Ažogina, spitzte bei der Silbe te die Lippen herzförmig und sprach sie wie tö aus. »Bittö, bringen Sie sie nach Haus.«

XVIII

Kurz darauf gingen meine Schwester und ich schon die Treppe hinunter. Ich hatte meinen Mantel um ihre Schultern gelegt; wir beeilten uns, wählten Gassen, in denen es keine Laternen gab, versteckten uns vor Entgegenkommenden, und all das ähnelte einer Flucht. Sie weinte schon nicht mehr und sah mich mit trockenen Augen an. Bis nach Makaricha, wohin ich sie führte, hatten wir ungefähr zwanzig Minuten zu gehen, und so seltsam es klingen mag, in dieser kurzen Zeit riefen wir uns unser ganzes bisheriges Leben ins Gedächtnis zurück, wir besprachen alles, überdachten unsere Lage und faßten neue Entschlüsse.

Wir beschlossen, nicht länger in dieser Stadt zu bleiben und, sowie ich etwas Geld aufgetrieben hätte, an einen anderen Ort zu ziehen. In einigen Häusern schlief man schon, in anderen spielte man Karten. Wir haßten diese Häuser, fürchteten sie und sprachen von der Brutalität, der seelischen Grausamkeit und der Nichtigkeit dieser ehrbaren Familien, dieser Liebhaber der dramatischen Kunst, die wir so in Schrecken versetzt hatten, und ich fragte mich, inwiefern denn diese dummen, hartherzigen, faulen und unehrlichen Leute besser seien als die betrunkenen und abergläubischen Bauern aus Kurilovka oder als die Tiere, die ebenfalls die Fassung verlieren, wenn irgendein Zufall die Gleichförmigkeit ihres von Instinkten beschränkten Lebens stört. Was hätte wohl meine Schwester jetzt auszuhalten, wenn sie zu Hause leben würde? Was für moralische Qualen hätte sie durchzumachen, wenn sie mit dem Vater sprechen oder täglich mit Bekannten zusammenkommen müßte! Ich stellte mir das vor, und sofort kamen mir die Menschen in den Sinn, alle die mir bekannten Menschen, die von ihren Angehörigen und Verwandten langsam bis zum Äußersten gepeinigt wurden, ich erinnerte mich an die zu Tode gequälten Hunde, die den Verstand verloren hatten, und an die Spatzen, denen die Jungen bei lebendigem Leibe sämtliche Federn ausgerupft und die sie dann nackt ins Wasser geworfen hatten – und überhaupt an die lange, lange Reihe dumpfer, sich ewig hinziehender Quälereien, die ich in dieser Stadt von früher Kindheit an beobachten konnte, und ich verstand nicht, wofür diese sechzigtausend Einwohner lebten, zu welchem Zweck sie das Evangelium lasen, zu welchem Zweck sie beteten und zu welchem Zweck sie Bücher und Zeitschriften studierten ... Was für einen Nutzen konnte ihnen alles das, was bisher geschrieben und gesagt wurde, überhaupt bringen, wenn in ihnen immer noch die gleiche Finsternis und der gleiche Abscheu vor der Freiheit herrschte wie vor hundert oder dreihundert Jahren? Ein selbständiger Zimmermann konnte sein ganzes Leben lang Häuser in der

Stadt bauen und sagte doch bis zu seinem Tod statt ›Galerie‹ immer nur ›Galdarie‹, und ebenso lasen und hörten Generationen dieser sechzigtausend Stadtbewohner von der Wahrheit, der Güte und der Freiheit und belogen sich doch bis zu ihrem Tod von früh bis spät und quälten sich gegenseitig, die Freiheit aber fürchteten und haßten sie wie den schlimmsten Feind.

»Nun ist mein Schicksal entschieden«, sagte meine Schwester, als wir zu Hause ankamen. »Nach allem, was vorgefallen ist, kann ich nicht mehr *dorthin* zurückkehren. Mein Gott, wie schön ist das! Mir ist viel leichter ums Herz.«

Sie legte sich sofort ins Bett. An ihren Wimpern glänzten Tränen, doch sie sah glücklich aus, und sie schlief fest und süß. Man konnte sehen, daß es ihr wirklich leichter ums Herz war und daß sie sich ausruhte. Wie lange hatte sie schon nicht mehr so geschlafen!

Nun begann unser gemeinsames Leben. Sie sang immer vor sich hin und beteuerte, sie fühle sich wohl, und die Bücher, die wir uns in der Bibliothek entliehen, brachte ich ungelesen wieder zurück, denn sie war schon nicht mehr in der Lage zu lesen, sie wollte nur noch träumen und von der Zukunft reden. Während sie meine Wäsche flickte oder der Karpovna am Herd half, summte sie vor sich hin oder sprach von ihrem Vladimir, von seinem Verstand, seinen ausgezeichneten Manieren, seiner Güte, seiner ungewöhnlichen Gelehrsamkeit, und ich stimmte ihr in allem zu, obwohl ich ihren Doktor schon nicht mehr leiden konnte. Sie wollte arbeiten, ein selbständiges Leben auf eigene Kosten führen, und sie sagte, sie wolle Lehrerin oder Krankenpflegerin werden, sobald es nur ihre Gesundheit erlaube, sie wolle dann selbst die Fußböden scheuern und Wäsche waschen. Sie liebte ihren Kleinen bereits leidenschaftlich, und obwohl er noch nicht zur Welt gekommen war, wußte sie bereits, was für Augen und Händchen er haben und wie er lachen würde. Sie sprach gern von der Erziehung, und da der beste Mensch auf der Welt

Vladimir war, liefen alle Erörterungen von Erziehungsproblemen nur auf den einen Wunsch hinaus, der Junge möge ebenso bezaubernd werden wie sein Vater. Die Gespräche nahmen kein Ende, und alles, was sie sagte, erregte lebhafte Freude in ihr. Manchmal freute auch ich mich, ohne zu wissen, worüber.

Wahrscheinlich hatte sie mich mit ihren Träumereien angesteckt. Ich las ebenfalls nichts und träumte nur; an den Abenden ging ich trotz Müdigkeit, die Hände in den Taschen, von einer Zimmerecke in die andere und sprach von Maša.

»Was meinst du?« fragte ich meine Schwester, »wann kommt sie zurück? Ich glaube, sie kommt zu Weihnachten wieder, auf keinen Fall später. Was hat sie denn dort groß zu tun?«

»Wenn sie dir nicht schreibt, dann wird sie offensichtlich sehr bald zurückkommen.«

»Das stimmt«, pflichtete ich ihr bei, obwohl ich sehr gut wußte, daß für Maša keinerlei Grund vorlag, in unsere Stadt zurückzukehren.

Ich sehnte mich sehr nach ihr, konnte mich aber schon nicht mehr selbst belügen und bemühte mich nun, mich von anderen belügen zu lassen. Meine Schwester wartete auf ihren Doktor und ich auf Maša, und beide redeten und lachten wir pausenlos, ohne zu merken, daß wir die Karpovna nicht schlafen ließen, die auf dem Ofen lag und immer vor sich hin murmelte:

»Wie der Samovar heut früh gesummt hat, ganz toll hat er gesummt! Das hat nichts Gutes zu bedeuten, meine Lieben, nichts Gutes hat das zu bedeuten!«

Zu uns kam niemand außer dem Briefträger, der meiner Schwester Briefe vom Doktor brachte, und außer Prokofij, der manchmal abends bei uns erschien, stumm meine Schwester anschaute, dann wieder ging und bei sich in der Küche sagte:

»Jeder Stand muß sich an seine entsprechende Wissenschaft halten, und wer dies aus Hochmut nicht zu begreifen wünscht, dem ist ein Jammertal beschieden.«

Er liebte das Wort Jammertal. Eines Tages – es war schon um die Weihnachtszeit – rief er mich, als ich gerade über den Markt ging, zu sich an seinen Fleischerstand und erklärte mir, ohne mir die Hand zu geben, er müsse mit mir über eine sehr wichtige Angelegenheit sprechen. Sein Gesicht war gerötet vom Frost und vom Schnaps, und neben ihm am Ladentisch stand Nikolka mit dem Räubergesicht und hielt ein blutiges Messer in der Hand.

»Ich möchte Ihnen kurz etwas mitteilen«, begann Prokofij. »Dieser Zustand ist ganz einfach unhaltbar. Sie verstehen ja, für so ein Jammertal ernten weder wir noch Sie ein Lob. Mein Mamachen bringt es aus Mitleid natürlich nicht fertig, Ihnen etwas Unangenehmes zu sagen – nämlich, daß Ihre Schwester ausziehen soll, weil sie in anderen Umständen ist, doch ich wünsche es, denn das Benehmen Ihrer Frau Schwester kann ich nicht gutheißen.«

Ich begriff und verließ den Stand. Am selben Tag zogen meine Schwester und ich zu Rettich. Wir besaßen kein Geld für eine Droschke, und so gingen wir zu Fuß. Ich trug auf dem Rücken ein Bündel mit all unseren Sachen, meine Schwester trug nichts, trotzdem rang sie nach Atem, hustete und fragte immer wieder, ob wir nicht bald da wären.

XIX

Endlich kam ein Brief von Maša.

»Mein lieber, guter M. A.«, schrieb sie, »›Sie unser Engel‹, wie der alte Maler Sie immer nennt, Sie gütiger und bescheidener Mensch, leben Sie wohl, ich fahre mit dem Vater nach Amerika zu einer Ausstellung. In wenigen Tagen werde ich den Ozean sehen – so weit ist alles von Dubečnja entfernt, es ist kaum zu glauben! Alles ist weit und endlos wie der

Himmel, und ich will dorthin, ich will frei sein, ich triumphiere, ich verliere den Verstand vor Glück – Sie sehen ja, in meinem Brief geht alles durcheinander. Sie Lieber, Guter, geben Sie mir die Freiheit, zerreißen Sie das Band, das uns noch zusammenhält und Sie und mich bindet. Daß ich Ihnen begegnen und Sie kennenlernen durfte, war ein Lichtstrahl des Himmels, der mein Dasein erhellt hat, doch daß ich Ihre Frau geworden bin, war ein Fehler. Sie verstehen das, der Gedanke an diesen Fehler bedrückt mich jetzt, und ich flehe Sie auf Knien an, mein großmütiger Freund, telegrafieren Sie so schnell wie möglich, noch bevor wir in See stechen, daß Sie bereit sind, unseren gemeinsamen Fehler wiedergutzumachen und mich von diesem einzigen Stein zu befreien, der auf meinen Flügeln lastet. Mein Vater wird alle Scherereien auf sich nehmen, er hat mir versprochen, Sie nicht zu sehr mit Formalitäten zu belästigen. Ich bin jetzt also frei wie ein Vogel? Ja?

Seien Sie glücklich, Gott segne Sie, verzeihen Sie mir Sünderin.

Ich bin gesund und munter. Ich werfe mit Geld nur so um mich, mache viele Dummheiten und danke Gott jeden Tag, daß so eine schlechte Frau wie ich keine Kinder hat. Ich singe und habe Erfolg, doch ist das kein bloßer Zeitvertreib für mich – das ist mein Hafen, meine Klause, wo ich endlich Ruhe finde. König David hatte einen Ring mit der Inschrift ›Alles ist vergänglich‹. Wenn man traurig ist, dann stimmen einen diese Worte fröhlich, doch wenn man fröhlich ist, dann stimmen sie einen traurig. Auch ich habe mir solch einen Ring mit hebräischen Buchstaben besorgt, und dieser Talisman wird mich vor Versuchungen bewahren. Alles ist vergänglich, auch das Leben, also brauchen wir nichts. Oder einzig und allein das Bewußtsein der Freiheit, denn wenn der Mensch frei ist, braucht er nichts, nichts, gar nichts. Zerreißen Sie das Band. Ich umarme Sie und auch Ihre Schwester herzlich. Verzeihen Sie und vergessen Sie Ihre M.«

Meine Schwester lag in dem einen Zimmer und Rettich, der wieder krank geworden war, sich aber schon erholte, in dem anderen. Gerade in dem Augenblick, in dem ich diesen Brief bekam, war meine Schwester leise zu dem Maler gegangen, hatte sich neben ihn gesetzt und vorzulesen begonnen. Sie las ihm jeden Tag etwas aus Ostrovskij oder Gogol vor, und er hörte ihr zu, sah immer nur auf einen Punkt, lachte nie, wiegte den Kopf und murmelte manchmal vor sich hin:

»Möglich ist alles! Möglich ist alles!«

Wenn in einem Stück etwas Häßliches, Widersinniges dargestellt wurde, dann sagte er mit einem Anflug von Schadenfreude, wobei er mit dem Finger auf das Buch wies:

»Da ist sie, die Lüge! Was sie nicht alles zuwege bringt, die Lüge!«

Die Theaterstücke fesselten ihn nicht nur durch ihren Inhalt, sondern auch durch ihre Moral und ihren komplizierten und kunstvollen Aufbau, und er bewunderte *ihn*, ohne *seinen* Namen zu nennen:

»Wie geschickt *er* das alles eingeflochten hat!«

Jetzt las meine Schwester leise nur noch eine Seite vor, dann konnte sie nicht mehr: die Stimme versagte ihr. Rettich nahm ihre Hand, seine trockenen Lippen bewegten sich, und er sagte mit kaum hörbarer, heiserer Stimme:

»Die Seele des Gerechten ist weiß und glatt wie Kreide, doch die des Sünders wie Bimsstein. Die Seele des Gerechten ist wie heller Firnis, doch die des Sünders wie schwarzer Teer. Der Mensch muß arbeiten, leiden und Mitleid empfinden«, fuhr er fort, »der Mensch aber, der nicht arbeitet und leidet, wird nicht das Himmelreich erlangen. Wehe, wehe den Satten, wehe den Mächtigen, wehe den Gläubigern! Sie werden nicht das Himmelreich schauen. Die Blattlaus frißt das Gras – das Eisen . . .«

». . . doch die Lüge – die Seele«, fuhr meine Schwester fort und lachte.

Ich las den Brief noch einmal. Unterdessen erschien der

Soldat in der Küche, der uns zweimal in der Woche – unbekannt, von wem – Tee, Brötchen und Rebhühner brachte, die nach Parfüm rochen. Ich hatte keine Arbeit, ich mußte tagelang zu Hause sitzen, und wahrscheinlich wußte derjenige, der uns diese Brötchen bringen ließ, daß wir Not litten.

Ich hörte, wie meine Schwester mit dem Soldaten sprach und fröhlich lachte. Dann aß sie im Liegen ein Brötchen und sagte zu mir:

»Als du nicht im Staatsdienst tätig sein wolltest und Maler wurdest, haben Anjuta Blagovo und ich von Anfang an gewußt, daß du recht hattest, doch wir fürchteten uns, das laut zu sagen. Erkläre mir doch, was für eine Kraft hindert einen daran, auszusprechen, was man denkt? Nehmen wir doch zum Beispiel Anjuta Blagovo. Sie liebt dich, sie betet dich an, sie weiß, daß du recht hast, sie liebt auch mich wie eine Schwester, und sie weiß auch, daß ich recht habe, und bestimmt beneidet sie mich insgeheim, doch irgendeine Kraft hindert sie daran, hierherzukommen, sie weicht uns aus, sie hat Angst.«

Meine Schwester faltete die Hände auf der Brust und sagte voller Begeisterung:

»Wie sehr sie dich liebt, wenn du das nur wüßtest! Diese Liebe zu dir hat sie nur mir gestanden, und auch das nur leise und im Dunkeln. Sie führte mich im Garten in eine dunkle Allee und erzählte mir flüsternd, wie teuer du ihr seist. Du wirst es sehen, sie wird niemals heiraten, weil sie dich liebt. Hast du kein Mitleid mit ihr?«

»Ja.«

»Sie war es, die uns die Brötchen geschickt hat. Sie ist komisch, wirklich, warum verbirgt sie sich bloß? Ich war auch komisch und dumm, doch dann bin ich von dort fortgegangen, und jetzt fürchte ich niemand mehr, ich sage laut, was ich denke, und bin glücklich. Als ich noch zu Hause wohnte, hatte ich nicht einmal eine Vorstellung vom Glück, doch jetzt würde ich mit keiner Königin mehr tauschen.«

Doktor Blagovo kam. Er hatte promoviert und wohnte nun in unserer Stadt bei seinem Vater, er erholte sich und sagte, daß er bald wieder nach Petersburg reisen würde. Er hatte vor, sich mit Typhus- und ich glaube auch mit Cholera-schutzimpfungen zu befassen, er wollte ins Ausland fahren, um sich weiterzubilden und danach einen Lehrstuhl zu bekommen. Den Militärdienst hatte er längst quittiert, er trug jetzt bequeme Cheviotjacketts, sehr weite Hosen und wunderbare Krawatten. Meine Schwester war ganz begeistert von seinen Schlipsnadeln, Manschettenknöpfen und von dem roten Seidentüchelchen, das er, wahrscheinlich nur aus Koketterie, vorn in der Brusttasche trug. Einmal hatten sie und ich aus Langeweile begonnen, in Gedanken all seine Anzüge zu zählen, und wir stellten fest, daß er mindestens zehn Stück haben mußte. Es war klar, er liebte meine Schwester wie früher, doch er sprach kein einziges Mal davon – nicht einmal im Scherz –, daß er sie nach Petersburg oder ins Ausland mitnehmen würde, und ich konnte mir nicht recht vorstellen, was einmal aus ihr werden sollte, falls sie am Leben bliebe, und was aus ihrem Kind werden sollte. Doch sie gab sich ohne Unterlaß nur immer ihren Träumen hin und dachte niemals ernsthaft an die Zukunft, sie meinte, er solle ruhig fahren, wohin es ihn zöge, er könne sie sogar verlassen, wenn er nur glücklich würde – sie sei mit dem, was gewesen, mehr als zufrieden.

Gewöhnlich untersuchte er sie sehr aufmerksam, wenn er zu uns kam, und verlangte, sie solle in seiner Gegenwart Milch mit irgendwelchen Tropfen trinken. Auch dieses Mal war das so. Er horchte sie ab und zwang sie, ein Glas Milch zu trinken, und danach roch es in unseren Zimmern nach Kreosot.

»Du bist ein kluges Kind«, sagte er und nahm das leere Glas von ihr entgegen. »Doch du darfst nicht soviel reden, in der letzten Zeit schwatzt du wie eine Elster. Sei bitte ein wenig ruhiger.«

Sie lachte. Dann kam er in Rettichs Zimmer, wo ich saß, und klopfte mir zärtlich auf die Schulter.

»Nun, wie geht's, Alter?« fragte er und beugte sich zu dem Kranken hinab.

»Euer Hochwohlgeboren«, murmelte Rettich, langsam die Lippen bewegend, »Euer Hochwohlgeboren, wenn Sie mir gestatten, die Wahrheit zu sagen ... Euer Hochwohlgeboren, Sie werden nicht das Himmelreich erlangen!«

»Was kann man schon dagegen tun«, scherzte der Doktor, »irgend jemand muß doch auch in die Hölle kommen.«

Und plötzlich geschah etwas Seltsames mit meinem Bewußtsein, mir träumte, es war Winter, Nacht, und ich stand auf dem Schlachthof zusammen mit Prokofij, der nach Pfefferschnaps roch. Ich versuchte, mich wieder in die Gewalt zu bekommen, und rieb mir die Augen, doch sofort schien es mir, ich ginge zum Gouverneur, um mit ihm zu reden. Weder zuvor noch danach hatte ich jemals etwas Ähnliches erlebt, und ich erklärte mir diesen seltsamen traumähnlichen Zustand als Folge einer Nervenüberreizung. Ich erlebte sowohl das Treiben auf dem Schlachthof als auch das Gespräch mit dem Gouverneur, und gleichzeitig hatte ich das dunkle Gefühl, daß all dies nicht in Wirklichkeit geschah.

Als ich wieder zu mir kam, befand ich mich schon nicht mehr im Haus, sondern auf der Straße und stand zusammen mit dem Doktor unter einer Laterne.

»Es ist traurig, ja, traurig«, sagte er, und die Tränen rannen ihm über die Wangen. »Sie ist fröhlich, lacht immer, ist voller Hoffnung, doch ihr Zustand ist hoffnungslos, mein Lieber. Ihr Rettich haßt mich und will mir immer zu verstehen geben, daß ich schlecht an ihr gehandelt habe. Auf seine Art hat er recht, aber ich habe eben auch meinen Standpunkt, und ich bereue nicht im geringsten, was geschehen ist. Man muß nun einmal lieben, wir alle müssen lieben – nicht wahr? Ohne Liebe gäbe es kein Leben, wer die Liebe fürchtet und meidet, der ist nicht frei.«

Allmählich ging er zu anderen Themen über, er sprach von der Wissenschaft und von seiner Dissertation, die in Petersburg gefallen habe, er redete sich in Begeisterung und dachte schon nicht mehr an meine Schwester, an seinen Schmerz oder an mich. Das Leben riß ihn mit sich fort. Sie hat ihr Amerika und den Ring mit der Inschrift, dachte ich, er hat den Doktortitel und vor sich die Laufbahn eines Gelehrten, und nur bei mir und meiner Schwester ist alles beim alten geblieben.

Ich verabschiedete mich von ihm, trat dann unter eine Laterne und las den Brief noch einmal. Ich erinnerte mich, erinnerte mich noch ganz deutlich, wie sie an einem Frühlingsmorgen zu mir in die Mühle gekommen war, sich niederlegte und sich mit einem Halbpelz zudeckte – sie wollte einem einfachen Bauernmädchen ähneln. Und als wir ein andermal – es war auch an einem Morgen – das Fischnetz aus dem Wasser holten, fiel von den Uferweiden ein ganzer Tropfenregen auf uns hernieder, und wir mußten lachen ...

Unser Haus in der Bolšaja Dvorjanskaja war dunkel. Ich kletterte über den Zaun und ging wie in früheren Zeiten durch den Hintereingang in die Küche, um mir eine Lampe zu holen. In der Küche war niemand, neben dem Ofen zischte der Samovar, er wartete auf den Vater. Wer wird wohl jetzt meinem Vater den Tee einschenken? dachte ich. Ich nahm die Lampe, ging in den Schuppen, machte mir dort ein Nachtlager aus den alten Zeitungen zurecht und legte mich hin. Die Holzpflöcke an den Wänden blickten so streng wie ehedem auf mich herab, und ihre Schatten zitterten leise. Es war kalt. Mir schien, gleich müßte meine Schwester kommen und mir das Abendbrot bringen, doch sofort fiel mir ein, daß sie ja krank war und in Rettichs Haus lag, und mir kam es sonderbar vor, daß ich über den Zaun geklettert war und nun in dem ungeheizten Schuppen lag. Meine Gedanken verwirrten sich, und ich dachte an allen möglichen Unsinn.

Die Klingel schellte. Die von Kindheit an so bekannten Laute: Zuerst raschelte der Draht an der Wand, und dann ertönte in der Küche ein kurzes, klägliches Läuten. Der Vater kam vom Klub zurück. Ich erhob mich und ging in die Küche. Als die Köchin Aksinja mich sah, schlug sie die Hände zusammen und brach in Tränen aus.

»Mein Lieber!« sagte sie leise, »mein Teurer! Oh, mein Gott!«

Und sie begann vor Aufregung ihre Schürze zu zerknüllen. Auf dem Fensterbrett standen große Flaschen mit Beeren und Schnaps. Ich goß mir eine Tasse voll ein und trank sie gierig aus, denn ich hatte großen Durst. Aksinja hatte erst vor kurzem Tisch und Bänke gescheuert, und in der Küche roch es, wie es in hellen, gemütlichen Küchen bei reinlichen Köchinnen immer riecht. Und dieser Geruch und das Zirpen des Heimchens hatte uns Kinder seinerzeit oft in die Küche gelockt, er regte so sehr zum Märchenerzählen und zum Kartenspielen an.

»Und wo ist Kleopatra?« fragte Aksinja leise und hastig, mit angehaltenem Atem. »Und wo hast du deine Mütze, mein Guter? Deine Frau, heißt es, ist nach Petersburg gefahren?«

Sie hatte noch zu Lebzeiten unserer Mutter bei uns gedient und damals mich und Kleopatra in der Holzwanne gebadet, und jetzt waren wir für sie immer noch Kinder, die eine Belehrung nötig hatten. Innerhalb einer Viertelstunde teilte sie mir alle ihre Überlegungen mit, die sie mit der Besonnenheit eines alten Dienstboten die ganze Zeit über, in der wir uns nicht gesehen hatten, hier in der Stille dieser Küche zusammengetragen hatte. Sie sagte, man könne den Doktor zwingen, Kleopatra zu heiraten, man müßte ihm nur drohen und eine schöne Bittschrift an den Bischof verfassen, damit die erste Ehe für ungültig erklärt würde. Weiterhin wäre es gut, hinter dem Rücken meiner Frau Dubečnja zu verkaufen und das Geld auf meinen Namen bei der Bank zu deponieren, und wenn ich und meine Schwester uns vor dem Vater tief verneigen und ihn ordentlich bitten wollten, so wäre es nicht ausgeschlossen, daß er uns verzeihen würde, man müßte aber auch eine Messe für die Himmelskönigin lesen lassen ...

»Und nun geh, mein Guter, sprich mit ihm«, sagte sie, als sie meinen Vater husten hörte. »Geh nur, sprich mit ihm, verneige dich recht tief, dein Kopf wird schon nicht abfallen.«

Ich ging. Der Vater saß am Tisch und zeichnete an einem Grundriß für ein Landhaus mit gotischen Fenstern und einem dicken Turm, der einem Feuerwehrturm ähnelte – es war etwas ungewöhnlich Stures und Talentloses. Als ich das Arbeitszimmer betreten hatte, blieb ich so stehen, daß ich die Zeichnung sehen konnte. Mir war nicht klar, weshalb ich eigentlich zu meinem Vater gekommen war, doch ich erinnere mich, daß ich, als ich sein hageres Gesicht, seinen roten Hals und seinen Schatten an der Wand sah, mich ihm am liebsten an den Hals geworfen und mich vor ihm – wie es mir Aksinja geraten hatte – tief verneigt hätte, doch der Anblick des Landhauses mit den gotischen Fenstern und dem dicken Turm bewahrten mich davor.

»Guten Abend«, sagte ich.

Er sah mich an und senkte seinen Blick sofort wieder auf die Zeichnung.

»Was willst du?« fragte er nach einer Weile.

»Ich bin gekommen, um Ihnen zu sagen, daß Kleopatra sehr krank ist. Sie wird bald sterben«, fügte ich dumpf hinzu.

»Was soll ich dazu sagen?« Der Vater seufzte, nahm die Brille ab und legte sie auf den Tisch. »Was man sät, das erntet man. Was man sät«, wiederholte er und erhob sich hinter seinem Tisch, »das erntet man. Erinnere dich bitte daran, wie du vor zwei Jahren zu mir gekommen bist und wie ich dich an ebendieser Stelle gebeten, ja angefleht habe, dich von deinen Verirrungen loszusagen und an deine Pflicht, an deine Ehre und an deine Schuldigkeit gegenüber den Ahnen zu denken, deren Tradition wir heilighalten müssen. Und hast du auf mich gehört? Du hast dich über meine Ratschläge hinweggesetzt, starrsinnig hast du weiterhin deine falschen Ansichten verfochten, und nicht nur das – du hast auch deine Schwester auf diesen Irrweg gezogen und hast sie dazu gebracht, Sittlichkeit und Scham zu mißachten. Jetzt geht es euch beiden schlecht. Was soll ich dazu sagen? Was man sät, das erntet man!«

Während er das sagte, ging er im Arbeitszimmer auf und ab. Wahrscheinlich dachte er, ich wollte ihm meine Schuld bekennen, und wahrscheinlich erwartete er, ich würde gleich anfangen, für mich und meine Schwester zu bitten. Mir war kalt, ich zitterte wie im Fieber, meine Stimme klang heiser, und es machte mir Mühe zu sprechen.

»Ich bitte Sie ebenfalls, sich zu erinnern«, sagte ich, »wie ich Sie an genau derselben Stelle gebeten habe, mich zu verstehen, sich in meine Lage zu versetzen, mit mir das Problem zu lösen, wie und wofür wir leben sollen, doch Sie haben als Antwort nur von den Ahnen geredet und von dem Großvater, der Gedichte geschrieben hat. Jetzt erfahren Sie, daß Ihre einzige Tochter hoffnungslos krank ist, doch Sie reden wieder nur von unseren Ahnen und von Traditionen ... Und dieser Leichtsinn in einem Alter, in dem der Tod nicht mehr hinter allen Bergen ist und Sie nur noch fünf oder zehn Jahre zu leben haben!«

»Weshalb bist du hierhergekommen?« fragte der Vater streng; offensichtlich fühlte er sich beleidigt, weil ich ihm Leichtsinn vorgeworfen hatte.

»Ich weiß es nicht. Ich liebe Sie, mir tut es unsagbar leid, daß wir so weit voneinander entfernt sind – und deshalb bin ich eben gekommen. Ich liebe Sie immer noch, doch meine Schwester hat endgültig mit Ihnen gebrochen. Sie vergibt Ihnen nicht mehr und wird es auch niemals tun. Allein Ihr Name ruft bei ihr schon Ekel vor der Vergangenheit und vor dem Leben hervor.«

»Und wer ist schuld daran?« schrie der Vater. »Du, du bist schuld daran, du Taugenichts!«

»Ja, es mag stimmen, daß ich schuld daran bin«, sagte ich. »Ich gebe es zu, ich bin an vielem schuld, doch warum ist Ihr Leben, das Sie auch uns aufzwingen wollen, nur so öde und so unschöpferisch, warum gibt es in keinem einzigen dieser Häuser, die Sie seit dreißig Jahren bauen, nicht einen Menschen, von dem ich lernen könnte, wie ich leben soll, ohne schuldig zu werden? In der ganzen Stadt gibt es keinen einzigen ehrlichen Menschen. Ihre Häuser hier – das sind verfluchte Nester, in denen Mütter und Töchter zu Tode gequält und Kinder gefoltert werden ... Meine arme Mutter!« fuhr ich voller Verzweiflung fort. »Meine arme Schwester! Da muß man sich schon mit Schnaps, mit Kartenspiel und mit Klatschgeschichten betäuben, da muß man schon kriechen, heucheln oder jahrzehntelang nur immer zeichnen und zeichnen, um nicht all das Furchtbare, das sich in diesen Häusern verbirgt, zu bemerken. Unsere Stadt besteht bereits Jahrhunderte, doch in dieser ganzen Zeit hat sie der Heimat noch keinen einzigen nützlichen Menschen geschenkt – keinen einzigen! Alles, was nur ein klein wenig Leben atmete und ausstrahlte, wurde im Keim erstickt! Eine Stadt der Verkäufer, der Gastwirte, der Schreiber und der Heuchler, eine unnütze Stadt, die niemand braucht und über die kein Mensch eine Träne vergießen würde, wenn sie plötzlich vom Erdboden verschwände!«

»Ich wünsche nicht, dir länger zuzuhören, du Taugenichts!« sagte der Vater und nahm das Lineal vom Tisch. »Du bist betrunken! Und du wagst es, in solch einem Zustand vor deinem Vater zu erscheinen! Ich sage es dir zum letztenmal, und teile das bitte auch deiner verkommenen Schwester mit, daß ihr von mir nichts erhalten werdet. Ungehorsame Kinder reiße ich mir ein für allemal aus dem Herzen, und wenn sie unter ihrem Ungehorsam und unter ihrer Unnachgiebigkeit leiden, dann bedauere ich das nicht. Du kannst jetzt wieder dorthin gehen, woher du gekommen bist! Gott hat es gefallen, mich durch euch zu strafen, doch ich trage diese Prüfung wie Hiob voller Demut und finde Trost im Leiden und in unermüdlicher Arbeit. Du darfst nicht mehr die Schwelle meines Hauses übertreten, es sei denn, du hast dich gebessert. Ich bin gerecht, alles, was ich sage, bringt Nutzen, und wenn du nicht in dein Unglück rennen willst, so denke dein ganzes Leben an das, was ich dir immer gesagt habe und dir auch jetzt wieder sage.«

Ich winkte ab und ging hinaus. Was in der Nacht und am nächsten Tag mit mir geschah, das weiß ich nicht mehr.

Es heißt, ich sei schwankend und ohne Mütze die Straßen entlanggegangen und hätte laut gesungen, und hinter mir seien haufenweise kleine Jungen hergerannt und hätten geschrien: »Kleiner Nutzen! Kleiner Nutzen!«

XX

Falls ich einmal den Wunsch haben sollte, mir einen Ring zu bestellen, so würde ich die Inschrift wählen: ›Nichts ist vergänglich‹. Ich glaube daran, daß nichts spurlos vergeht und daß der kleinste unserer Schritte von Bedeutung für unser gegenwärtiges und künftiges Leben ist.

Alles, was ich durchgemacht habe, war nicht umsonst. Mein großes Unglück und meine Geduld haben die Herzen der Bürger gerührt, und jetzt nennt mich schon niemand mehr »Kleiner Nutzen«, niemand lacht mehr über mich, und wenn ich an den Verkaufsständen entlanggehe, werde ich schon nicht mehr mit Wasser begossen. Man hat sich daran gewöhnt, daß ich ein Arbeiter geworden bin, und findet es nicht mehr seltsam, daß ich, ein Edelmann, Eimer mit Farbe trage und Fensterscheiben einsetze, im Gegenteil, man gibt mir gern Aufträge, ich gelte schon als guter Meister und als der beste Unternehmer nach Rettich, der zwar wieder gesund geworden ist und wie früher die Kirchenkuppeln ohne Gerüste streicht, aber doch nicht mehr in der Lage ist, mit den Burschen allein fertig zu werden. An seiner Stelle laufe ich jetzt durch die Stadt und suche nach Aufträgen, ich stelle die Burschen ein, zahle ihnen den Lohn aus und leihe mir Geld zu einem hohen Zinssatz. Und jetzt, da auch ich Unternehmer geworden bin, verstehe ich, wie man wegen eines winzigen Auftrages drei Tage lang in der Stadt nach Dachdeckern herumlaufen kann. Man ist höflich zu mir, die Leute reden mich mit *Sie* an, und in den Häusern, in denen ich arbeite, bewirtet man mich mit Tee und läßt mich fragen, ob ich nicht mit zu Mittag essen möchte. Kinder und Mädchen kommen oft und betrachten mich voller Neugier und Wehmut.

Einmal arbeitete ich im Garten des Gouverneurs und marmorierte dort einen Pavillon. Der Gouverneur ging gerade spazieren, er trat in den Pavillon und sprach mich aus Langeweile an. Ich erinnerte ihn daran, wie er mich seinerzeit zu einer Unterredung gebeten hatte. Er sah mir eine Minute lang ins Gesicht, rundete den Mund zu einem O, breitete die Arme aus und sagte:

»Ich entsinne mich nicht!«

Ich bin älter geworden und schweigsam, hart und streng, ich lache selten, und es heißt, ich sei Rettich ähnlich und langweile die Burschen mit meinen nutzlosen Belehrungen.

Marija Viktorovna, meine ehemalige Frau, lebt jetzt im Ausland, und ihr Vater, der Ingenieur, baut irgendwo in den östlichen Gouvernements eine Eisenbahnlinie und kauft dort neue Landgüter auf. Doktor Blagovo ist auch im Ausland. Dubečnja befindet sich wieder im Besitz der Frau Čeprakova, sie hat es zurückgekauft, nachdem sie dem Ingenieur zwanzig Prozent Nachlaß abgehandelt hatte. Moisej trägt bereits eine Melone, er kommt oft mit einer eleganten Kutsche wegen irgendwelcher Geschäfte in die Stadt gefahren und macht vor dem Bankgebäude halt. Es heißt, er habe sich schon ein Gut mitsamt den Hypotheken gekauft und erkundige sich nun dauernd bei der Bank wegen Dubečnja, das er auch kaufen möchte. Der arme Ivan Čeprakov trieb sich lange in der Stadt herum, ohne Arbeit und ständig betrunken. Ich versuchte, ihn in unserem Geschäft unterzubringen, und eine Zeitlang strich er auch zusammen mit uns die Dächer, setzte Fensterscheiben ein und gewann dieser Beschäftigung sogar Geschmack ab – er stahl Firnis wie ein echter Maler, bettelte um Trinkgelder und betrank sich. Doch bald bekam er es satt, er hielt es nicht mehr aus und kehrte nach Dubečnja zurück. Später gestanden mir die Burschen, daß er sie zu überreden versucht hatte, nachts zusammen mit ihm Moisej umzubringen und die Generalin zu bestehlen.

Der Vater ist sehr gealtert, er geht gebeugt, und abends spaziert er vor seinem Haus auf und ab. Ich besuche ihn nicht.

Prokofij hatte während der Cholera die Kaufleute mit Pfefferschnaps und Teer behandelt und auch Geld dafür genommen, er war dann, wie ich aus der Zeitung erfuhr, öffentlich ausgepeitscht worden, weil er sich an seinem Fleischerstand abfällig über die Ärzte geäußert hatte. Sein Gehilfe Nikolka ist an der Cholera gestorben. Die Karpovna lebt noch und liebt und fürchtet ihren Prokofij wie eh und je. Wenn sie mich sieht, wiegt sie jedesmal traurig den Kopf und sagt mit einem Seufzer:

»Jetzt ist's aus und vorbei mit dir!«

An den Wochentagen habe ich von früh bis spät zu tun. Doch an den Feiertagen nehme ich meine kleine Nichte auf den Arm (meine Schwester hatte einen Jungen erwartet, doch es war ein Mädchen) und gehe gemächlich zum Friedhof. Dort stehe ich, oder ich sitze und schaue lange auf das mir so teure Grab und erzähle dem Mädchen, daß hier seine Mama liegt.

Manchmal treffe ich Anjuta Blagovo am Grab. Wir begrüßen uns und stehen schweigend da, oder wir sprechen von Kleopatra, von ihrem kleinen Mädchen und davon, wie traurig doch das Leben auf dieser Erde ist. Dann verlassen wir den Friedhof und schreiten schweigend dahin, und sie verlangsamt absichtlich den Schritt, um möglichst lange neben mir gehen zu können. Das Mädchen ist fröhlich und glücklich, es blinzelt im hellen Tageslicht und streckt lachend die Händchen nach ihr aus, und wir bleiben stehen und streicheln beide dieses liebe kleine Geschöpf.

Und wenn wir uns der Stadt nähern, nimmt Anjuta Blagovo aufgeregt und errötend von mir Abschied und geht dann würdig und streng allein weiter. Und keiner der Entgegenkommenden käme bei ihrem Anblick auf den Gedanken, daß sie eben erst neben mir hergegangen ist und sogar das Kind gestreichelt hat.

Anhang

Zu dieser Ausgabe

In Auswahl und Übersetzung ist unsere Ausgabe der Čechovschen Prosa identisch mit der dreibändigen Dünndruck-Ausgabe des Winkler-Verlags, München: ›Anton Tschechow, Kurzgeschichten und frühe Erzählungen (1883–1887)‹, ›Erzählungen aus den mittleren Jahren (1887–1892)‹ und ›Späte Erzählungen (1893–1903)‹, München 1968/1969.

Diese bislang vollständigste deutsche Čechov-Edition geht zurück auf die von den DDR-Slavisten Gerhard Dick und Wolf Düwel besorgte Ausgabe: ›Anton Tschechow, Gesammelte Werke in Einzelbänden‹, insgesamt acht Bände (Prosa, Dramen, Briefe, Notizbücher, ›Insel Sachalin‹), erschienen im Verlag Rütten & Loening, Berlin 1964 f.

Die Übersetzung dieser beiden Ausgaben basiert auf der – was die Textgestalt betrifft – bis heute aktuellsten russischen Čechov-Edition des Moskauer Staatsverlags für Schöne Literatur (Goslitizdat), 12 Bände, Moskau 1954–1957. Die neue, auf 30 Bände berechnete wissenschaftlich-kritische Čechov-Ausgabe, deren erste Bände 1975 erschienen, konnte bei der Revision der Übersetzungen nicht mehr berücksichtigt werden.

Mit Ausnahme der ›Kleinen Romane‹ (oder ›Novellen‹ – der russische Terminus ›povesti‹ deckt beide Begriffe unvollkommen und besitzt im Deutschen keine rechte Entsprechung) sind die Erzählungen, wie in der Ausgabe bei Rütten & Loening, chronologisch geordnet, entsprechend den Daten der russischen Erstveröffentlichung.

Die Anmerkungen unserer Ausgabe nennen an erster Stelle jeweils Titel und Titel des russischen Originals sowie Datum und Ort der Erstveröffentlichung; ein Verzeichnis der Abkürzungen der Zeitschriftentitel findet sich in jedem Band gesondert, den Anmerkungen vorangestellt. Es folgen Hinweise auf Korrekturen und Veränderungen, die Čechov bei Nachdrucken der Texte in den Erzählungs-Sammelbänden bis 1899 vorgenommen hat, d. h. bis zum Erscheinen der ersten russischen Gesamtausgabe bei A. F. Marks, Petersburg.

Schließlich der Vermerk, welche Erzählung Čechov in welchen Band der ›Gesammelten Werke‹, der einzigen von ihm selbst kontrollierten Gesamtausgabe, aufgenommen hat; diese Information erscheint insofern wichtig, als Čechov dabei vom streng chronologischen Ordnungsprinzip abgegangen ist, vielmehr den Charakter der einzelnen Erzählung zum Maßstab machte und dadurch, aus der Distanz von etwa 15 Jahren, eine eigene Einschätzung seiner früheren Arbeiten vorgenommen hat.

Die Anmerkungen greifen bewußt zurück auf ältere, Čechov zeitgenössische Nachschlagewerke; Zitate daraus besitzen ein eigenes Kolorit und vermitteln vom damaligen Wissensstand oft mehr, als moderne Lexika dies vermögen. Pëtr Kropotkins Literaturgeschichte des russischen XIX. Jahrhunderts, ›Ideale und Wirklichkeit in der russischen Literatur‹, erstmals 1906 auf deutsch erschienen und eine der besten Informationsquellen über Literatur und Gesellschaft der Čechov-Zeit, liegt inzwischen im Nachdruck als Band 762 der ›edition suhrkamp‹ vor.

Zeitschriften, in denen Čechov publizierte

Niva – ›Die Flur‹, illustrierte Familienzeitschrift, erschien 1870 bis 1918 in Petersburg, bis 1904 im Verlag A. F. Marks, viel gelesen (Auflage um 1900: 235 000 Expl.). Die ›Almanache der Niva‹ (1891–94) und die daraus hervorgegangenen ›Monatlichen Literaturbeilagen der Niva‹ hatten großen Anteil an der Popularisierung zeitgenössischer und klassischer Literatur, außerdem erschienen im Verlag ›N.‹ Volksausgaben zahlreicher Klassiker der russischen und Weltliteratur.

Russkaja mysl' – ›Russisches Denken‹, bürgerlich-liberale Monatszeitschrift für Literatur und Politik, erschien in Moskau 1880 bis 1918, anfangs mit Sympathien für slavophile Ideen, dann gemäßigt liberale Orientierung mit Sympathien für die Bewegung der Narodniki. Mitarbeiter neben Čechov die Schriftsteller Korolenko, Gleb Uspenskij, Mamin-Sibirjak, Garšin, Nemirovič-Dančenko, Gorkij. Außer Prosa publizierte Čechov in der ›Russkaja mysl'‹ 1896 das Theaterstück ›Die Möwe‹ (detebe 50/1).

Abkürzungen

R – *Rasskazy* (Erzählungen), Spb. (A. S. Suvorin) 1888; ^{2}1889; ^{13}1899.

SS – *Sobranie sočinenij* (Gesammelte Werke), Spb. (A. F. Marks) 1899 ff. Band I erschien 1899, Band II – 1900; die Bände III bis XI – 1901; Band XII – 1903; Band XIII posthum 1906.

Zur Transkription

Die Transkription der russischen Namen folgt der in der Slavistik üblichen, die für die spezifisch russischen Laute diakritische Zeichen benützt. Die wichtigsten, vom deutschen Alphabet abweichenden Laute des Russischen sind:

č	–	›tsch‹, wie Čechov
c	–	immer ›ts‹, wie in ›Zeichen‹
ch	–	immer hartes ›ch‹, wie in ›ach!‹ (nie wie in ›ich‹)
s	–	immer stimmloses, scharfes ›s‹, wie in ›essen‹
š	–	immer stimmloses, scharfes ›sch‹, wie in ›Asche‹
šč	–	nicht ›schtsch‹, sondern weiches, gedehntes ›sch‹ (š)
v	–	im Silbenanlaut, vor Vokalen und stimmhaften Konsonanten = ›w‹
		im Silbenauslaut und vor stimmlosen Konsonanten = ›ff‹
ž	–	immer stimmhaftes, weiches ›s‹, wie in ›Rose‹
z	–	immer stimmhaftes, weiches ›sch‹, wie in frz. ›jour‹

Jedes ›e‹ und ›i‹ palatalisiert den vorausgehenden Konsonanten, das heißt, wird mit einem leichten ›j‹-Vorschlag gesprochen.

Betontes ›e‹ (ë) wird wie ›jo‹ gesprochen und zieht automatisch die Wortbetonung auf sich.

Unbetontes ›o‹ wie ›a‹; betontes ›o‹ immer offen, wie im Wort ›offen‹ (nie wie in ›Ofen‹).

Namen und Anrede im Russischen

Im Russischen setzt sich jeder Name aus drei Teilen zusammen – dem Vornamen (Anton), dem Vatersnamen (Pavlovič oder, bei Frauen, Pavlovna) und dem Familiennamen (Čechov). Die offizielle Anrede besteht aus Vor- und Vatersnamen (was das im Deutschen übliche ›Herr‹ bzw. ›Frau‹ ersetzt) – ›Anton Pavlovič‹ ist demnach soviel wie deutsch ›Herr Čechov‹. Die intim-vertrauliche Anrede beschränkt sich wie im Deutschen auf den Vornamen bzw. dessen Koseformen.

Im gesprochenen Russisch werden die ›korrekten‹ Formen des Vatersnamens gelegentlich abgeschliffen (für ›Ivan Ivan*ovič*‹ oft auch nur ›Ivan Ivan*yč*‹), woraus sich zuweilen zweierlei Schreibweisen ergeben. Die ›abgeschliffene‹ Form wird gegenüber Personen gebraucht, die man zwar siezt, mit denen man aber doch auf bestimmte Weise vertraut ist, während die ›korrekte‹ Form des Vatersnamens in hochoffiziellen Situationen gebraucht wird, gegenüber Respektspersonen, Höhergestellten usw.

Maße und Gewichte

Gewichte:

1 *Pud*	=	40 Pfund oder 16,38 kg.
1 *Pfund*	=	32 Lot oder 96 Zolotnik oder 410 g.
1 *Lot*	=	3 Zolotnik oder 12,80 g.
1 *Zolotnik*	=	4,26 g.

Längenmaße:

1 *Verst*	=	500 Sažen oder 1067 m.
1 *Sažen*	=	3 Aršin = 48 Veršok oder 2,134 m.
1 *Aršin*	=	16 Veršok oder 71,1 cm.
1 *Veršok*	=	44,45 mm.

Flächenmaße:

1 *Desjatine*	=	2400 Quadrat-Sažen oder 1,0925 ha.
1 *Quadrat-Verst*	=	104,17 Desjatinen = 1,138 km².

Russische Feiertage, Kirchenfeste, Fasten

Die Zahl der Feiertage lag im zaristischen Rußland wesentlich höher als in westlichen Ländern zur selben Zeit; das ›Große Enzyklopädische Wörterbuch‹, der russische Brockhaus, zählt in Band 48 (1898) in Rußland 98 Feiertage bei 267 Arbeitstagen (zum Vergleich Preußen: 60 bei 305 Arbeitstagen). Unter die Feiertage fielen, zu Čechovs Zeiten und in der zeitgenössischen Sprache des Baedeker, Staatsfeiertage wie das »Namensfest d. Kaiserin«, »Geburtsfest des Kaisers«, »Krönungsfest«, »Namensfest der Kaiserin-Witwe«, »Geburtsfest des Thronfolgers Alexei Nikolajewitsch« u. a.

Kirchenfeste waren neben dem Weihnachtsfest (am 25., 26. und 27. Dezember – die Datenangaben jeweils nach dem alten Kalender), Ostern (Donnerstag, Freitag und Samstag in der Karwoche sowie 1., 2. und 3. Osterfeiertag), Christi Himmelfahrt, Pfingsten (zwei Tage) sowie Freitag und Samstag in der Butterwoche, d. h. der Woche vor Beginn der Großen Osterfasten:

6. Januar	Erscheinung Christi
2. Februar	Christi Darstellung
25. März	Mariä Verkündigung

9. Mai	Fest des hl. Nikolaus des Wundertäters
29. Juni	Fest der Apostel Petrus und Paulus
6. August	Verklärung Christi
15. August	Mariä Himmelfahrt
29. August	Johannis Enthauptung
30. August	Fest des hl. Alexander Nevskij
8. September	Mariä Geburt
14. September	Kreuzeserhöhung
26. September	Fest des Evangelisten Johannes
1. Oktober	Mariä Schutz und Fürbitte
22. Oktober	Fest des wundertätigen Bildes der hl. Muttergottes von Kazan
21. November	Mariä Opfer
6. Dezember	Fest des hl. wundertätigen Nikolaus

Die Fasten (russisch ›post‹) der russisch-orthodoxen Kirche unterteilen sich in ein- und mehrtägige Fasten.

Die mehrtägigen Fasten sind:

1. die *Großen Fasten,* beginnend mit dem Montag nach der Karnevals- oder Butterwoche, 40 Tage vor Ostern;
2. die *Apostel-* oder *Petersfasten* vor Peter und Paul; diese sind vom Datum des Osterfests abhängig, daher von unterschiedlicher Länge;
3. *Uspenskij post* vom 1. bis 15. August zu Ehren der Muttergottes, vor Mariä Himmelfahrt;
4. die *Weihnachts-* oder *Philippifasten* vor Weihnachten, beginnend mit dem 14. November, 40 Tage vor Christi Geburt.

Eintägige Fasten jeweils mittwochs und freitags, mit Ausnahme der Karwoche (da diese Woche als »ein einziger lichter Tag« angesehen wurde), der Pfingstwoche, der zwölf Tage zwischen Weihnachten und Christi Erscheinung; ferner am

14. September zu Kreuzeserhöhung
29. August zu Johannis Enthauptung und am
5. Januar, dem Vorabend von Christi Erscheinung.

(Nach dem ›Großen Enzyklopädischen Wörterbuch‹, St.-Petersburg, Brockhaus/Efron, 1898, Band 48.)

Die russischen Rangklassen

Die Liste der Rangklassen in Rußland geht zurück auf Peter I. In Anlehnung an westliche Vorbilder (Frankreich, Preußen, Dänemark und Schweden) wurden durch Erlaß 1722 vierzehn Rangklassen geschaffen, die praktisch und ohne wesentliche Veränderung bis 1917 in Kraft blieben. Der petrinischen Reform des Staats- und Militärdiensts lag der Gedanke zugrunde, daß auch Nichtadelige durch Leistung (durch Erreichen eines Rangs) in den Adel erhoben werden konnten.

Zu Čechovs Zeiten wurden folgende Ränge an Zivil- bzw. Militärbeamte verliehen:

Klasse	*Zivildienst*	*Militärdienst*
1	Kanzler	Generalfeldmarschall
		General-Admiral
2	Wirklicher Geheimrat	General
		Admiral
3	Geheimrat	Generalleutnant
		Vize-Admiral
4	Wirklicher Staatsrat	Generalmajor
	Oberstaatsanwalt	Konter-Admiral
5	Staatsrat	
6	Kollegienrat	Oberst
	Militärrat	Kapitän 1. Ranges
7	Hofrat	Oberstleutnant
		Kapitän 2. Ranges
8	Kollegienassessor	Hauptmann
		Rittmeister
9	Titularrat	Stabshauptmann
		Stabsrittmeister
		Leutnant
10	Kollegiensekretär	Leutnant
		Schiffsfähnrich
11	Schiffssekretär	
12	Gouvernementssekretär	Sekondeleutnant
		Kornett
13	Provinzsekretär	
	Senatsregistrator	
	Synodalregistrator	
	Kabinettsregistrator	
14	Kollegienregistrator	

Personen der oberen vier Rangklassen gebührte die Anrede ›Euer Exzellenz‹.

Der Adelstitel, der auf dem Dienstwege verliehen wurde, war erblich für den, der ein Amt des 9. Rangs erreicht hatte; den Adelstitel beantragen konnte z. B. auch ein Unternehmen, das sein 100-jähriges Jubiläum feierte (vgl. die Novelle ›Drei Jahre‹, vgl. Gaevs Rede im 1. Akt des ›Kirschgarten‹).

Nicht übersetzte Ausdrücke

Bliny – im Singular blin: der Pfannkuchen, der Fladen aus Buchweizen-, Weizen- oder Gerstenmehl (Pavlovskij), vgl. deutsch Plinse, auch Plinze. Russisches Backwerk, in schwimmendem Fett gebacken. Bliny wurden vor allem in der Butterwoche, der russischen Karnevalswoche vor dem 40tägigen Großen Fasten gebacken.

Katorga – vgl. Pavlovskij: »1. (veralt.) die Galeere, das Ruderschiff; 2. die Festungsbau-, Bergbaustrafe, Zwangsarbeit in den Bergwerken«; so auch oft übersetzt, zu Čechovs Zeiten meist in Sibirien, auf Sachalin oder in den Bergwerken am Karischen Meer verbüßt, verbunden mit anschließender Verbannung zur Zwangskolonisierung Sibiriens. *Katorga* aber auch im übertragenen Sinne – schweres, unerträgliches Leben, Hundeleben. Davon abgeleitet: *Katoržnik*, ›Zuchthäusler‹, der die Katorga verbüßt. Über Katorga und russischen Strafvollzug vgl. ausführlich Čechov, ›Die Insel Sachalin‹ (detebe 50/xx).

Kulak – wörtl. (Pavlovskij): »1. die Faust; ... 5. der Aufkäufer, Kleinhändler, Wiederverkäufer; 6. der Geizhals, Knicker«; davon abgeleitetes Abstraktum: Aufkäuferei, Mäklerei; die Wucherei. Meint abschätzig den reichen, durch Wuchergeschäfte reichgewordenen Bauern, für den es in der russischen Literatur zahlreiche Beispiele gibt – vgl. etwa Vosmibratov in Ostrovskijs Komödie ›Der Wald‹, vgl. zu diesem Begriff auch Čechov über die Rolle Lopachins im ›Kirschgarten‹ (detebe 50/III).

Kvas – auch Kwaß, erfrischendes Getränk, zubereitet aus gesäuertem Schwarzbrotteig oder Schwarzbrot und Malz (Pavlovskij). Ein in Rußland beliebtes Getränk, das die Stelle des Biers vertritt. Bei den Bauern besteht der K. nur aus einem trüben, sauern, noch gärenden Aufguß auf geschrotenes Getreide. Dagegen sind die feineren Sorten K., besonders der Äpfel- und Himbeerkwas, sehr wohlschmeckend (Brockhaus, 14. Aufl., Leipzig 1902).

Njanja – die russische Kinderfrau, die Amme; ist Bezeichnung und Anrede zugleich für die Amme, die neben den Dienstboten gehalten wurde und die – vgl. ›Drei Schwestern‹, ›Onkel Vanja‹ – im Hause verblieb, auch wenn die Kinder längst herangewachsen waren.

Varenje – russische Spezialität, Eingemachtes, erscheint in Übersetzungen als ›Konfitüre‹, ›Marmelade‹, als ›das Eingemachte‹ (›Eingemachtes‹), aber auch als ›Saft‹ (so auch Pavlovskij). Wird anstelle von Zucker oft zum Süßen des Tees benützt.

Zakuska – vgl. Pavlovskij: »1. der Imbiß, das Gabelfrühstück; 2. die Zukost, das Zugemüse, Beiessen; 3. das Nachessen, Dessert, der Nachtisch.« In den vorliegenden Übersetzungen oft auch mit ›Imbiß‹ übersetzt, meint das, was man unmittelbar nach dem heruntergestürzten Glas Vodka ißt und was in Rußland unabdingbar zum Vodkatrinken gehört. Was als Zakuska alles genossen werden kann, diskutieren exemplarisch Lebedev, Borkin und Šabelskij im III. Akt des ›Ivanov‹ (detebe 50/V).

Zemstvo – russischer terminus technicus aus der Verwaltung, bezeichnet die teilweise Selbstverwaltung des Landes im lokalen Bereich, eine der Errungenschaften aus der Zeit der ›großen‹ Reformen, eingeführt nach Aufhebung der Leibeigenschaft 1861, um die staatliche Verwaltung zu entlasten. Auf drei Jahre gewählte Vertreter der Adeligen, Bürger und Bauern (wobei das Wahlrecht dem Adel die führende Position sicherte) entschieden ab 1864 über die Instandhaltung von Straßen und Brücken, Unterhaltung von Fuhr- und Postdiensten, über den Ausbau des Elementarschulwesens, über Einrichtungen des Gesundheitswesens, z. B. den Bau neuer Krankenhäuser (vgl. ›Krankenzimmer Nr. 6‹; der in den Übersetzungen erscheinende ›Landarzt‹, zemskij vrač, ist der vom Zemtsvo angestellte, der Zemstvo-Arzt). Die Zemstvos auf Kreis- und Gouvernementsebene befanden sich in ständiger Rivalität zur staatlichen Verwaltung und wurden 1890 durch Gesetz in ihren Kompetenzen derart eingeschränkt, daß sie praktisch zur Bedeutungslosigkeit verurteilt waren.

Anmerkungen

Drei Jahre (Tri goda). ›Russkaja mysl'‹, Nr. 1 (Januar) und Nr. 2 (Februar) 1895; dort mit dem Untertitel: ›Erzählung‹. Stark überarbeitet, erheblich gekürzt für SS VIII, 1901.

Geschrieben im Herbst 1894, abgeschlossen im Dezember; zahlreiche Textstellen, einzelne Sätze finden sich im Notizbuch Nr. 1 (1891–1904), die auf das Jahr 1891 zurückgehen.

An seine Schwester Marija schreibt Čechov am 29. September 1894: »Wenn Du Golcev siehst, sag ihm, daß ich für die ›Russkaja mysl'‹ einen Roman aus dem Moskauer Leben schreibe. Der Lorbeer Boborykins läßt mich nicht schlafen, ich schreibe eine Nachahmung des ›Pereval‹. Aber Golcev und Lavrov sollen nicht vor Dezember damit rechnen, denn der Roman ist dick, etwa 6–8 Bogen.«

Dezember 1894 schreibt Čechov, als er die Novelle abschickt, an Golcev: »›Drei Jahre (Szenen aus dem Familienleben).‹ Da hast Du den Titel für die kommende Novelle. Wenn Dir das Wort ›Szenen‹ nicht gefällt, dann laß einfach ›Aus dem Familienleben‹, oder einfach ›Erzählung‹.«

Wie aus einem Brief Čechovs an Suvorin deutlich wird, ist die Novelle mit Strichen der Zensur gedruckt worden: »Das Jan.-Heft der ›Russkaja mysl'‹ wurde verhaftet, dann begnadigt. Aus meiner Erzählung hat die Zensur Zeilen herausgeworfen, die sich auf die Religion bezogen. Die ›Russkaja mysl'‹ schickt ihre Beiträge nämlich zur Vorzensur. Das nimmt einem jede Lust, frei zu schreiben; man schreibt und spürt den Knochen, der einem im Halse steckt.« (19. Januar 1895)

I

Sokolniki – Stadtteil, Wald, Stadtpark im Nordosten Moskaus; beliebter Ausflugsort. »Von der Neuen Promenade, mit Musikpavillon und Café, laufen nach N. strahlenförmig sieben Durchhaue aus, die unter sich wieder durch Querwege verbunden sind. Westl. vom Pavillon die Alte Promenade, in der sich an Sonn- und Festtagen die unteren Volksklassen belustigen (Sommertheater u. a.).« (Baedeker, ›Rußland‹, 7. Aufl., Leipzig 1912.)

Pjatnickaja – Straße im Süden Moskaus, dem Stadtteil Zamoskvorečje, jenseits der Moskva, aber in unmittelbarer Nähe zum Kreml, einer der ältesten Stadtteile Moskaus; traditionell der Stadtteil der Kaufleute.

Anton Goremyka – berühmte Erzählung des russischen Schriftstellers Dmitrij Vasiljevič Grigorovič, 1822–1899, erschienen 1847; eine der ersten Schilderungen aus dem Leben der leibeigenen Bauern, noch vor Turgenevs ›Aufzeichnungen eines Jägers‹, die Grigorovičs Ansehen als demokratischer Erzähler begründeten.

II

Russische Butterwoche – die Butterwoche im russischen Leben entspricht dem Karneval, Vorfastenwoche, nach der die Großen (40 Tage dauernden) Fasten begannen und in der noch Milch- und Butterspeisen genossen wurden; geht zurück auf das heidnisch-slavische Fest der Austreibung des Winters.

IV

Glocken von Corneville – komische Oper des französischen Komponisten Robert Planquette, 1848–1903; 1877 in Paris mit großem Erfolg uraufgeführt, eroberte daraufhin bald alle Bühnen Europas und Nordamerikas.

V

Tee mit Varenje – die russische Sitte, den Tee anstatt mit Zucker mit Varenje zu süßen.

Kašira – Kleinstadt im Süden Moskaus, 102 Verst entfernt, an der Oka gelegen.

Šamyl – oder Šamil, Imam, kaukasischer Freiheitsheld, 1797 bis 1871, Führer der kaukasischen Bergvölker gegen die Russen im Kampf um die Eroberung des Kaukasus.

Exporteure, Exploitateure – der Versprecher entfernt sich im Russischen von ›ekspluatatory‹ zu ›planatory‹.

Juduška bei Saltykov-Ščedrin – Gestalt aus einem der Hauptwerke des satirischen Schriftstellers und Demokraten Michail Saltykov-Ščedrin (1826–1889), dem Roman ›Die Herren Golovlëv‹; Juduška, Sohn der Gutsbesitzerin und habsüchtig-tyrannischen Arina Petrovna, der als einziger der drei Söhne, genannt der ›Blutsauger‹, seiner Mutter an Habsucht und Brutalität nicht nachsteht, skrupellos den gesamten Familienbesitz an sich bringt und seiner Mutter ein Gnadenbrot gibt.

VI

pater familias – latein. Familienvater, Oberhaupt der Familie.

Kamilavka – die Kappe, Scheitelkappe der russisch-orthodoxen Priester, aus violettem Samt für Weltgeistliche, aus schwarzem Stoff für Mönche.

VII

Rubinštejn – Anton Rubinštejn (Rubinstein), 1829–1894, russischer Pianist und Komponist, 1862 Begründer des Konservatoriums von Petersburg, Begründer der Russischen Gesellschaft für Musik (1859); einer der Lehrer Pëtr Čajkovskijs. Feierte große Erfolge auch als Dirigent.

Neunte Sinfonie – von Beethoven, vgl. unten ›die Sänger‹ (des Chorus an die Freude).

Adelskasino – in dem das Konzert stattgefunden hatte, auch ›Adelsklub‹, im Zentrum Moskaus gelegen, in unmittelbarer Nähe des Theaterplatzes (heute Haus der Gewerkschaft, Sverdlova ploščad').

Ostoženka – Straße im Südwesten Moskaus, parallel zur Moskva und zur Pjatnickaja, jedoch noch diesseits des Flusses.

Ein Königreich für ein ... – Abwandlung des geflügelten Worts

»Ein Pferd! ein Pferd! ein Königreich für ein Pferd!« aus Shakespeares ›Richard III.‹.

Bolšaja Nikitskaja – heute die ulica Gercena, Herzen-Straße, verbindet, an der Universität vorbeiführend, etwa parallel zur Tverskaja, das unmittelbare Zentrum mit dem Ring der Boulevards.

Reinheit – in der Übersetzung kursiv gesetzt, im russischen Original deutsch.

Presnja-Straße – Presnenskaja, Straße und Stadtteil im Westen Moskaus.

VIII

von der Pjatnickaja zum Razguljaj – Razguljaj, Platz im NO Moskaus, auf dem äußeren Ring im Stadtteil Basmannaja; der Weg verlief damit quer durch die gesamte Moskauer Innenstadt.

Njanja – russische Anrede und zugleich Bezeichnung für die Kinderfrau, die Amme.

IX

Malaja Dmitrovka, Staryj Pimen – die Malaja Dmitrovka im NW Moskaus, verläuft, parallel zur Tverskaja, zwischen den Boulevards und dem äußeren Ring; zwischen Malaja Dmitrovka und Tverskaja, am Pimenovskij pereulok das Kloster Staryj Pimen.

Chaldäer – Chaldäa, südwestlicher Teil Babyloniens auf der Westseite des Euphrat; die Chaldäer, um 2500 v. u. Z. von Norden her dorthin eingewandertes, tapferes kriegerisches Volk, berühmt für seine astronomischen Kenntnisse.

Tverskaja – elegante Einkaufstraße in Moskau mit Restaurants, Luxusgeschäften etc. Moskaus Nevskij Prospekt, heute Gorkij-Straße; mündete zwischen Historischem Museum und Kapelle der Iberischen Muttergottes und Kazaner Kathedrale auf den Roten Platz.

Kapelle der Iberischen Muttergottes – »eine der angesehensten Rußlands, die die Kaiser jedesmal bei der Ankunft in Moskau vor dem Betreten des Kreml aufsuchen. Die Kapelle ist meist dicht umdrängt, auch nachts; man hüte sich vor Taschendieben« (Baedeker, ›Rußland‹, 7. Aufl., Leipzig 1912).

Filippov – Café, Ecke Tverskaja und Gliniščevskij pereulok, heute Ecke Gorkij-Straße und Nemirovič-Dančenko-Straße.

Volokolamsk – Kleinstadt im Gouvernement Moskau, ca. 5000 Einwohner, etwa 120 Verst nordwestlich von Moskau.

›Jungfrau von Orléans‹ – Tragödie von Friedrich Schiller von 1801. Marija Nikolaevna Ermolova, 1853–1928, eine der gro-

ßen Tragödinnen des russischen Theaters, erreichte 1884, daß die Aufführung der ›Jungfrau von Orléans‹ genehmigt wurde; die Ermolova, Angehörige des Moskauer Kleinen Theaters (Malyj Teatr), spielte die Rolle der Jeanne d'Arc achtzehn Jahre lang, des großen Erfolges wegen wurden die Vorstellungen ab 1893 auf die Bühne des Großen, des Bolšoj Teatr verlegt.

Whint – Kartenspiel, dem englischen Whist und dem später daraus hervorgegangenen Bridge verwandt; Näheres, Spielregeln in der Anmerkung zu der gleichnamigen Erzählung in Band I.

Kleines Theater – Malyj Teatr, ältestes russisches Theater in Moskau, hervorgegangen aus dem 1756 gegründeten Universitäts-Theater; im Zentrum Moskaus, neben dem Bolšoj Teatr am Theaterplatz gelegen.

Hotel Dresden – teures, zentral gelegenes Hotel in der Tverskaja gegenüber dem Generalgouvernement.

mit dem Buchstaben Ja – letzter Buchstabe des russischen Alphabets, der gleichzeitig das persönliche Fürwort »Ich« bedeutet.

X

wenn ein Werk gegen die Leibeigenschaft ... – die, durch Zarenerlaß, im Jahre 1861 aufgehoben worden war.

Zemstvo, Stadtverwaltung ist jetzt modern – im Sinne von: in aller Munde; 1890 war durch Gesetz das große Reformwerk der 60er Jahre faktisch aufgehoben und rückgängig gemacht worden, die Zemstvo-Verwaltung in ihren Befugnissen so stark beschnitten worden, daß die Zemstvos zur Bedeutungslosigkeit verurteilt waren.

Rothschild – berühmtes Handelshaus und Bankhaus in Frankfurt am Main, begründet von Mayer Anselm Rothschild, 1743–1812, der seit 1801 Hofagent des Kurfürsten von Hessen war, dessen Vermögen er verwaltete; das Bankhaus wurde nach seinem Tode von seinem Sohn Anselm Mayer Freiherr von Rothschild, 1773–1855, weitergeführt.

Jar, Strelna – im Petrovskij Park im NW Moskaus, außerhalb der Stadt; »namentlich nachts besucht (nicht billig)«, wie der Baedeker anmerkt.

XII

Šiškin – Ivan Ivanovič Šiškin, 1831–1898, russischer Maler, Mitglied der Gruppe der Peredvižniki, vor allem Landschaftsmaler; Darstellung des russischen Nordens, berühmte Waldlandschaften.

Tag der Kreuzeserhöhung – russischer Kirchenfeiertag, 14. September (alten Stils).

XIII

Sokolniki – vgl. oben, Kap. I.

Moskauer Bahnhöfe – im Süden des Parkes von Sokolniki, am Stadtrand Moskaus, liegen drei der insgesamt neun Moskauer Bahnhöfe, der Bahnhof der Strecke Moskau – Petersburg (der Nikolaj-Eisenbahn), der Jaroslavler und der Kazaner Bahnhof.

Moskauer Zaren – im Mittelalter war Moskau die Residenz der russischen Zaren, bis Peter I. die Zarenresidenz nach Petersburg verlegte.

Bojaren – im alten Rußland, dem Moskauer Reich, Angehörige der vornehmsten Adelsgeschlechter, bekleideten die höchsten Zivil- und Militärämter und behaupteten neben den regierenden Großfürsten eine gewisse Unabhängigkeit; Ivan IV. (›der Schreckliche‹) setzte unter seine Ukaze immer: »Der Zar hat es befohlen, die Bojaren haben es gutgeheißen.« Peter I. hob die Bojarenwürde auf und ersetzte sie durch den Verdienstadel. Der letzte Bojar starb 1750.

Krasnyj Prud, Alekseev-Kloster – auf dem Weg von Sokolniki nach Moskau.

Krim, Kaukasus – traditionelle Reisegebiete der besseren Gesellschaft; besungen in den Werken Puškins und Lermontovs; vgl. dazu auch ›Das Duell‹ (detebe 50/XVII) von Čechov.

Ljapunovs, Godunovs – Moskauer Bojaren, Anspielung auf Puškins Tragödie ›Boris Godunov‹, erschienen 1831, uraufgeführt aber erst 1870; 1874 durch Musorgskij als Oper vertont.

Jaroslav, Monomach – Fürsten des Kiever Reichs, der Alten Rus; Jaroslav I. der Weise, 1019–1054, und Vladimir II. Monomach, 1113–1125 n. u. Z.

Monolog des Pimen – aus dem 5. Bild des ›Boris Godunov‹ von Puškin; Pimen ist der alte Mönch und Chronist, der dem jungen Mönch Grigorij (Griška Otrepev) die Geschichte vom ermordeten Zarewitsch Dmitrij erzählt und in einem großen Monolog die weltliche Macht der Zaren, der Gewalt und des Verbrechens mit dem Frieden des klösterlichen Lebens vergleicht.

Kalmücken – Volksstamm der Mongolen, Nomaden, in den Steppen Turkestans, in der Mongolei und dem südlichen Sibirien.

Polovzer – turkotatarisches Volk aus der Zeit der Kiever Rus, Feinde der Russen; im XII. Jahrhundert ausgestorben.

XIV

Vestnik Evropy – russ. ›Der Bote Europas‹, in Moskau erscheinende Monatszeitschrift, erschien von 1866–1918; ursprünglich historische Fachzeitschrift, bald erweitert durch Abteilungen für in- und auswärtige Politik und Literatur. Organ der bürgerlich-liberalen Autoren und Westler, publizierte u. a. Turgenev (›Neuland‹, ›Frühlingswasser‹), Gončarov (›Die Schlucht‹), Stücke von Ostrovskij; nach Verbot der ›Otečestvennye zapiski‹ auch Saltykov-Ščedrin.

XVII

Maljuta Skuratov – Vertrauter Ivans IV., einer der Führer der berüchtigten Opričnina, erdrosselte 1569 den auf Geheiß Ivans IV. abgesetzten Metropoliten Filipp.

Zamoskvorečje – vgl. oben, Kapitel I.

Mein Leben (Moja žizn'). Niva, Nr. 10 (Oktober), Nr. 11 (November) und Nr. 12 (Dezember) 1896, dort ohne Untertitel. Mit Untertitel, zahlreichen Korrekturen, Veränderung in der Kapiteleinteilung in R, 1897; zusammen mit der Erzählung ›Die Bauern‹ in einem Band, 1897, ^{7}1899. Dann mit nur geringfügigen Veränderungen in SS IX, 1901.

Die Kapiteleinteilung ursprünglich: I – IX identisch; X = X und XI, XI = XII; XII = XIII und XIV; XIII = XV; XIV = XVI; XV = XVII und XVIII; XVI = XIX; XVII = XX.

Begonnen wurde die Erzählung im Februar 1896, als Titel hatte Čechov vorgesehen ›Meine Heirat‹, wie aus einem Brief an den Niva-Redakteur Lugovoj vom 27. April hervorgeht; diesen Titel hat Čechov bereits am 16. Juni wieder verworfen. Beendet wurde die Erzählung am 29. Juli 1896, abgeschickt am 10. August; am 13. September schreibt Čechov an Lugovoj: »Ich habe die korrigierten Fahnenabzüge an Sie abgeschickt – die ersten vier Bogen ... Den Titel der Novelle habe ich Ihnen telegrafiert: ›Mein Leben‹. Aber dieser Titel erscheint mir widerwärtig, besonders das Wort ›mein‹. Wäre nicht besser ›In den neunziger Jahren‹? Eine solche Komplikation mit dem Titel erfahre ich zum ersten Mal im Leben.«

I

bei Borodino gekämpft – in der Schlacht bei Borodino vom 7. September 1812; durch die Niederlage der russischen Armee wurde den französischen Heeren der Weg nach Moskau eröffnet, der Fall Moskaus besiegelt. – Hier im Sinn: hat im Vaterländischen Krieg gegen Napoleon teilgenommen.

beau monde – im Original französisch, die ›bessere Gesellschaft‹, die ›vornehmere Gesellschaft‹.

Misail – Name eines der beiden Wandermönche aus Aleksandr Puškins klassischer historischer Tragödie ›Boris Godunov‹.

Wer die Kopeke nicht ehrt ... – deutsche Entsprechung eines russischen Sprichworts, das wörtlich lautet: »Die Kopeke bewahrt/behütet den Rubel.«

II

Vaudeville mit Gesang – vaudeville, französisch, humoristisches, burlesk-satirisches Singspiel, dessen Dialog (im Unterschied zur Operette) ebenfalls gesungen wurde; russisch ›vodevil'‹ werden aber auch Schwänke und Einakter (z. B. einige von Čechov) bezeichnet, in denen überhaupt nicht gesungen wird.

Rettich – russ. ›red'ko‹: der Rettich.

lebende Bilder – Fachausdruck aus der Theatersprache, Darstellung von biblischen oder klassischen Motiven, auch von berühmten Werken der bildenden Kunst in unbeweglichen Personen- und Requisitenarrangements; beliebt als höfische und bürgerliche Unterhaltung (z. B. der Weimarer Hofgesellschaft unter Goethes Mitwirkung).

Kimry – Stadt im Norden Moskaus an der Volga, 7000 Einwohner, mit bedeutender Schuhwarenfabrikation. Vgl. zur Einschätzung der Stadt den Monolog Andrejs aus Čechovs Stück ›Drei Schwestern‹, IV. Akt (detebe 50/VI).

IV

Petrifasten – die Peter-Pauls-Fasten, vor dem 29. Juni.

faire la carrière – franz. ›Karriere machen‹.

V

Shakespeares Polonius – Gestalt aus dem ›Hamlet‹ von Shakespeare, Vater der Ophelia, Oberkämmerer und Vertrauter des Königs Claudius, der von Hamlet erstochen wird.

VI

die Gogolschen Schweinerüssel – Übersetzung des Bildes: ›gibt es nur dumpfen Aberglauben‹. In Nikolaj Gogols Erzählung ›Der Jahrmarkt von Soročincy‹ unterhalten sich Bauern über den Teufel in Schweinegestalt, als plötzlich ein Schwein mit dem Rüssel gegen die Fensterscheiben stößt. Alle erstarren und glauben, es sei der Leibhaftige.

Werke der Liebe, Erfüllung des sittlichen Gesetzes – Hinweis auf die Lehren Lev Tolstojs (1828–1910) und seiner Anhänger, eine christlich motivierte, aus der Bergpredigt abgeleitete Heilslehre, die Tolstoj in den letzten drei Jahrzehnten seines

Lebens in zahlreichen Aufrufen, Abhandlungen und Schriften propagierte, in deren Zentrum das Gebot der Liebe und die Aufforderung, den Feinden nicht zu widerstehen, standen; viele Tolstojaner waren auch Vegetarier, vgl. weiter unten Kapitel VIII und IX.

Chan Batu – oder auch Batyj, Chan der Goldenen Horde, Enkel des Čingis Chan, der die Unterwerfung des alten Rußland (1240, Fall Kievs) vollendete.

Vestnik – russ. ›Der Bote‹; im Zusammenhang hier: den ›Stadtanzeiger‹.

VIII

Archimandrit – Würdenträger der russisch-orthodoxen Kirche, Vertreter der Klostergeistlichkeit, Abt.

Vladimirorden – russischer Orden, gestiftet von Katharina II. zum Andenken an Vladimir I., »für alle Stände«, erneuert von Alexander I. »für bürgerliche Verdienste im Frieden«, mit vier Klassen.

IX

der Wächter schlug an sein Eisenbrett – auf russischen Landgütern, in Provinzstädten ging der Nachtwächter stündlich um das Anwesen und zeigte, durch Schlagen auf ein Holzbrett, die volle Stunde an; vgl. die Erzählung ›Vanka‹, das Stück ›Onkel Vanja‹; die Erzählung ›Ein Fall aus der Praxis‹.

XIII

Diese Petschenegen – turkotatarisches Volk aus den Zeiten des Alten Rußland, im Russisch der Čechov-Zeit als Schimpfwort gebraucht im Sinne von Hinterwäldler, Urmensch.

XIV

Vierziger Jahre – des XIX. Jahrhunderts, Epoche der Heiligen Allianz und der politischen Reaktion unter dem Zaren Nikolaus I. Als einen typischen Vertreter der russischen Intellektuellen der vierziger Jahre bezeichnet Kropotkin den Turgenevschen Helden Rudin, vgl. Anmerkung zu Kapitel XI der Novelle ›Das Duell‹ (detebe 50/XVII): »Der Held, der so schön über den Kampf gegen alle möglichen Hindernisse sprechen konnte, ist vor dem ersten Hindernis, das ihm in den Weg kam, zusammengebrochen. Worte, Worte und keine Taten, das war in der Tat das Charakteristische an diesen Männern, die in den vierziger Jahren das beste denkende Element der russischen Gesellschaft darstellten.« (Kropotkin, ›Ideale und Wirklichkeit in der russischen Literatur‹, dt. Leipzig 1906)

Sechziger Jahre – in Rußland die Zeit der sogenannten großen

Reformen (Aufhebung der Leibeigenschaft 1861, Justizreform u. a.) und die kurze Epoche einer relativ offenen politischen Diskussion, bis zum Verbot des ›Sovremennik‹ im Jahre 1866, der Zeitschrift der revolutionären Demokraten um Nekrasov, Černyševskij, Dobroljubov, Pisarev.

Marasmus senilis – latein.-griech. Altersschwäche, allmählicher Schwund aller Organe und Gewebe ohne eigentliche Krankheit, verbunden mit der Abnahme sämtlicher Körperfunktionen.

862 – den russischen Chroniken zufolge das Jahr der Berufung des Varägerfürsten Rjurik, über die Russen zu herrschen; Jahr der ersten russischen Staatenbildung.

XVII

Die Würfel sind gefallen – geflügeltes Wort, latein.: »alea jacta est«, das Wort Caesars vor der Überschreitung des Rubicon.

XIX

Ostrovskij oder Gogol – die beiden klassischen russischen Satiriker des XIX. Jahrhunderts; Nikolaj V. Gogol, 1809–1852, Autor der klassischen Lustspiele ›Der Revisor‹ und ›Die Heirat‹. Aleksandr Ostrovskij, 1823–1886, Klassiker des russischen realistischen Dramas, Autor zahlreicher Komödien, u. a. ›Wölfe und Schafe‹, ›Der Wald‹, ›Ein heißes Herz‹.

Cheviotjacketts – Cheviot, grober Wollstoff für Damen- und Herrenkleidung, benannt nach den Cheviot-Hills, einem Höhenzug, der England und Schottland trennt; »seine welligen Flächen sind ganz mit Weiden bedeckt, die eine berühmte Rasse von Schafen nähren. Auf ihm entspringen der Esk, Tweed und Tyne.« (Brockhaus, 14. Aufl., Leipzig 1901.)

Kreosot – »Bestandtheil des Holz- und Torftheers, am besten aus Buchenholztheer darstellbar, farbloses Öl, riecht durchdringend nach Rauch, schmeckt brennend scharf ... in Wasser wenig, in Alkohol und Äther leicht löslich, zerstört die Haut, ist giftig, dient als Arzneimittel, äußerlich als ätzendes, desinficirendes, fäulniswidriges Mittel; es bildet den wirksamen Bestandtheil des Rauches, schützt Fleischwaren vor Zersetzung.« (Meyers Hand-Lexikon, Leipzig 1878.)

Anton Čechov im Diogenes Verlag

Herausgegeben und mit Anmerkungen versehen von Peter Urban; übersetzt von Gerhard Dick, Ada Knipper, Peter Urban u. a. Jeder Band bringt den unzensurierten, neutranskribierten Text und einen Anhang mit Lesarten und Drucknachweisen.

Das dramatische Werk

Die Möwe. Komödie in vier Akten. detebe 50/I
Der Waldschrat. Komödie in vier Akten. detebe 50/II
Der Kirschgarten. Komödie in vier Akten. detebe 50/III
Onkel Vanja. Szenen aus dem Landleben in vier Akten. detebe 50/IV
Ivanov. Drama in vier Akten. detebe 50/V
Drei Schwestern. Komödie in vier Akten. detebe 50/VI
Platonov. ›Das Stück ohne Titel‹. In vier Akten und fünf Bildern. detebe 50/VII

Das erzählende Werk

Ein unbedeutender Mensch. Erzählungen 1883–1885. detebe 50/XI
Gespräch eines Betrunkenen mit einem nüchternen Teufel. Erzählungen 1886. detebe 50/XII
Die Steppe. Erzählungen 1887–1888. detebe 50/XIII
Flattergeist. Erzählungen 1888–1892. detebe 50/XIV
Rothschilds Geige. Erzählungen 1893–1896. detebe 50/XV
Die Dame mit dem Hündchen. Erzählungen 1897–1903. detebe 50/XVI
Eine langweilige Geschichte · Das Duell. Kleine Romane I. detebe 50/XVII
Krankenzimmer Nr. 6 · Erzählung eines Unbekannten. Kleine Romane II. detebe 50/XVIII
Drei Jahre · Mein Leben. Kleine Romane III. detebe 50/XIX
Die Insel Sachalin. Ein Reisebericht. detebe 50/XX

Diogenes Taschenbücher
Alphabetisches Verzeichnis

Titel mit * sind Erstausgaben oder deutsche Erstausgaben.
Titel mit o sind auch als Studienausgaben empfohlen.

Diogenes Taschenbücher

0 Flora, *Premiere* *
1/I o Andersch, *Die Kirschen der Freiheit*
1/II o Andersch, *Sansibar oder der letzte Grund*
1/III o Andersch, *Hörspiele*
1/IV o Andersch, *Geister und Leute*
1/V o Andersch, *Die Rote*
1/VI o Andersch, *Ein Liebhaber des Halbschattens*
2/I o O'Casey, *Purpurstaub* *
2/II o O'Casey, *Dubliner Trilogie* *
3 o Wilde, *Der Sozialismus und die Seele des Menschen*
4/I o Sillitoe, *Guzman, Go Home* *
4/II o Sillitoe, *Die Einsamkeit des Langstreckenläufers*
4/III o Sillitoe, *Samstagnacht und Sonntagmorgen*
5 o Amalrik, *Kann die Sowjetunion das Jahr 1984 erleben?* *
6 Ungerer, *Sexmaniak*
7 o Henkel, *Eisenwichser* *
8 Tschukowskaja, *Ein leeres Haus*
9 Mercer, *Flint* *
10/I Rosendorfer, *Über das Küssen der Erde* *
10/II o Rosendorfer, *Der Ruinenbaumeister*
10/III Rosendorfer, *Skaumo* *
11 o D. H. Lawrence, *Pornographie und Obszönität* *
12 o Erckmann/Chatrian, *Der Rekrut*
13 Loriot, *Kleine Prosa* *
14 Searle, *Weil noch das Lämpchen glüht*
15 o Fischer, *Überlegungen zur Situation der Kunst* *
16 O'Flaherty, *Ich ging nach Rußland*
17 Ungerer, *Fornicon*
18 o Braun/Iden, *Neues deutsches Theater* *
19/I o Thoreau, *Walden oder Leben in den Wäldern*
19/II o Thoreau, *Über die Pflicht zum Ungehorsam* *
20/I–II o McCullers, *Erzählungen in 2 Bänden* *
20/III o McCullers, *Die Ballade vom traurigen Café*
20/IV o McCullers, *Das Herz ist ein einsamer Jäger*
20/V o McCullers, *Spiegelbild im goldnen Auge*
20/VI o McCullers, *Frankie*
20/VII o McCullers, *Uhr ohne Zeiger*
20/VIII o *Über Carson McCullers* *
21/I o L. Marcuse, *Philosophie des Glücks*
21/II o L. Marcuse, *Sigmund Freud*
21/III o L. Marcuse, *Argumente und Rezepte*
21/IV o L. Marcuse, *Richard Wagner*
21/V o L. Marcuse, *Ignatius von Loyola*
21/VI o L. Marcuse, *Mein zwanzigstes Jahrhundert*
21/VII o L. Marcuse, *Nachruf auf Ludwig Marcuse*
22/I Jägersberg, *Cosa Nostra* *
22/II o Jägersberg, *Weihrauch und Pumpernickel*
22/III Jägersberg, *Nette Leute*
23 Topor, *Tragödien* *
24 Brechbühl, *Der geschlagene Hund* *
25/I–III Hottinger, *Mord · Mehr Morde · Noch mehr Morde*
26 Richartz, *Tod den Ärtzten*

27 Gorey, *Balaclava* *
28 o Einstein/Freud, *Warum Krieg?*
29/I Spark, *Memento Mori*
29/II Spark, *Die Ballade von Peckham Rye*
30/I–V o Faulkner, *Gesammelte Erzählungen in 5 Bänden*
30/VI o Faulkner, *Die Unbesiegten*
30/VII o Faulkner, *Sartoris*
30/VIII o Faulkner, *Als ich im Sterben lag*
30/IX o Faulkner, *Schall und Wahn*
30/X o Faulkner, *Absalom, Absalom!*
30/XI o Faulkner, *Go down, Moses*
30/XII o Faulkner, *Der große Wald*
30/XIII o Faulkner, *Griff in den Staub*
30/XIV o Faulkner, *Der Springer greift an*
31 Hensel, *Wider die Theaterverhunzer* *
32 Ely, *Aus!* *
33/I Goya, *Caprichos*
33/II Goya, *Desastres de la Guerra*
34 Whistler, *Die vornehme Kunst sich Feinde zu machen* *
35/V o Maugham, *Rosie und die Künstler*
35/VI o Maugham, *Silbermond und Kupfermünze*
35/VII o Maugham, *Auf Messers Schneide*
35/VIII o Maugham, *Theater*
35/IX o Maugham, *Damals und heute*
35/X o Maugham, *Der Magier*
35/XI o Maugham, *Oben in der Villa*
35/XII o Maugham, *Mrs. Craddock*
35/XIII–XIV o Maugham, *Der Menschen Hörigkeit*
36 (Samisdat), *Unruhen aus neuester Zeit*
37 o *Über Molière* *
38 Sempé, *Konsumgesellschaft* *
39/I Widmer, *Das Normale und die Sehnsucht* *
39/II Widmer, *Die lange Nacht der Detektive* *
40/I West, *Schreiben Sie Miss Lonelyhearts*
40/II West, *Tag der Heuschrecke*
41 o Ferlinghetti, *Ausgewählte Gedichte* *
42 o Jewtuschenko, *Ausgewählte Gedichte* *
43 o Walser, *Ausgewählte Geschichten und Aufsätze*
44 o Bosc, *Love and Order*
46 o *Über Gott und die Welt* *
47 o *Kann man noch beten?* *
48 o Wollschläger, *Die bewaffneten Wallfahrten* *
49 Ungerer, *Spiegelmensch* *
50/I o Čechov, *Die Möwe*
50/II o Čechov, *Der Waldschrat*
50/III o Čechov, *Der Kirschgarten*
50/IV o Čechov, *Onkel Vanja*
50/V o Čechov, *Ivanov*
50/VI o Čechov, *Drei Schwestern*
50/VII o Čechov, *Platonov*
50/XI o Čechov, *Ein unbedeutender Mensch*
50/XII o Čechov, *Gespräch eines Betrunkenen*
50/XIII o Čechov, *Die Steppe*
50/XIV o Čechov, *Flattergeist*

50/xv	o	Čechov, *Rothschilds Geige*
50/xvi	o	Čechov, *Die Dame mit dem Hündchen*
50/xvii	o	Čechov, *Eine langweilige Geschichte*
50/xviii	o	Čechov, *Krankenzimmer Nr. 6*
50/xix	o	Čechov, *Drei Jahre*
50/xx	o	Čechov, *Die Insel Sachalin*
51		Monterroso, *Das gesamte Werk und andere Fabeln* *
52/i		Flora, *Trauerflora*
52/ii		Flora, *Vivat Vamp!*
53	o	*Über Alfred Andersch* *
54	o	*Über William Faulkner* *
55/i		Fellini, *Roma* *
55/ii		Fellini, *Das süße Leben* *
55/iii		Fellini, *$8\frac{1}{2}$*
55/iv		Fellini, *Julia und die Geister*
55/v		Fellini, *Amarcord* *
55/vi		Fellini, *Aufsätze und Notizen* *
56	o	Benn, *Ausgewählte Gedichte*
57	o	H. Mann, *Ausgewählte Erzählungen*
58	o	*Das Diogenes Lesebuch* *
59	o	Friedell, *Konversationslexikon* *
60/i	o	Busch, *Gedichte*
60/ii	o	Busch, *Max und Moritz*
60/iii	o	Busch, *Die fromme Helene*
60/iv	o	Busch, *Tobias Knopp*
60/v	o	Busch, *Hans Huckebein / Fipps der Affe / Plisch und Plum*
60/vi	o	Busch, *Balduin Bählamm / Maler Klecksel*
60/vii	o	Busch, *Prosa*
61		Loriot, *Tagebuch* *
62	o	Saki, *Ausgewählte Erzählungen*
63/i	o	Orwell, *Farm der Tiere*
63/ii	o	Orwell, *Im Innern des Wals* *
63/iii	o	Orwell, *Rache ist sauer* *
63/iv	o	Orwell, *Mein Katalonien*
64/i		Verne, *Reise um die Erde in 80 Tagen*
64/ii		Verne, *Fünf Wochen im Ballon*
64/iii		Verne, *Von der Erde zum Mond*
64/iv		Verne, *Reise um den Mond*
64/v–vi		Verne, *20 000 Meilen unter Meer*
64/vii		Verne, *Reise zum Mittelpunkt der Erde*
65/i		Leblanc, *Arsène Lupin – Der Gentleman-Gauner*
65/ii		Leblanc, *Die hohle Nadel*
66/i	o	Conrad, *Lord Jim*
66/ii	o	Conrad, *Der Geheimagent*
67/i		Wells, *Der Unsichtbare*
67/ii		Wells, *Der Krieg der Welten*
67/iii	o	Wells, *Die Zeitmaschine*
67/iv	o	Wells, *Die Geschichte unserer Welt*
67/v		Wells, *Das Land der Blinden*
68		Belloc Lowndes, *Jack the Ripper* *
69/i		Hammett, *Der Malteser Falke*
69/ii		Hammett, *Rote Ernte*
69/iii		Hammett, *Der Fluch des Hauses Dain*
69/iv		Hammett, *Der gläserne Schlüssel*

69/v Hammett, *Der dünne Mann*
70/I Chandler, *Der große Schlaf*
70/II Chandler, *Die kleine Schwester*
70/III Chandler, *Das hohe Fenster*
70/IV Chandler, *Der lange Abschied*
70/V o Chandler, *Die simple Kunst des Mordes*
70/VI Chandler, *Die Tote im See*
70/VII Chandler, *Lebwohl, mein Liebling*
70/VIII Chandler, *Playback*
70/IX Chandler, *Mord im Regen*
71 Christie, *Villa Nachtigall*
72 Simenon, *Die Glocken von Bicêtre*
73 Stoker, *Draculas Gast*
74/I Highsmith, *Der Stümper*
74/II Highsmith, *Zwei Fremde im Zug*
74/III Highsmith, *Der Geschichtenerzähler*
74/IV Highsmith, *Der süße Wahn*
74/V Highsmith, *Die zwei Gesichter des Januars*
75/I Ambler, *Die Maske des Dimitrios*
75/II Ambler, *Der Fall Deltschev*
75/III Ambler, *Eine Art von Zorn* *
75/IV Ambler, *Schirmers Erbschaft*
75/V Ambler, *Die Angst reist mit* *
75/VI Ambler, *Der Levantiner*
76 Aiken, *Die Kristallkrähe* *
77/I Slesar, *Das graue distinguierte Leichentuch*
77/II Slesar, *Vorhang auf, wir spielen Mord!* *
77/III Slesar, *Erlesene Verbrechen*
77/IV Slesar, *Ein Bündel Geschichten*
78 o Lardner, *Geschichten aus dem Jazz-Zeitalter*
79 o Sacharow, *Wie ich mir die Zukunft vorstelle*
80/I Chaval, *Zum Lachen*
80/II Chaval, *Zum Heulen*
80/III Chaval, *Hochbegabter Mann*
81 Friedell, *Die Rückkehr der Zeitmaschine*
82 Loriot, *Kleiner Ratgeber*
83 o *Das Tintenfaß, Nr. 24* *
84 Sempé, *Volltreffer*
85/I o O'Connor, *Und freitags Fisch*
86 Faulkner, *Der Springer greift an*
87 Quentin, *Bächleins Rauschen tönt so bang*
88 Hare, *Mörderglück*
89 Geen, *Tolstoi wohnt in 12N B9*
90/I o D. H. Lawrence, *Der preußische Offizier* *
90/II o D. H. Lawrence, *England, mein England* *
90/III o D. H. Lawrence, *Die Frau, die davonritt* *
90/IV o D. H. Lawrence, *Der Mann, der Inseln liebte* *
90/V o D. H. Lawrence, *Der Fremdenlegionär* *
90/VI o D. H. Lawrence, *Der Fuchs*
90/VII o D. H. Lawrence, *Der Hengst St. Mawr*
90/VIII o D. H. Lawrence, *Liebe im Heu* *
91 Price, *Der kleine Psychologe*
92 Childers, *Das Rätsel der Sandbank* *
93/I Buchan, *Die neununddreißig Stufen*

94		Siné, *Katzenjammer*
95/I-VII	o	Molière, *Komödien in 7 Bänden* *
96	o	Schnitzler, *Spiel im Morgengrauen*
97/I	o	Fitzgerald, *Der große Gatsby*
98/I		Millar, *Liebe Mutter, es geht mir gut . . .*
98/II		Millar, *Die Feindin*
99/I		Macdonald, *Dornröschen war ein schönes Kind* *
99/II		Macdonald, *Der Tod im Swimming Pool*
99/III		Macdonald, *Ein Grinsen aus Elfenbein*
99/IV		Macdonald, *Die Küste der Barbaren*
99/V		Macdonald, *Der Fall Galton*
99/VI		Macdonald, *Gänsehaut*
100		*Das Tintenfaß, Nr. 25* *
101		Gorey, *Das jüngst entjungferte Mädchen*
102/I	o	O'Faolain, *Sünder und Sänger*
103/I	o	O'Flaherty, *Armut und Reichtum*
104		Becker, *Russisch Roulette* *
105	o	Poe, *Der Untergang des Hauses Usher*
106		Bierce, *Die Spottdrossel*
107		O. Henry, *Glück, Geld und Gauner*
108/I		Haggard, *Sie*
109		Hornung, *Raffles – Der Dieb in der Nacht*
110/I		Heller, *Herrn Collins Abenteuer*
111		Hearson, *Euer Gnaden haben geschossen?*
112	o	Wollschläger, *Karl May*
114	o	Plomer, *Turbott Wolfe*
115	o	Lessing, *Hunger* *
117	o	*Das Diogenes Lesebuch amerikanischer Erzähler* *
118	o	*Das Diogenes Lesebuch englischer Erzähler* *
119	o	*Das Diogenes Lesebuch irischer Erzähler* *
120/I		*Dolly Dolittle's Crime Club I*
125/I–X	o	Maugham, *Gesammelte Erzählungen in 10 Bänden*

Titel mit * sind Erstausgaben oder deutsche Erstausgaben.
Titel mit o sind auch als Studienausgaben empfohlen.